# 1930

águas da revolução

Juremir Machado da Silva

# 1930

## águas da revolução

EDITORA RECORD
RIO DE JANEIRO • SÃO PAULO
2010

CIP-BRASIL. CATALOGAÇÃO-NA-FONTE
SINDICATO NACIONAL DOS EDITORES DE LIVROS, RJ

S58m Silva, Juremir Machado da, 1962-
1930: águas da revolução (Romance) / Juremir Machado da Silva.
– Rio de Janeiro: Record, 2010.

ISBN 978-85-01-09169-7

1. Romance brasileiro. I. Título: Mil novecentos e trinta.

CDD: 869.93
10-4614 CDU: 821.134.3(81)-3



Capa: Sérgio Campante

Imagem de capa: Fundação Getúlio Vargas – CPDOC

Texto revisado segundo o novo Acordo Ortográfico da Língua Portuguesa.


EDITORA RECORD LTDA.
Rua Argentina 171 – 20921-380 Rio de Janeiro, RJ – Tel.: 2585-2000

Impresso no Brasil

ISBN 978-85-01-09169-7

# 2010

*Um pouco mais, um pouco menos, cada homem*
*é fisgado por narrativas, por romances,*
*que lhe revelam a verdade múltipla da vida.*
*Somente essas narrativas, lidas, por vezes,*
*em estado de transe, situam-no em relação*
*ao destino. Precisamos, então, buscar*
*apaixonadamente o que pode ser narrativa —*
*coordenar o esforço por meio do qual*
*o romance se renova ou, melhor, perpetua-se.*
*A preocupação com técnicas diferentes, que*
*superem o esgotamento das formas*
*conhecidas, ocupa, de fato, as mentes.*

Georges Bataille

*Uma coisa porém é certa; a saber, a revolução*
*não foi boa nem má. A revolução foi*
*indispensável e como tal invencível.*

Virgílio de Melo Franco

*Há muitas revoluções na revolução de 1930: há a que foi vista pelo jornal* Correio do Povo, *há a que foi contada ou sentida pelos seus principais articuladores, há uma, à margem das narrativas oficiais, vista por um combatente que, 80 anos depois, ainda se lembrará de cada detalhe.*

# 1

Nada parecia destinar o gaúcho Getúlio Dornelles Vargas a comandar uma revolução nacional.

Mas o Brasil precisará de uma revolução e ele terá a paciência e a frieza para ser o homem certo, no lugar certo, na hora "certa": 17h30 de 3 de outubro de 1930.

Uma revolução, porém, nem sempre se faz na hora certa. Na hora marcada. É questão de muitos ponteiros.

É preciso um líder à frente do seu tempo e totalmente dentro dele, um homem em dois tempos.

Getúlio sempre sabe, como os melhores jogadores calculistas, esperar o momento certo de agir, o que impacienta seus aliados e desconcerta seus inimigos.

Ele é o quarto filho, de um total de cinco, todos homens, do general Manoel do Nascimento Vargas, que lutara na Guerra do Paraguai, tornara-se um fazendeiro rico, graças a um bom casamento e a ter escolhido o lado certo na política e nos campos de batalha, e fora um dos baluartes do conservadorismo republicano que mudara o Rio Grande do Sul, com Júlio de Castilhos e Borges de Medeiros, para mantê-lo sem grandes alterações.

Nascido na longínqua cidade de São Borja, na fronteira com a Argentina, na chamada "savana verde", tudo preparava Getúlio para ser um estancieiro, um militar, um chefete da agressiva política local, quem sabe um advogado ou, no máximo, um líder regional.

A vida, no entanto, parece divertir-se arranjando-lhe caminhos inesperados. É um homem de sorte.

Devia chamar-se Getúlio Bueno.

O gesto de uma mulher traída alterou-lhe o nome.

E o destino?

Sua bisavó, abandonada, num fim de mundo, pelo marido — que fugiu com outra na garupa do cavalo num dia de arroubos e nuvens pesadas —, pagou o padre do lugarejo para cortar o sobrenome Bueno da sua prole. O avô de Getúlio será então apenas Evaristo Vargas.

Os descendentes serão tudo em nome da mãe.

Getúlio será muito.

Pois o Brasil precisará de muito.

É uma nação de miseráveis.

Agora, nesta tarde quente, enquanto espera a visita de João Neves da Fontoura, Getúlio pensa nesse Brasil que vem revolucionando. Ele será o ditador do Estado Novo.

O esquema que rabisca é muito simples: em 1500, os portugueses "descobrem" uma terra que tinha dono e apossam-se dela. Ao longo dos anos, catequizam, exploram e massacram os nativos. Introduzem negros escravos trazidos da África. Em 1822, um príncipe português proclama a independência brasileira. Em 1888, os escravos são libertados e vão somar-se ao grande contingente de miseráveis livres. Essa medida incontornável arrasta o Império, que desaba em 15 de novembro de 1889.

Os quarenta anos seguintes constituirão a República Velha. Um tempo de pobreza para a maioria dos brasileiros, de analfabetismo, de fraudes eleitorais disseminadas e de controle da política por "coronéis."

O Brasil era a fraude.

Uma época que a Revolução de 3 de outubro de 1930, comandada por ele, Getúlio, e articulada por seus amigos Osvaldo Aranha e João Neves da Fontoura com mineiros e paraibanos, esmagará, sepultando a política do "café com leite", a alternância no poder central, com raras exceções, de políticos de São Paulo e de Minas Gerais.

Getúlio espera. João Neves está atrasado. Faz muitos anos que não se falam. Quase sente saudades. Não quer admitir que está um pouco ansioso. Tem as mãos úmidas? Não chega a tanto. Sente raiva? O seu autocontrole não permite esse tipo de sentimento. Pensa o passado como se fosse um futuro ainda evitável. Em 1932, quando os "carcomidos" de São Paulo lançarão a contrarrevolução, João Neves mudará de lado. Passará para o inimigo.

Perderá. Amargará o exílio na Argentina.

Por que fará isso? Por que não se controlará?

João Neves acha-se muito inteligente, pensa Getúlio, mas não consegue ver todas as peças do tabuleiro ao mesmo tempo. Falta-lhe a visão global. Vê o passado como passado. Getúlio sorri. Para avançar, é preciso recuar.

Que lhe dirá João Neves?

Que histórias lhe contará?

Será capaz de atar os fios da aventura de todos eles? A aventura que vem levando de roldão tantas vidas.

A vida, pensa Getúlio, é uma jogada de mestre.

Mas quem é o mestre?

*

Na manhã de 16 de novembro de 1918, aos 6 anos de idade, o menino Gabriel, nascido em Santa Maria, num 4 de junho, viu o pai, juiz de paz em São Gabriel, morrer. Nos confins do Rio Grande do Sul, na Coxilha do Pau Fincado, perto do arroio Jacaré, ele se preparava para ler o *Correio do Povo*, depois de tomar providências para proteger seu fado da tormenta, quando um raio o fulminou diante da mulher, Zulmira, e dos filhos, Thalita, Ely, Edgar, Francisco, então com 10 anos de idade, e Gabriel.

Que marcas essa visão deixará no filho Gabriel? Quantas outras tormentas lhe reservará o futuro? Que águas mais turvas rolarão na sua vida? Ele terá tempo de saber e de viver. Intensamente. Terá um século pela frente. O episódio da morte de Horácio Enéas Flores será narrado, décadas depois, por seu filho Francisco d'Ávila Flores, em *A tragédia da casinha branca*, livro que Gabriel terá sempre ao alcance das suas mãos centenárias. Numa troca entre dois gaúchos, a morte do pai será anunciada assim: "Escurecera um momento,/ a ventania soprava,/ movida pela tormenta,/ uma carreta marchava."

# 2

Getúlio vai até a janela. Faz muito calor no Rio de Janeiro. Por que não vem uma brisa do mar? Por que João não chega? Essa impaciência contida, sua maior especialidade, não transparece no seu rosto. Nada parece alterar a sua fisionomia. Está com 54 anos de idade. Nascera em 19 de abril de 1882, embora na sua certidão de nascimento conste 1883. Mais uma artimanha da vida?

Pensa em João Neves. Nas razões que o levaram a debandar depois de ter sido o incansável artífice da revolução. Pensa nas dificuldades passadas pelo amigo nos anos vividos à sombra, com doença na família, o pai que morrera sem o filho poder comparecer ao enterro, as dívidas, antes que voltasse ao Brasil, à política, e fosse eleito deputado federal para fazer-lhe oposição.

Está informado de tudo. Acompanha cada passo do outro como um amante que sofre com a ausência da amada mas não pode dar o braço a torcer. Ou como um oponente impassível que finge não sentir ódio para melhor degustar a vingança. É atacado pelo outro. Apara os golpes. Pesa, pondera, aguarda, controla-se. Acredita nas virtudes do tempo. A política é assim. Ficará célebre a sua frase: "Nunca tive amigos de quem não pudesse me separar, nem inimigos de quem não pudesse me aproximar." No íntimo, porém, não é assim. Ama seus amigos e sofre por eles.

Pensar em João Neves é pensar em 1930.

Como chegaram lá? Por que fizeram a revolução?

Muitos haviam duvidado de que ele desse passo tão extremado. Viam nele um conservador frio e impassível.

Afinal, crescera em política sob a proteção de Borges de Medeiros, que comandara com mão de ferro a política gaúcha durante quase três décadas, tendo exercido cinco mandatos de presidente do Estado a golpes de fraudes eleitorais, uma delas, ao menos, fraudada com ajuda do próprio Getúlio quando presidente da Comissão de Verificação. O velho Borges só sairia do poder forçado pela revolução de 1923, da qual ele, Getúlio, então ministro da Fazenda no governo do paulista Washington Luís, acabaria por ser o grande beneficiado, sendo eleito para substituir o cacique Borges de Medeiros em 1928.

A vida é assim. Aprendera a esconder o jogo e a romper com seus mestres e benfeitores. Sem alarde.

Getúlio, quando jovem, havia visto a miséria do Brasil profundo quando fora até Corumbá engajado nas tropas que deveriam enfrentar a Bolívia num conflito que não aconteceu. São imagens gravadas no seu cérebro.

Crianças famélicas. Velhos doentes. Mulheres tristes. Miséria a perder de vista. Solidão e vazio.

Vira também a miséria e o desespero dos homens quando atuara como promotor público. Algumas vezes, em lugar de pedir a punição dos acusados, como era sua atribuição, reclamara a absolvição dos infelizes.

Compreendera os jogos de poder como deputado na assembleia gaúcha e na Câmara Federal. Aprendera tudo sobre a realidade econômica brasileira como ministro da Fazenda. Sabia que o Brasil não daria o grande salto sem industrialização. Sabia também que para muitos não mudar era um privilégio que não aceitariam perder sem luta.

Entendera a força da lei como instrumento de manutenção da ordem e dos privilégios estudando direito em Porto Alegre e advogando em São Borja. Émile Zola fora seu primeiro grande mestre, o escritor que lhe revelara as entranhas da miséria humana. Escrevera até um artigo sobre Zola. Não temia a desordem. Era gaúcho. Reconhecia a importância da Revolução Farroupilha de 1835-1845, lamentava as degolas da Revolução Federalista de 1893, na qual seu pai atuara, mas reconhecia o heroísmo daqueles homens. Mais de mil degolados em dez mil combatentes de ambos os lados. Mais de 300 degolados pelos maragatos no combate de Rio Negro. Outros 300 degolados, como vingança cruel e precisa, pelos chimangos em Boi Preto. Ainda em 1923, quando também ele se preparara para tomar parte na luta, apenas quinze anos antes, as degolas haviam sido retomadas.

A sua formação vem desse passado de guerras civis.

Em 1930, estavam todos do mesmo lado, velhos inimigos formando nas mesmas fileiras aguerridas, prontos para matar ou morrer, o Rio Grande "de pé pelo Brasil".

Ao contrário da maioria dos seus colegas e amigos da faculdade de direito ou da Escola Militar de Porto Alegre, descobrirá, porém, que o Brasil só mudará de um jeito especial: será preciso mudar conservando.

E o João que não chega? Não virá?

Terá medo de humilhar-se?

Impossível. João é a própria altivez melindrosa.

O suor cobre-lhe a testa. Poreja.

Mudar conservando e conservar mudando. Para isso seria preciso, ao mesmo tempo, conciliar interesses antagônicos e, muitas vezes, desagradar a todos.

Essa é a sua missão. Havia lido a obra de Gilberto Freyre, lançada alguns anos antes, intitulada *Casa-grande & senzala*. Ficara maravilhado com a percepção do antropólogo de que o Brasil é um equilíbrio de antagonismos. Sim, é isso mesmo. E ele, Getúlio, é o ponto de apoio sobre o qual esses antagonismos terão de equilibrar-se. Em 1930, ele já sabia muito bem disso.

Nunca teve ilusões.

A revolução avançará no Brasil por vários caminhos. Foram muitos pequenos rios confluindo para o mesmo lugar.

A violência, ao longo da República Velha, sufocará muitas manifestações de inconformidade ou de desespero.

O exército brasileiro humilhara-se para esmagar Canudos e os tristes rebeldes de Antônio Conselheiro.

A Marinha afundara-se no lodo para liquidar com requintes de tortura a Revolta da Chibata do negro João Cândido num dos episódios mais sórdidos da República.

Getúlio estivera do lado da ordem. Não se gaba de ter sido desde sempre um revolucionário. Cada uma daquelas irrupções de violência, no entanto, marcará nele uma certeza: o Brasil precisa ser mudado radicalmente.

Para não explodir.

A República Velha havia enterrado o Império e colocado no lugar dele um regime de iniquidades.

E o João? Por que não chega?

Apesar do calor, quer tomar um mate amargo com o amigo. Ou deve considerá-lo um desafeto, um traidor? Como será que ele vai reagir no primeiro instante?

João Neves carregara a revolução de 1930 nas costas, mas não soubera compreender os seus desdobramentos. Tentara ignorar que uma verdadeira revolução dificilmente consegue evitar os expurgos, os excessos e o terror.

Uma revolução é um charco com o objetivo de secar um pântano. Há que se meter os pés no atoleiro para avançar.

E dizer que João Neves escreverá, em 1933, depois que tudo estiver a ponto de desabar ou de retroceder, um livro contra ele, chamando-o de ditador, um panfleto contra os desvios da revolução. Getúlio vai até a estante e pega o seu exemplar bastante manuseado do *Acuso*.

Folheia-o com um sorriso maroto.

Ah, esse João Neves é fogo mesmo. Que oratória virulenta! Que incontinência verbal! Já começa como uma boca de canhão, cuspindo rótulos em defesa de São Paulo:

> Separado da Ditadura desde início, só dela me aproximei em novembro de 1930, para impetrar-lhe que desse a São Paulo um interventor civil e paulista, assegurando ao grande Estado o direito de ser governado por um dos seus filhos ilustres. Bati-me firmemente contra a nomeação do Sr. João Alberto, como a ele próprio tive a franqueza e a lealdade de dizer.

Um ingênuo, o João Neves. Um teimoso.

Um pouco pretensioso também.

Não queria João Alberto como interventor em São Paulo. Empenhara-se em impedir essa nomeação. Estava errado no princípio, mas acertara nas consequências.

É um extremado com mania de ponderado, o João.

Em 1936, Getúlio ajudará, por baixo dos panos, João Neves a ser eleito para a Academia Brasileira de Letras. Quando Ataulfo de Paiva vier lhe dizer que João Neves não tem obra publicada, responderá rindo e soltando uma baforada do seu indefectível charuto: "Claro que tem, como não?, tem, e obra brilhante, tem o *Acuso*."

De repente, seus olhos fixam-se numa página na qual João Neves o acusa de grandes perversidades, de ter criado uma justiça de exceção, "denunciando todo mundo e não condenando a ninguém": "O ilustre Sr. João Mangabeira, que está agora, e com justiça, na comissão elaboradora do anteprojeto de Constituição, foi, por exemplo, arrastado à beira do *Comité de Salut Public*, por ter recebido *indebitamente* do irmão, ex-ministro da Fazenda, uma passagem para a Bahia, no valor de 300$000."

Comitê de Salvação Pública? A quem João Neves o comparava? A Saint-Just? A Hébert? A Robespierre?

Que imbecil!

Também pudera. Nada havia entendido da verdadeira revolução, que rapidamente o ultrapassara. Gabava-se ainda de não apoiar, "nem mesmo pela cumplicidade do meu silêncio, a obra diabólica do desmantelo de todas as forças conservadoras da sociedade brasileira".

É isso que Getúlio pensa enquanto enxuga o suor do rosto e volta a contemplar o vazio pela janela.

Não se sente sozinho. Nem crê na solidão do poder. A sua solidão vem do fato de precisar andar na frente.

*

Gabriel cresceu na Estância da Palma, entre São Vicente do Sul e São Gabriel, no Rio Grande do Sul. Tinha apenas 10 anos de idade quando o sangue manchou as areias de Copacabana e imortalizou os 18 do Forte. Seu irmão mais velho, Francisco, exerceria, muito jovem, a profissão de jornalista no *Diário do Interior*, o veículo de maior circulação fora da capital gaúcha, chegando a trabalhar depois, em Porto Alegre, no jornal republicano *A Federação*. As notícias sempre chegaram à casa de Gabriel como uma janela aberta à ventania do mundo. Ele se lembrará décadas depois de Siqueira Campos, "tenente aos 24 anos, que dividiu a bandeira nacional em 28 pedaços e os colocou no peito dos que sobraram".

# 3

Os tenentes empurram a revolução nos anos 1920.

É o baixo clero das Forças Armadas.

9 de outubro de 1921.

O jornal *O Povo* publica uma carta recebida manuscrita na qual o ex-presidente da República, o marechal Hermes da Fonseca, maior ídolo do exército, quase uma estátua nacional, é chamado de "sargentão sem compostura". Os militares são rotulados de "venais".

A carta é atribuída ao mineiro Artur Bernardes, candidato da situação à presidência do Brasil.

Bernardes nega veementemente. Inútil.

Levanta-se o Clube Militar.

Uma segunda carta reafirma o conteúdo da primeira.

A ferida continuará aberta por muitos anos.

Artur Bernardes vence as eleições em 1º de março de 1922. A oposição, como sempre, reclama de fraude na contagem dos votos. A população de Recife sai às ruas. A insatisfação vara os meses. Em junho, Hermes da Fonseca conclama o exército a não castigar o povo pernambucano.

É preso por insubordinação.

Um decreto presidencial fecha o Clube Militar.

O Brasil entra em convulsão. É um tempo de homens destemidos, valentes e quase quixotescos. Querem vencer obstáculos extraordinários apenas com coragem e ousadia.

Rebela-se o Forte de Copacabana, no Rio de Janeiro, comandado pelo filho de Hermes da Fonseca. Cavam-se trincheiras. Preparam-se as armas. A revolta deve explodir à uma hora da manhã de 5 de julho de 1922.

Será o famoso "primeiro" 5 de julho da revolta brasileira.

Dá tudo errado. A revolta fracassa. O governo antecipa-se ao movimento. O tenente Siqueira Campos dispara inutilmente o seu canhão dando início ao ataque. Quatro pessoas são mortas no Forte do Leme. A artilharia da Fortaleza de Santa Cruz reage ferozmente ao longo do dia. Os comandantes da rebelião liberam os homens dispostos a partir. A debandada é enorme. Euclides Hermes vai negociar no Palácio do Catete e é preso. Em 6 de julho, resta somente um punhado de homens desatinados.

Podem bombardear o Rio de Janeiro. Podem morrer atirando a esmo. Podem morrer entrincheirados. Podem sacrificar inocentes. Precisam decidir. As horas passam lentamente para alguns. Velozes demais para outros. Siqueira Campos terá seu primeiro encontro com a morte.

Preferem sair de peito aberto para um combate impossível. Às 13 horas, começam a marcha pela praia. Há deserções. Sobram, enfim, 17 homens comandados por Siqueira Campos. A morte os acompanha. O civil Otávio Correia, um amigo de Siqueira, junta-se a eles.

São os 18 do Forte.

Depois de meia hora de combate e de uma corrida contra o destino, estarão quase todos mortos, menos dois soldados, que morrerão no hospital, e os tenentes Siqueira Campos e Eduardo Gomes, ambos feridos.

Essa derrota será o começo da vitória que virá oito anos depois sob a liderança de Getúlio Vargas.

Hélio Silva, médico e jovem jornalista em 1930, escreverá muito tempo depois um livro documental intitulado *1922: sangue na areia de Copacabana.*

Algo havia começado a mudar.

Getúlio acompanhará tudo de longe, do seu Rio Grande do Sul também pronto para explodir, num misto de pavor e de inquietação. É somente um jovem político conservador.

Aqueles tenentes defenderão nos anos seguintes reformas que não o deixarão indiferente: voto secreto, voto para as mulheres, educação para o povo, direitos.

Propostas capazes de tirar o sono de um homem.

Seu rosto, contudo, permanecerá enigmático.

A vida, dirá um dia Getúlio, é um tecido de fios e de vidas partindo de lugares muito diferentes em busca de uma mesma luz misteriosa, a luz que dá sentido.

*

Nas ruas de Santa Maria, importante centro militar e ferroviário dos anos 1920, Gabriel vê passar os irmãos Alcides e Nélson Etchegoyen. Aos seus ouvidos de menino chegam histórias incríveis. Numa delas, o Dr. Júlio de Aragão Bozano ruma para Ijuí a fim de encontrar a Coluna Prestes. Numa emboscada, no meio do mato, é assassinado. Sua noiva, Maria Clara, decide nunca mais se casar, dedicando sua vida à medicina. Gabriel exclamará: "Amor, sempre o amor." Em 1926, as cercanias de Santa Maria amanhecerão sob intenso tiroteio de metralhadora, fuzil e canhão. Mais uma sublevação nos campos do Rio Grande.

Francisco, o irmão de Gabriel, aos 18 anos de idade, cobre a revolta dos irmãos Etchegoyen para o *Diário do Interior*. Acompanha o major Aníbal Barão, comandante do regime da Brigada Militar, cujo Estado-Maior está instalado no Clube Caixeral. O combate dura 26 horas. Um civil é atingido por uma bala perdida. Morre na rua Dr. Bozano. Gabriel nunca esquecerá: "Depois de 26 horas de luta e de muitos boatos os rebeldes hastearam bandeira branca, mas, antes, mandaram um praça a cavalo percorrer a cidade anunciando que iriam bombardeá-la, que a população que tivesse condições deixasse a cidade. A notícia gerou pânico, e a correria foi grande. Eu, que tinha 14 anos, estava na casa de um amigo e acompanhei a família para fora da cidade. Tudo não passou de um blefe para dar tempo que os sublevados, que estavam perdendo a batalha, saíssem rumo ao Uruguai, onde foram se exilar."

# 4

João Neves hesita.

Está na hora de encontrar Getúlio, o homem que, embora eleito indiretamente conforme a Constituição de 1934, comanda o Brasil como um ditador, o ditador que passará realmente a ser em 10 de novembro de 1937.

O que vai lhe dizer? Como será recebido?

Também ele sente algo que poderia ser entendido como saudades. Mas não se acha homem de grandes expansões sentimentais. Vai perguntar o que sabe e a educação manda: como anda a Darci? Como vão os filhos? Lembra-se da espevitada da Alzirinha, a filha mimosa de Getúlio.

Sabe as respostas. Perguntará mesmo assim.

Melhor ir logo e ter a primeira conversa ao pé do ouvido, depois de tantos anos, com o amigo de outrora, com o companheiro de tantas lutas e confabulações.

Também ele pensa em 1930. Revisa o que os havia unido. Recorda-se do seu papel na campanha da Aliança Liberal. Percorrera o país discursando pela eleição de Getúlio, que lhe pedira para não falar em revolução, pois entendia que isso afastaria os eleitores. Fazia sentido.

Nem sempre fora possível. Em Recife, a plateia do Teatro Santa Isabel havia começado a gritar "viva a revolução brasileira" e só lhe restara segui-la. Terminara com um grito de guerra: "Mas, se a 1º de março os donatários do Brasil tentarem afogar no mar morto da trapaça o pronunciamento da Nação, levantemo-nos então em armas, por amor do Brasil." Fora longamente ovacionado.

Tempo feliz de angústia e de esperança.

Depois, vieram os desentendimentos.

Após a derrota da Revolução Constitucionalista de São Paulo, ele escreverá com suas tripas o *Acuso.*

Folheia-o com certa displicência. Vai até a página em que justifica a sua adesão à revolução de 1930:

> Fui esquerdista até o dia da revolução, que eu considerava necessária para pôr ordem na vida política do Brasil, para extinguir os abusos, para desmobilizar a legião dos funcionários inúteis, para extinguir o negocismo, para restabelecer a moralidade nos processos da administração, com o recurso a métodos heroicos incompatíveis com o regime legal burocrático e demorado.

Sentira-se traído já em 7 de outubro de 1930. Era o vice-presidente do Estado. Fora eleito pelo povo. Em Cachoeira do Sul, no entanto, recebera uma carta de Getúlio avisando que seguiria para o campo de operações, mas não lhe passaria o governo do Rio Grande do Sul, entregando-o a Osvaldo Aranha, sob a alegação de que não tinha como prever o desfecho do movimento e poderia dele precisar como deputado federal no caso de derrota.

> Assumindo o governo [dizia Getúlio], ficaria impossibilitado, desde logo, para exercer o mandato de deputado. Isso, evidentemente, não seria aconselhável, de início, porque ficaríamos privados do líder da bancada, quando ainda não sabemos qual o rumo definitivo dos acontecimentos. É, pois, de inteira conveniência, permaneceres aí, por enquanto, nada dizendo a respeito, para não inspirar qualquer dúvida de nossa parte.

A raiva o tinha submergido num silêncio que assustara sua mulher. Queria evitar de falar. Tentava não explodir. Getúlio prometia-lhe o governo se a revolução triunfasse. Ele, João, deveria ter sido o candidato ao governo, mas o velho Borges achava Getúlio mais dócil. Seria engolido pelo discípulo. Não, não podia aceitar a afronta. Respondera anunciando sua renúncia ao cargo de vice-governador: "Nunca tive outro pensamento senão seguir para o campo da luta. Não poderei, porém, ocupar posto cujo preenchimento em momento difícil não me possa caber (...) Embarcarei como simples soldado." Assim será.

Vargas apressara-se em desfazer o erro. Prometera-lhe o cargo que escolhesse. Recebera como resposta um "único posto aceito é o de simples combatente". Ninguém o faria mudar. Queria levar o candidato esbulhado da Aliança Liberal ao cargo para o qual fora eleito e para o qual apresentava todos os méritos. Era tudo. Getúlio insistira. Sabia-se devedor. Chamara-o a Porto Alegre para conversar. Tudo inútil. Sua decisão estava tomada. Permaneceria onde se encontrava para "não inspirar qualquer dúvida". Vargas não desistira. Implorara para vê-lo. Lisonjeara-o com humildade e novos argumentos: "Ninguém mais do que eu faz justiça aos teus méritos."

A cicatriz ficará.

Osvaldo Aranha, recuperado de uma doença que o pusera de cama, apelará em nome da amizade que os ligava para que João assuma o cargo ou o posto de comandante de uma coluna. Nada feito. Como um menino mimado, responderá com nova recusa: "Meu ideal era a revolução. Ela aí está. Estou contente. Quero apenas *pelear* um pouco e conseguir que não falem mais em mim, nem de mim."

É o seu jeito. Não se dobra.

Desejava apenas ajudar a derrubar o *Barbado*. Deposto Washington Luís e empossado Getúlio, o ganhador das eleições, ele tomaria o seu rumo de alma lavada.

Apenas três anos depois, no *Acuso*, outra seria a sua atitude e bem outras as suas palavras. Queimava de ódio. Exalava rancor. Pretendia provar que fora muitas vezes compelido a deter Getúlio, "pela aba do jaquetão", a permanecer no bom caminho, "para que não desertasse o bom combate" nem se "acarneirasse, tímido e arrependido", sob as asas do conservadorismo ao qual pertencera.

Apresentava-se como "antípoda" de Vargas. Definia Getúlio, depois da eleição de 1930, como um "comodista incorrigível", um "calculista frio", um arrivista desejoso de chegar ao Catete "em linha reta", sem ideais nem riscos. Uma mente labiríntica tomada pela abulia.

João Neves sabe ser feroz.

Getúlio admira essa mordacidade panfletária.

Dizem que ele adoraria ter escrito o *Acuso.*

Na caminhada revolucionária, João Neves dizia ter travado duas batalhas terríveis: uma contra os inimigos. Outra contra a inconstância de Getúlio, sempre disposto a bandear-se para o adversário em troca de "duas ou três concessões". O tom sobe. A fúria deslancha em ondas sucessivas. Tudo é levado de roldão por essa memória implacável. Neves era um vulcão melancólico. Getúlio fora um pesado fardo carregado pelos amigos nas ladeiras da revolução. Queria poder e nada mais. Não importava a via de acesso. Extenuado, o acusador sentenciava:

"Getúlio Vargas e eu não puxaríamos, porém, parelho no futuro. A tornura das disputas íntimas, embora em tom amistoso, desquitaria-nos para sempre."

Será mesmo?

João Neves hesita. Precisa correr. Está atrasado. Getúlio gosta de pontualidade. Odeia, na verdade, esperar. O livro, porém, cola-se nas suas mãos. Sente-se cansado. Quase se arrepende de algumas frases mais violentas. Haviam tentado atingir-lhe a honra. Desafiara a todos para que verificassem a origem do seu patrimônio.

Podia olhar altivo para o futuro naqueles dias infelizes de exílio: nada pedira e nada devia à ditadura. Recusara ser ministro da Justiça, governador do Rio Grande do Sul e até interventor em São Paulo, quando, de passagem, seu nome fora sugerido por José Maria Whitaker, então ministro da Fazenda do governo revolucionário.

Era 14 ou 15 de novembro de 1930. Naquela vez, também estivera no Catete. Antes, de manhã, fora a um encontro de última hora na casa de Osvaldo Aranha em que lhe repugnara ver o anfitrião junto com João Alberto e Juarez Távora, este com "pequenos discos de pano vermelho" no antebraço, "as estrelas do generalato", tagarelarem como "salvadores do país" e "donos da revolução". Donos da revolução que era dele e de outros.

"Os *nouveaux riches* do poder"!

Em seguida, num almoço no Lido, havia dito na cara do João Alberto que São Paulo merecia um interventor paulista e com competência de estadista. Um petardo.

Fora então ver Getúlio no Catete. Rogara-lhe que não indicasse João Alberto para interventor em São Paulo.

Getúlio o tranquilizara. Tinha outros planos.

Mas chegara Osvaldo Aranha e pedira justamente o oposto. Getúlio havia prontamente mudado de opinião.

João Alberto seria interventor em São Paulo.

— Ele não me ouviu. Deu no que deu — resmunga João.

Parece ouvir ainda, enquanto abandonava o gabinete de Vargas, Osvaldo censurar o presidente pela demora na reforma dos generais. Aranha era o dono do poder.

Voltara ao Catete, a pedido de Batista Luzardo e Anacleto Firpo, para tentar a última cartada. Era preciso a qualquer custo impedir a nomeação de João Alberto. Encontrara Getúlio almoçando com Osvaldo Aranha. Os dados estavam lançados. Era tempo perdido insistir. Saíra do palácio em companhia de Osvaldo. No Palace Hotel, encontraram Assis Brasil. Aranha explicara, com riqueza de detalhes, que a nomeação de João Alberto seria por apenas oito dias. Foram, escreverá Neves, "oito meses de lutas, sofrimentos e humilhações para São Paulo, traído e enxovalhado". E uma contrarrevolução sangrenta.

No *Acuso*, registrara com amargura: "Os vencidos de 22 e 24 empalmavam a vitória com uma sem-cerimônia admirável." Eram os tenentes cobrando a colheita.

Foram anistiados por Vargas.

E dizer que Osvaldo Aranha proclamara: "A revolução não foi feita para perdoar, mas para punir."

Era a política dos *enragés*. Sente raiva.

Alguns anos, no entanto, haviam passado e ele estava atrasado para um encontro importante com o seu velho companheiro, o fardo de 1930, aquele que mais tarde seria o ditador do Estado Novo e já era o maquiavélico dono do poder, aquele a quem acusara de práticas de "sovietismo", ceifando comandantes do exército, descartando homens de pensamento livre, amordaçando a imprensa, empastelando jornais, disseminando mentiras, espalhando intrigas.

Terá de carregá-lo outras vezes?

Fará novamente parte da sua história?

*

Um circo cubano passa por Santa Maria em 1926. Gabriel, aos 14 anos de idade, apaixona-se pela trapezista, uma morena deslumbrante chamada Olguita. Pede um adiantamento na loja São Paulo, onde trabalha como balconista, e, na companhia de um amigo, também com espírito aventureiro e enamorado de uma menina do circo, segue a comitiva do espetáculo. A longa viagem termina em Rosário do Sul com o fim do dinheiro e das esperanças de conquistar o primeiro grande amor de sua vida.

# 5

Pelo que haviam lutado aqueles tenentes que incomodam João Neves antes do seu encontro com Vargas?

Quais eram os seus sonhos e utopias?

Em 1922, haviam lutado pelo respeito aos valores das Forças Armadas e já por uma mudança nos costumes políticos dominantes, ou seja, contra a fraude dominante.

Contra a fraude, contra o "mandonismo" e a política dos governadores, o pacto de troca de favores entre os governos estaduais e o governo federal de plantão.

5 de julho de 1924.

Segundo aniversário do fatídico episódio dos 18 do Forte de Copacabana. Data melancólica. Dia de revolta.

O conservador Artur Bernardes, pivô do conflito no Rio de Janeiro, acusado de ser o autor das cartas falsas que haviam ofendido o brio dos militares e rebelado os tenentes, impõe à nação um permanente estado de sítio.

O general gaúcho aposentado Isidoro Dias Lopes — secundado pelos tenentes Joaquim e Juarez Távora, Eduardo Gomes, um dos sobreviventes de Copacabana, Miguel Costa e João Cabanas — deflagra uma rebelião em São Paulo cujo objetivo maior é a renúncia de Artur Bernardes.

O governador Carlos de Campos foge da capital.

Os rebeldes oferecem o poder ao vice-governador, o coronel Fernando Prestes de Albuquerque, que impõe uma condição para aceitá-lo: a renúncia de Carlos de Campos.

Fernando Prestes organiza a resistência em Piratininga. O futuro ouvirá falar dele e do seu filho.

Aviões do exército legalista bombardeiam São Paulo.

O desespero toma conta das populações civis. Mulheres pedem clemência. Homens apresentam-se como voluntários. Barões da indústria e caciques do comércio tentam fazer a ponte entre os rebeldes e o poder federal. Negociar é o negócio deles. Bairros operários, como Mooca e Brás, são duramente atingidos. A classe média de Perdizes também recebe o seu quinhão. O pânico instala-se sob o "bombardeio terrificante". Os revoltosos insistem.

Haverá, mais tarde, um processo judicial. As tropas comandadas por João Cabanas serão acusadas de vandalismo e estupros e ficarão conhecidas como a "coluna da morte".

São Paulo permanecerá nas mãos dos rebeldes durante intermináveis 23 dias. Joaquim Távora, que desertara do exército em 1923, será um dos heróis daquela que ficará conhecida como "revolução esquecida", o segundo 5 de julho, tendo aprisionado o general Abílio de Noronha, comandante da 2ª Região Militar. Um herói deve morrer.

Joaquim Távora, ferido ao atacar o 5º Batalhão de Polícia, morrerá dias mais tarde. Será mais um mártir do tenentismo na luta contra as oligarquias brasileiras.

O seu irmão Juarez continuará a luta. Até o golpe militar de 1964, oscilará entre o poder e as revoltas.

Em 1924, porém, em Três Lagoas, sofrerá uma das maiores derrotas da sua vida militar: metade do seu batalhão perecerá ou cairá prisioneiro das tropas legais.

Os tenentes derrotados unem-se, em Foz de Iguaçu, aos homens de outro gaúcho, Luís Carlos Prestes. É o começo de uma aventura entre heroica e quixotesca, a Coluna Prestes. Os tenentes descobrem o Brasil profundo. Miguel Costa será o comandante da Coluna. Prestes, o chefe do Estado-Maior, tendo como subchefe Juarez Távora. Siqueira Campos, João Alberto, Cordeiro de Farias e Djalma Dutra comandarão os quatro destacamentos.

Isidoro Dias Lopes é velho de guerra. Em 1893, durante a Revolução Federalista, luta contra Floriano Peixoto. Conhece o exílio em Paris. Volta anistiado. Depois da revolta de 1924, liga-se com seus homens à Coluna Prestes. Mas, velho para tantas andanças, fica na Argentina como articulador do movimento. Em 1930, está do lado de Getúlio Vargas. Em 1931, para desespero de João Neves, é um dos "*nouveaux riches* do poder", comandando a 2ª Região Militar. Em 1932, como João Neves, está contra Getúlio, ao lado dos paulistas na Revolução Constitucionalista, o que o leva a uma temporada indesejada em Portugal. Em 1934, experimenta um novo estado: o gosto de ser anistiado pela segunda vez. Em 1937, ataca o Estado Novo. Enfim, um homem do seu tempo.

O saldo da revolta de Isidoro será devastador: o Palácio dos Campos Elíseos bombardeado, São Paulo apavorada, o interior sacudido, 503 mortos, mais de 5 mil feridos, a capital ocupada por 15 mil soldados legalistas, bairros destroçados e uma ferida aberta por muito tempo. São Paulo jamais será tenentista. Jamais!

João Neves limpa o suor da testa.

Lamenta o destino de Pires e Albuquerque, Procurador-geral da República, que indiciará os rebeldes por sedição exigindo que lhes sejam aplicadas as penas da lei. Os novos donos do poder o acusarão de nepotismo.

Tem um encontro com Getúlio. Está atrasado.

Mas o acusara de desmantelar a justiça. Denunciara corajosamente um interventor no Amazonas que dissolvera o tribunal inteiro e outro, em Pernambuco, que demitira os desembargadores. Chamara isso de retorno à barbárie.

Já faz tempo tudo isso. Está de volta. Não é mais um exilado, um pestilento, um esquecido. Mas não esquece.

O que queriam os tenentes? Muito do que ele também quisera. Os verdadeiros fins, no entanto, seriam diferentes. Lembrava-se do cartaz afixado à porta do Ministério da Justiça do revolucionário Osvaldo Aranha: "Não existem direitos adquiridos contra a nação."

Aquilo não poderia ter servido de autorização a expurgos e saques. Afinal, haviam lutado contra isso.

Os tenentes haviam ido às últimas consequências na Coluna Prestes, um movimento que lhe parecera louco: 1.500 homens vagando pelo país como fantasmas errantes.

Que Brasil era aquele dos tenentes?

Em 1920, eram 27 milhões de brasileiros. A população crescia 2% ao ano. Os comunistas já denunciavam a concentração da terra: 26.318 estabelecimentos rurais ocupavam 60% da terra disponível para cultivo.

Isidoro Dias Lopes resumirá a falência do Brasil daqueles anos afirmando que o Brasil via "uma oligarquia plutocrática enriquecer até a quinta geração, enquanto trinta milhões de habitantes, quase em miséria, são cada vez mais explorados". Segundo ele, havia 10 mil privilegiados, um "sindicato" composto por "grandes industriais, seus parentes e amigos do peito", "presidentes da República, presidentes de Estados, senadores, deputados federais e estaduais, parentes, compadres e nepotes de toda sorte". Um quadro desolador.

Em 14 de abril de 1925, Miguel Costa, em Santa Helena, assume o comando das tropas da coluna que entrará para a história com o nome de Prestes. O capitão gaúcho Luís Carlos Prestes, que se tornará conspirador no Rio de Janeiro sob os ventos daquele terrível ano de 1922, sublevará, em outubro de 1924, o seu batalhão em Santo Ângelo, na região missioneira gaúcha, romperá o cerco espetacularmente e subirá para Santa Catarina e Paraná.

Os homens de Prestes atravessaram matas fechadas, passaram fome e frio, carregaram arreios nas costas, viram seus cavalos extenuarem-se ou morrer. Mulheres aderiram à coluna. No Rio de Janeiro, oficiais da Marinha, entre os quais um certo Amaral Peixoto, tomaram o Couraçado São Paulo e o entregaram às autoridades em Montevidéu. O Brasil estava em ebulição. Mais de 50 anos depois, Prestes, o "cavaleiro da esperança", resumirá:

> Realmente as forças do governo jamais conseguiram surpreender a Coluna e tampouco derrotá-la. Isso porque adotamos uma linha estratégica determinada. Enquanto estávamos em Santa Catarina e Paraná, esperávamos receber munição e reforços para atacar a retaguarda do general

> Rondon. Quando verificamos que, mesmo no Paraná, a quantidade de munição era também pequena, decidimos que o essencial seria manter a luta e a bandeira da insurreição, na esperança de que os companheiros do Rio de Janeiro pusessem abaixo o governo Bernardes. Isso porque não tínhamos um programa político de fato. A luta era movida para a derrubada do governo e, como não tínhamos força suficiente para tal, achávamos que deveríamos nos movimentar para atrair sobre nós as maiores forças possíveis, facilitando o trabalho dos nossos companheiros da capital do país.

Em 1930, Getúlio adotará como programa eleitoral boa parte das ideias tenentistas. Fraudada a eleição, terá como aliado decisivo na revolução o odiado ex-presidente Artur Bernardes. Alguns anos depois, Getúlio mandará colocar Bernardes, que voltará a trocar de lado, numa mesma cela com seu antigo adversário político, Borges de Medeiros, cacique do Partido Republicano Rio-grandense e padrinho de Vargas na sua estreia na vida pública.

Entre os tenentes da Coluna estará Siqueira Campos, aquele mesmo Siqueira Campos dos 18 do Forte. Entre ele e Prestes crescerá uma amizade que durará até a morte.

Um dia, Siqueira está com Prestes num povoado. Uma criança aproxima-se deles como um cão temeroso.

— Meu pai vai morrer — diz, por fim.

Entram no casebre para tentar ajudar. Um homem raquítico agoniza. Nada podem fazer por ele. Siqueira, contudo, deixar escapar um comentário patético:

— Este é o Brasil. Que triste morrer assim.

A Coluna seguiu seu rumo.

Foram 25 mil quilômetros de marcha.

Tudo acabou na Bolívia, onde Prestes se refugiou.

O que havia sido aquilo? Uma fuga desesperada para a frente? Uma guerra de guerrilhas? Uma aventura delirante?

Os tenentes conheceram as entranhas do Brasil. As entranhas do Brasil nem sempre desejavam conhecer os tenentes. O padre José Audrin escreveu para Miguel Costa:

> A passagem da coluna revolucionária através dos nossos sertões e por nossas cidades tem sido um lamentável desastre que ficará, por alguns anos, irreparável. Em poucos dias, nosso povo, na maioria pobre, viu-se reduzido à miséria. Isto é sobretudo deplorável, porque este humilde povo nenhuma culpa teve dos acontecimentos passados, ignorando em sua quase totalidade os acontecimentos de 1924 em São Paulo e no Rio Grande do Sul.

O clero não contava. Era conservador. Deus havia sido requisitado pelas elites. Estava prisioneiro.

A Coluna era uma tropa de miseráveis sujos, cobertos de muquiranas, atravessando um imenso país de sujos miseráveis. Visitaram Santa Catarina, Paraná, Mato Grosso, Goiás, Pernambuco, Piauí, Ceará, Paraíba, Bahia, Minas Gerais, novamente a Bahia, outra vez Minas, Bahia, Goiás, já pela quarta vez, Mato Grosso, Goiás e, enfim, Bolívia, onde, em 3 de fevereiro de 1927, na vila de San Mathias, 620 maltrapilhos chegaram com 90 fuzis, quatro metralhadoras e dois fuzis-metralhadoras. Siqueira Campos seguiria com seus esfarrapados para o Paraguai. Tudo seria visto e experimentado: sol e chuva, fome e tristeza, medo e sofrimento, dor e alegria, campos e caatingas, montanhas e rios, o Velho Chico e o sertão.

O Brasil vivia uma séria crise econômica. A dívida externa andava em torno de um bilhão e trezentos milhões de dólares. Importava-se mais do que se exportava. Tudo dependia do preço do café. Era o triste reino da monocultura. Banhava-se em sangue qualquer insatisfação. Em 1917, as greves operárias haviam mostrado as garras dos trabalhadores. Elas se afiariam com o tempo. Em 1922, surgira o Partido Comunista. Havia mais de 20 milhões de miseráveis. Artur Bernardes tinha a sensibilidade de uma anta e a truculência de um general desejoso de paz a qualquer custo. Era um advogado com vocação para elefante descontrolado. Washington Luís, seu sucessor, eleito sem oposição, era conhecido por uma gloriosa e inesquecível obra: ter reprimido duramente, como prefeito de São Paulo, as greves operárias de 1917, quando teria dito sutilmente que questão social é questão de polícia.

A Coluna Prestes não venceu a guerra. Revelou o Brasil para os tenentes que pensavam conhecê-lo como ninguém. Eles mergulharam na aventura com muitas certezas. Saíram dela cheios de dúvidas e de cicatrizes. Nunca mais seriam os mesmos. Nem o Brasil. Haviam passado do mapa à realidade. O Brasil era uma imensa capitania de deserdados. Hereditária para a maioria era a pobreza, o analfabetismo e a falta de amparo. A Coluna foi, em tempo real, uma aula de história, economia, geografia, cultura popular, arte da guerra. Abguar Bastos escreverá:

> Os povos ignorantes e aturdidos do sertão viam em Prestes o mistério da audácia, da vida, da grandeza e do atrevimento dos homens urbanos. Formavam a sua lenda, como os escravos e os servos formavam as lendas dos castelos. Nada mais épico, para a burguesia, do que esse Cavaleiro da Esperança, que desafiava exércitos, rompia um áspero território de oito milhões de quilômetros quadrados, atravessava, sem saber nadar, centenas de rios, transpunha vales e cordilheiras, rodeava mesopotâmias selvagens e florestas sombrias.

O marxista Nelson Werneck Sodré dirá com alguma pompa: "A importância que o tenentismo atingira, entretanto, e particularmente, com os efeitos da Coluna, alterara profundamente a política nacional."

Getúlio acompanhará tudo isso com espanto e um dissimulado fascínio. Em 1924, em apoio ao envio de tropas gaúchas para combater a revolta de Isidoro Dias Lopes, dirá: "Já passou a época dos motins de quartéis e das empreitadas caudilhescas, venham de onde vierem!" Ministro da Fazenda de Washington Luís, nos meses finais das andanças da Coluna, estará do lado repressor. Afinal, também o Rio Grande do Sul sofria com novas labaredas.

Aprendia com o que combatia. Acumulava dados.

Conhecia muitos daqueles homens.

Sentia que buscavam fins justos por meios errados.

Sonhava, sem o revelar, em mudar o Brasil pelo voto.

João Neves era de outra têmpera. Achava que o gosto pelas conspirações era quase um vício, uma moléstia, um bilhete de loteria que se comprava quase por hábito.

Admirava o general Isidoro e via nele um homem sem ambição de poder, "inteligente, sagaz, irônico", de quem ele se tornaria amigo em 1932. Em 1924, considerava descosidas as razões do levante de Prestes, em nome do povo e do voto secreto. Prestes sempre lhe parecerá um homem talentoso e um péssimo escritor. Nas suas memórias, escritas no Rio de Janeiro, onde morrerá em 31 de março de 1963, João expressará uma certeza: "A insurreição de 5 de julho de 24 poderia ter vencido, se o Sul do país, notadamente o Rio Grande, se orientasse no mesmo sentido. Dada, porém, a firme resistência do Sr. Borges de Medeiros e a reação partida daqui do Rio tiveram os rebeldes de abandonar a capital de São Paulo e marchar pelo interior, rumo à fronteira, pelejando em retirada."

Ele mesmo registra que em 1932 o efeito se repetirá, com Flores da Cunha selando a derrota dos paulistas.

João Neves sente-se abatido. É suscetível.

Várias vezes pensara em abandonar a política. Em 1928, convidado por Borges a ser candidato a deputado, recusara. Ao ver a lista sem o seu nome, sofrera.

Agora, cansado e atrasado, precisa ver Getúlio. Ele, João, presidencialista e federalista, tem encontro marcado com o déspota, a quem ajudara a escalar o poder.

Por que o fizera?

Pelo partido, pelo Rio Grande, pelo Brasil, por ideal. Porque também ele havia se convencido de muitas das mazelas denunciadas pelo tenentismo por vezes confuso. Queria resolvê-las pelos meios legais. Fizera-o para "reparar" defeitos das instituições. Afastara-se porque "todas as causas coletivas começam por imolar seus servidores mais sinceros e premiar os oportunistas".

Como explicará o atraso?

Talvez diga que estava revisando a lição de casa. Corrigindo 1930. Tentando entender os seus erros.

Melhor encontrar outra desculpa. Getúlio, do seu jeito dissimulado, também tem suas suscetibilidades.

É homem frio que arde por dentro, Getúlio.

*

Além de fracassar na tentativa de conquistar Olguita, Gabriel perde o bom emprego de balconista. O desejo de partir toma conta dele. É bom aluno. Sonha em estudar no Colégio Militar de Porto Alegre. Escreve para um tio, pintor de quadros. Toma o trem para Porto Alegre. Tem apenas 15 anos de idade. O Brasil fervilha de conspirações. Ele pensa na farda, nas meninas, na Olguita que não teve e em como será a capital gaúcha. Rapidamente percebe que o tio, artista de ganhos incertos, não poderá tomar conta dele. Decide jogar todas as suas cartas.

# 6

Ele não virá, pensa Getúlio, cortando o charuto.

Sente-se só. Vê muita gente. Mas a solidão do poder é um fato. A solidão, de qualquer maneira, é sua velha companheira. Quando jovem, seus amigos gostavam de corrida de cavalo e de carpetas de jogo. Flores da Cunha sempre tentava arrastá-lo para as mesas. Aquilo não o atraía de fato. Preferia ler, fumar charuto, tomar chimarrão e pensar. O seu vício, se chegasse a tanto, eram as "saídas alegres", as mulheres esguias. Um corpo jovem e rijo é algo que ainda o arranca do torpor.

Quando se casara com Darci, em 1910, ela era uma menina de apenas 15 anos. Tiveram filhos. Estavam juntos. O corpo, no entanto, pedia outras. É assim. Trai.

João Neves não costumava atrasar-se, lembra.

Lembra e já esquece de lembrar.

Ah, como João se permite agredi-lo. Que espírito conturbado e propenso à traição. No seu diário, Getúlio anotará em 19 de junho de 1935: "A oposição rio-grandense — João Neves e Batista Luzardo — abriu as baterias contra mim. O primeiro é um frasquinho de veneno manejando brilhante capacidade oratória, o segundo, com a má-fé inconsciente dos espíritos obtusos, mal se equilibra entre as contradições da sua palavra e dos seus atos."

Afasta a amargura com lembranças eróticas.

Afasta as lembranças do corpo da amante com lembranças intensas. Deixa-se dominar por imagens de poucos anos antes, que parecem distantes. Pensa em 1930.

Melhor, pensa nas articulações que fizeram dele candidato de oposição à presidência do Brasil.

É o ano de 1928.

Júlio Prestes de Albuquerque governa São Paulo. Fora eleito depois que seu pai, o velho e prestigiado Fernando Prestes de Albuquerque, cotado naturalmente para o cargo, deixara-lhe o caminho livre, embora fosse o vice-presidente do estado e devesse assumir. Júlio tivera o apoio inesperado e decisivo do presidente Washington Luís, contrariando parte da cúpula do Partido Republicano Paulista, o que se repetirá gravemente no futuro.

Em Porto Alegre, Getúlio Vargas e João Neves da Fontoura conversam, no Palácio, sobre o quadro político.

— Não acreditas que na próxima sucessão presidencial seja a vez do Rio Grande? — pergunta João Neves.

— Não, não creio.

Silêncio embaraçoso.

— O candidato de Washington Luís inequivocamente é o Júlio Prestes. As ligações entre ambos têm a maior intimidade. Por outro lado, os interesses do PRP concorrem imperativamente para essa solução.

— Não é possível, Getúlio. Isso vai romper o pacto com Minas. Antônio Carlos não vai aceitar uma coisa dessas.

— Isso é teoricamente certo, João, mas o Antônio Carlos não estará em condições de enfrentar o Prestes numa campanha eleitoral comandada pelo presidente da República. Seus pontos de apoio oficial, nos estados, são muito vagos. E convém não esqueceres que o poder presidencial se acha cada vez mais forte no Brasil, com as derrotas de todas as campanhas políticas de oposição e dos surtos revolucionários.

Neves fica algum tempo em silêncio.

Por fim, atreve-se a perguntar:

— Qual deverá ser a posição do Rio Grande?

— Acho cedo para firmarmos uma diretriz. Quanto ao Rio Grande, não a mim, mas ao partido é que caberá decidir. Portanto, ao Dr. Borges de Medeiros.

Outro silêncio. E uma pergunta à queima-roupa:

— E, se o choque das ambições regionais abrir margem à possibilidade de tua escolha como companheiro de Prestes, aceitarias?

É a vez de Getúlio silenciar. Neves sabe que ele evita respostas imediatas quando a questão é grave. Teme comprometer-se. Evita definições. É cauteloso demais.

— Não, porque entendo que governar o Rio Grande é mais do que ser vice-presidente da República. Além disso, eu fui eleito para este cargo e devo desempenhá-lo.

— Perfeitamente, Getúlio.

— Em qualquer caso, penso que o Rio Grande não pode nem deve, de acordo com a nossa tradição, pôr-se à frente de um movimento para levar um dos nossos ao Catete.

João Neves não desanima. Conhece Getúlio. Sabe que ele é cético. Um pessimista por natureza. Precisa de garantias. Estuda cada passo a dar. Tem uma paciência extraordinária. Explora as circunstâncias. Jamais se precipita. Será assim a vida inteira: um comunicador nato que sabe argumentar com muitos silêncios e poucas palavras. Mas também sabe envolver, fascinar, seduzir e deixar no ar o que parece enraizado. Conclusão: só uma razão externa o levará a enfrentar a marcha "natural" dos acontecimentos. Se nada acontecer, não se oporá ao candidato de Washington Luís, mesmo sendo outro paulista.

Um dia, nas suas memórias, João Neves caracterizará Getúlio como um homem "ameno, sorridente, gostando da boa piada, da anedota *à clef*, irônico, ateu, acessível", um sedutor que "namorava os adversários com ternura domjuanesca". Naquele dia de 1928, porém, sairá quase aborrecido. Se depender de Vargas, o Rio Grande continuará acatando o jogo de paulistas e mineiros.

É com essa impressão melancólica que João Neves embarcará para a capital federal, onde exercerá a função de líder da bancada do PRR na Câmara de Deputados. Vai substituir Flores da Cunha, que ocupara interinamente o lugar de Lindolfo Collor, cujo pedido de demissão se devera à mágoa por não ter sido designado, com a saída de Getúlio, para o Ministério da Fazenda.

Inveja, ressentimentos, rupturas, alianças... Nada mais do que o eterno vaivém das ondas do poder.

Ambições, ideais e lógicas de carreira. João Neves não demora para compreender que há "um divórcio entre a elite dirigente e o resto da nação". O fosso é enorme, "não falam a mesma língua". Washington Luís vive alheio à realidade. Exala autoridade. Mas peca por otimismo delirante. O cotidiano escapa-lhe por inteiro.

O governador mineiro Antônio Carlos advertirá:

— Façamos a revolução antes que o povo a faça.

No Rio de Janeiro, João Neves frequenta o Jockey Club, mora no Hotel dos Estrangeiros, pronuncia um discurso bombástico, declara que o Rio Grande do Sul não está comprometido com qualquer candidato, conhece o assédio da imprensa, acompanha atentamente a evolução do processo sucessório e equilibra-se entre os dois principais interessados, o presidente Washington Luís e o governador Antônio Carlos. Minas Gerais e São Paulo hostilizam-se. Washington Luís tem dificuldades para impor Júlio Prestes como seu candidato. Especula-se que poderá optar por Getúlio Vargas. Tudo fica para 1929.

Getúlio governa o Rio Grande do Sul ensimesmado. Parece alheio ao que acontece na capital da República.

No recesso parlamentar, João Neves retorna ao Rio Grande do Sul. Encontra Borges de Medeiros na sua fazenda de Irapuazinho. Visita Getúlio. Acertam os ponteiros.

Volta ao Rio de Janeiro. Aproxima-se cada vez mais do mineiro Afrânio de Melo Franco, grande amigo de Antônio Carlos, um jurista viúvo com vocação de estadista. O Brasil permanece atolado nos seus problemas sem que haja qualquer inquietação dramática. A sucessão presidencial entrará na pauta como um tema meramente político. A vida nas ruas, nas cidades e nos campos parece um problema estranho à escolha do próximo chefe da nação. Aqueles homens vivem e debatem como membros de um clube exclusivo. O país deve ser reflexo dos seus desejos, caprichos, partilhas e acordos. Comportam-se ora como lordes distantes da vulgaridade do cotidiano ora como aves de rapina disputando uma gorda carcaça.

O mundo está prestes a sofrer um choque de grandes proporções que afetará rudemente o Brasil, a crise da bolsa de Nova York. Mas aqueles homens estão longe.

Estão no Brasil da República Velha, que lhes parece muito nova e pujante. Discutem se anistiarão os revoltosos de 1922 e 1924. João Neves é favorável. Júlio Prestes, certamente não. O país é um tabuleiro de xadrez com poucas jogadas permitidas. Tudo é previsível. Washington Luís promete para setembro o seu grande lance, a escolha do candidato, quer dizer, do seu sucessor. Minas Gerais aguarda com a respiração em suspenso. Antônio Carlos angustia-se. A miséria ulcera a nação, mas é um problema dos miseráveis. Somente alguns milhões. Estadistas preocupam-se com a política do café com leite. O presidente paulista trairá Minas Gerais? Minas aceitará a afronta? O Rio Grande do Sul tentará aproveitar a brecha que poderá se abrir com a ruptura entre os dois grandes? Façam as suas apostas. Haverá um azarão?

O governador de Pernambuco, Estácio Coimbra, pergunta a João Neves, numa conversa amigável:

— Por que não se lançar o Sr. Borges de Medeiros?

Borges é um homem duro, seco, pilar do positivismo à gaúcha. O Rio Grande do Sul adaptara o cientificismo do francês Augusto Comte, acrescentado a degola para os casos de extrema necessidade. Deve-se viver às claras, salvo na contagem dos votos. Cacique regional, Borges tem influência nacional, mas, no fundo, não parece ter envergadura para uma longa temporada longe de casa.

— Não vamos tomar a iniciativa — responde Neves.

O ano é decisivo. O jogo não deslancha. Getúlio e João trocam intensa correspondência. Vivem uma fase idílica. Getúlio derrama-se em confidências e reconhecimentos: "As confidências de natureza política, de que és o único depositário, vão escritas de meu próprio punho. Não passam pela secretaria para que ninguém mais tenha conhecimento delas. Tua atitude aí é acertada, tuas informações parecem-me justas. Dizes que te interessas principalmente por mim. Outros se interessam principalmente por eles próprios. Esta é uma diferença que muito abona a elevação da tua conduta e que eu reconheço." Tramam como se apenas trocassem opiniões.

A posição de Getúlio não se altera: pede calma, discrição, conta com as circunstâncias, prefere deixar que os acontecimentos sigam seu curso natural. Afirma que ninguém se elegerá sem a concordância de Washington Luís.

A vida segue, no entender de João Neves, sem sobressaltos. O Rio de Janeiro, dirá bem mais tarde, nunca mais lhe parecerá tão maravilhoso e envolvente. É quase uma cidade do interior, com pouco mais de um milhão de habitantes, sem arranha-céus, salvo uma "casa de apartamentos", o Edifício Milton, na Praia do Russel. João conhece a "nata" da sociedade, passa a morar, em 1929, no suntuoso Hotel Glória, não há pressa nem enfado, com "transporte fácil" e "preços baixos em relação aos salários". O mundo de João não é o da Coluna Prestes.

Ele se equilibra prazerosamente entre os emissários do "Enguia", apelido do escorregadio mineiro Antônio Carlos, os lances do "Mandão", Washington Luís, famoso por outra frase sutil, "comigo é na madeira", a hesitação do "Geitúlio", como Vargas ficará conhecido, "capaz de tirar as meias sem descalçar os sapatos".

As articulações começam a acelerar-se.

Francisco Campos, secretário do Interior do governo de Minas Gerais, o procura com uma pergunta frontal:

— O Rio Grande do Sul marcharia para a luta com Minas Gerais se Washington Luís impuser Júlio Prestes?

— O Rio Grande do Sul, *sponte sua*, não candidatará jamais um de seus próceres, mas, se uma força poderosa e estranha, como a de Minas, apresentar uma solução à base de um dos nossos, o Rio Grande não se recusará, pena de falhar à sua destinação política.

Tem linguagem de bacharel, o João.

Minas Gerais quer estar preparada para o caso de tomar uma rasteira de São Paulo. O Rio Grande do Sul poderá ser uma bela cartada vingativa de Antônio Carlos.

O idealismo gaúcho consiste em ser pragmático: não dará o primeiro passo, mas jamais perderá a oportunidade de dar o segundo. Questão de ocasião e de destino.

Francisco Campos, acompanhado do elegante José Bonifácio de Andrade, irmão de Antônio Carlos, espera João Neves no apartamento 809 do Hotel Glória.

É o dia 17 de junho de 1929.

Os dados serão lançados.

O deputado José Bonifácio estende uma carta do irmão a João Neves. O conteúdo é líquido e certo: Antônio Carlos oferece apoio à candidatura de um gaúcho — Borges de Medeiros ou Getúlio Vargas, se não for ele mesmo, como de "direito", lançado pelo presidente Washington Luís.

Um pacto é proposto.

João pensa: "É agora ou nunca?"

Terá de consultar Getúlio e Borges. Não tem autonomia para assinar um compromisso de tal monta.

Sente-se tomado por uma grande excitação. Sabe que não pode vacilar. O Rio Grande do Sul não tem razões para romper com o Catete. Exceto, mas isso ele não pensa ou não diz, a oportunidade histórica de chegar ao poder.

Não se pode deixar o cavalo passar encilhado.

A tarde avança. Borges está longe, muito longe, na sua fazenda gaúcha de Irapuazinho. Precisaria de uns dez dias para obter uma resposta do velho cacique do PRR.

Sabe que não é hora de temer.

Faz parte de um povo de homens ousados e guerreiros. Gente atrevida. Ainda em 1926, Osvaldo Aranha e Flores da Cunha andavam em armas contra os rebeldes dos oficiais Nelson e Alcides Etchegoyen, cuja "Coluna Relâmpago", ligada aos libertadores do velho Honório Lemes, tentara unir-se a Prestes e impedir a posse de Washington Luís. Quem podia prever que estarão todos juntos em 1930?

Dará o grande passo sozinho?

Pede tempo. Consulta o companheiro de bancada Sérgio de Oliveira. Explica, confidencia, aposta, convence.

Volta a encontrar Francisco Campos e Bonifácio. Campos escreve os termos do pacto entre Minas e Rio Grande. Borges de Medeiros deverá cauccioná-lo.

João Neves da Fontoura assina-o, pois o "Rio Grande, é claro, sob pena de falhar aos seus próprios destinos, não poderá recusar; vitorioso, governará de inteiro acordo com o elemento que houver predominado na escolha".

Um dos elementos, Borges, esconde seu jogo. O outro, "Geitúlio", desacredita de qualquer possibilidade, mas, por via das dúvidas, encoraja as articulações.

Não ficará triste se o poder cair-lhe no colo.

O Rio Grande do Sul entrará na luta que porá fim à República Velha não para liquidar a política do café com leite, mas justamente se ela não for respeitada.

No Palácio Piratini, naquele começo de inverno, Vargas recebe o comunicado entusiasta de Neves dando conta do acordo com os mineiros. Inquieta-se. Teme uma precipitação. Percebe a esperteza mineira. Querem usar o Rio Grande do Sul como desaforo contra São Paulo se Antônio Carlos for preterido em favor de Prestes.

Reage com hostilidade. João Neves irrita-se: "Teu telegrama recebido às vinte e uma horas. Itaimbé já partira de Santos. Estou profundamente impressionado com tua vacilação. Recusas receber o documento que concretiza uma situação que tu mesmo havias idealmente admitido na resposta transmitida por Daudt ao Afrânio. Campos continua aqui, esperando. Parece, pois, conveniente Daudt regresse do porto Rio Grande, autorizando-me tu a desfazer o acordo. Lamento riscos, sacrifícios inúteis, apenas no interesse do Rio Grande."

A resposta de "Geitúlio" é eloquente: silêncio.

O emissário João Daudt de Oliveira chega a Porto Alegre com o documento do acordo. Vargas interessa-se.

Manda Osvaldo Aranha, seu secretário do Interior, levar o papel em mãos a Borges de Medeiros. Osvaldo é um fenômeno de comunicação: envolvente, otimista, sedutor.

Volta de Irapuazinho com a autorização do chefe.

Escreve para Getúlio de um jeito capaz de liquidar os temores do amigo: "O pacto ajustado pelo líder de Minas e o nosso é aceitável em princípio, significando mesmo uma honra confiada por Minas ao Rio Grande."

Borges é um velho cansado dos holofotes. Escreve para Getúlio. Aceita o pacto. Mas não quer trair Washington Luís: propõe que Minas Gerais, se o plano andar, submeta ao presidente a candidatura articulada em vista de uma Convenção Nacional. No momento devido, João Neves cuidará de implodir essa romântica sugestão.

Faz Getúlio feliz com uma observação tranquila: a candidatura "não poderá senão ser a sua, que é a que melhor corresponde às simpatias e desejos da nação".

Tudo parece convergir para Getúlio: o teimoso Washington Luís não abre mão de Prestes. Antônio Carlos não pretende se deixar enganar. Borges não deseja o cargo. João Neves luta pelo posto como se fosse para ele mesmo. Cabe a Getúlio falar o mínimo possível e esperar.

É o que ele mais gosta de fazer.

Finge-se de esfinge. Acaba por acreditar.

Em 10 de maio de 1929, em carta protocolar ao presidente Washington Luís, ele havia falado demais: "o Partido Republicano Rio-grandense não lhe faltará com o apoio no momento preciso."

Despiste? Traição? Artimanha?

A imprensa governista o acusará de tudo isso.

João Neves terá de defendê-lo em discurso na Câmara dos Deputados: "Como poderia um homem da notória inteligência do Sr. Getúlio Vargas escrever uma carta, que o comprometesse no futuro, se estava tramando, por processos equívocos, o lançamento da sua candidatura?"

O argumento é tão pouco convincente, embora cinicamente perfeito, que arranca elogios de Vargas e acalma os inimigos. Neves estava sendo encorajado por Getúlio a negociar desde 1928. Sabe, contudo, que é preciso ser cortês e enganar o "Mandão" com sutileza.

Falta pouco para tudo se concretizar.

Em setembro, o presidente fará a sua aposta.

Mas João Neves adoece.

O soldado da causa está sem forças.

O corpo nem sempre obedece à fibra do espírito.

Flores da Cunha assume o comando provisório das operações. Leva uma nova carta de Getúlio ao presidente: "Os acontecimentos tomaram feição imprevista (...) Meu nome não será obstáculo a que V. Exª. possa dar uma solução pacífica ao problema da sucessão presidencial."

O intrépido Flores da Cunha transmite por intermédio de João Neves a resposta do presidente: ele precisa refletir. Flores e João Neves têm seus desentendimentos do passado. Ao chegar ao Rio de Janeiro, informado da doença do outro, Flores exclama alegremente:

— Mas ainda não morreu!

João o descreverá assim, depois de tudo e de todas as lutas: "Como Pinheiro Machado, sempre gostou da teatralidade: as chegadas e partidas espetaculares, o lenço de seda branca no pescoço, as frases emotivas, os aplausos da multidão. Um dos seus fracos era cultivar o suspense, deixando entrever aos interlocutores que sabia coisas importantes que toda gente ignorava."

Falta pouco tempo.

Falta um vice-presidente para a chapa.

Escolhe-se João Pessoa, presidente da Paraíba, cujas qualidades de administrador chamam a atenção de todos. A Paraíba já manifestara repúdio à candidatura de Prestes.

Osvaldo Aranha luta em todas as frentes pela aliança entre Minas Gerais e o Rio Grande do Sul. Washington Luís vai lhe oferecer a vice-presidência na chapa de Prestes.

Em 2 de agosto, reunida nos salões luxuosos do Hotel Glória, onde Flores da Cunha exibe sua fanfarronice, a oposição adota o nome de Aliança Liberal.

No dia 5, Neves discursa na Câmara de Deputados. Nas suas memórias, ele se resumirá como um orador temível.

> O Sr. Washington Luís e seus amigos alegavam possuir sobre nós uma superioridade esmagadora, pois somavam os votos pela quantidade dos Governadores. Os eleitores eram contados como os rebanhos, pelo número de seus "proprietários"! Só isto seria suficiente para definir o caráter primário do regime, nos idos de 1929, ou a decadência dos costumes cívicos da época. A maior concessão oficial consistia em não equiparar os

Governadores quanto à potência eleitoral. Havia os grandes e os pequenos, os "donos" de maior ou menor número de cabeças de votantes!

O Brasil é um imenso curral. Borges de Medeiros, Getúlio Vargas, Flores da Cunha e João Neves da Fontoura controlam parte importante do rebanho de eleitores do Rio Grande do Sul, sob a bandeira do PRR e das suas posses. Antônio Carlos, José Bonifácio, Francisco Campos e Afrânio de Melo Franco dominam o curral de Minas Gerais, à sombra do Partido Republicano Mineiro. João Pessoa disputa na Paraíba o controle da manada eleitoral com outros clãs. Um certo José Pereira dará trabalho.

A guerra está declarada.

> O governo perdeu virtualmente a partida naquela tarde de 5 de agosto [lembrará João Neves]. Daí em diante a teimosia presidencial, os erros que ia cometendo, o emprego maciço de todos os recursos oficiais a favor da candidatura de Prestes, a sistematização da fraude e afinal o apelo ao terceiro escrutínio para dividir a bancada de Minas e guilhotinar a representação paraibana, tudo isso culminado pelo assalto à autonomia do pequeno Estado nordestino cavou a ruína da ordem constitucional, desmoronada a 24 de outubro de 1930, três semanas após a marcha revolucionária que empreendemos, partindo do Nordeste, de Minas e do Rio Grande.

Pobre João Neves. Luta por uma reforma, terá de abraçar um movimento armado. Será ultrapassado por uma revolução. A sua Aliança Liberal perderá as eleições, ganhará a guerra. Ele fará uma previsão, em carta de 31 de março de 1930 a Vargas, cujo sentido lhe escapará:

> Tenho para mim que este foi, no regime atual, o último pleito ocorrido em nosso país. Após os desmandos do poder, verificados na luta recém-terminada, depois do descalabro que aí está, só um sonhador incorrigível se meteria a disputar uma eleição presidencial no Brasil; e só um apóstolo, colocado na chefia do governo, se deixaria vencer por um movimento de opinião. O Sr. Washington Luís, com sua conduta antirrepublicana, marca o fim de uma época.

A próxima eleição presidencial direta só ocorrerá em 2 de dezembro de 1945, depois de uma revolução (1930), de um governo provisório (1930-1934), de uma contrarrevolução (1932), de um governo constitucional (1934-1937), de uma intentona comunista afogada em sangue, até de antigos tenentes aliados (1935), de uma ditadura, o Estado Novo (1937-1945), de uma tentativa de golpe de Estado fascista (1938), de tribunais de exceção, de expurgos, de prisões de oposicionistas, de amordaçamento da imprensa, da participação brasileira numa guerra mundial, ao lado dos Estados Unidos e dos seus aliados, contra o nazifascismo de Hitler e Mussolini, da reinvenção do Brasil pela industrialização e pela adoção do voto para mulheres e de uma legislação trabalhista avançada capaz de tirar do esquecimento milhões de infelizes. Getúlio Vargas havia começado uma nova época da qual, por algum tempo, João Neves estará excluído.

Uma revolução precisa limpar a merda do passado com o mau cheiro dos cadáveres deixados para trás.

*

O exército precisa de voluntários em 1927. Gabriel, no auge dos seus 15 anos e do alto dos seus 1,64m, cobre a cabeça com um chapéu de abas largas para parecer mais velho e apresenta-se no 7º B. C. Porto Alegre parece-lhe imensa e maravilhosa. Quer ficar. Não tem a certidão de nascimento para mostrar aos recrutadores. É recusado por não conseguir provar a idade de 17 anos. Um sargento sai do seu silêncio, diz-lhe para esperar e volta com o texto de uma lei que permite a dois oficiais atestarem a idade de um candidato sem certidão. Senta praça no exército. Vai limpar as escarradeiras como primeira missão.

# 7

Ele não vem, conclui Getúlio.

Pensa na estranha personalidade de João Neves. Sempre oscilando, imaginando-se o mais coerente dos mais homens, andando em curvas com a certeza de seguir sempre reto. Quantos telegramas ele lhe enviara entre 1930 e 1932 jurando seu desinteresse e o seu idealismo?

Quanta insegurança!

Parecia, às vezes, uma criança precisando de reforço, de um afago, de um elogio, de reconhecimento.

Já em 18 de outubro de 1930, em meio à revolução, João viera expor-lhe seus medos: temia um surto militarista. Queria mudar tudo sem mexer em nada.

Getúlio ouvira calado.

Muitas vezes tivera de dizer-lhe algo apenas para acalmá-lo. Era um eterno angustiado conservador.

Parecia sempre disposto a uma renúncia com tons de heroísmo. Mas sempre voltava com o rabo entre as pernas.

Em 1932, Neves pedirá demissão do seu cargo no Banco do Brasil. Acompanhará os demissionários, de outros postos mais importantes, Mauricio Cardoso, Lindolfo Collor e Batista Luzardo. O problema será o empastelamento, como se dizia então, do jornal *Diário Carioca*. Getúlio anotará no seu diário, em 26 de julho de 1932: "João Neves, pelo rádio, em duas noites sucessivas, farta-se em agredir-me pessoalmente."

Em 5 de janeiro de 1933, outro registro: "Procurou-me o general Góis Monteiro para mostrar a cópia de uma carta assinada pelos Srs. Neves, Pilla e Mélega, como representantes das frentes únicas, convidando-o para tomar parte num movimento subversivo que tinha por fim derrubar o atual governo e as situações estaduais, a fim de substituí-lo por um governo coletivo até a Constituinte. Góis repeliu o convite."

Esse é o homem.

Procurar Góis Monteiro para um golpe. Góis, o chefe militar da revolução de outubro de 1930!

Getúlio sente-se só.

Quando Alzirinha fora para os Estados Unidos, experimentara a sensação de falta de um pedaço.

A filha é uma referência na sua vida.

Tem ressaca de sono. Vê muita gente. Churrasqueia, despacha com ministros, lê os jornais, vai ao cinema. Reflete sobre antigos amigos. Não tem ilusões. Os mais rancorosos o atacam na esperança de "pescar" uma pasta de ministro. É o caso de Collor. Não o tem por inimigo.

Volta a 1929.

João Neves é um leão. Bate-se por ele.

Mas só enxerga uma parte da realidade.

Não vê os tenentes conspirando como sempre.

Na clandestinidade.

Conspiram na rua Pinheiro Guimarães, 69, no Rio de Janeiro. Conspiram em Recife, em São Paulo, em Porto Alegre, nas fronteiras. Conspiram de sul a norte.

Conspiram na Bolívia e na Argentina.

Chamam-se João Alberto, Juarez Távora, Siqueira Campos, Miguel Costa, Prestes, Estillac Leal, Juraci Magalhães...

Washington Luís, como previsto, confirma sua opção por Júlio Prestes. A Aliança Liberal se lança.

O Partido Democrático de São Paulo, de vertente liberal e defensor de uma nova mentalidade política, realiza em janeiro de 1930 o seu sexto congresso. Desde agosto, dera a sua adesão à candidatura de Vargas. Não vê nela perigo para a ordem. Quer mudanças. O professor Gama Cerqueira, que será citado pelo historiador Hélio Silva, afirmará sem sobressalto: "Assim como realizamos, sem dilacerações sociais, sem lutas fratricidas, sem derramamento de sangue as mais importantes reformas sociais, como a abolição da escravatura e a proclamação do regime republicano, assim a evolução para a verdadeira implantação da República nos moldes liberais e democráticos da nossa Constituição está seguindo o mesmo caminho."

Os professores nem sempre enxergam o que se passa nas ruas. Cerqueira não vê o furacão se aproximar.

Nem sequer os mais próximos aliados de Getúlio Vargas parecem conhecê-lo realmente.

Todos pensam, no fundo, conduzi-lo. Imaginam-se empurrando-o para um caminho sem grandes riscos.

João Neves parece ser o menos clarividente.

As atitudes de Vargas indicam um homem pacato, acomodado, sem vontade de ir à luta. Não quer viajar muito para fazer a sua campanha. Prefere ir, de navio, às capitais litorâneas. Nada mais. Aposta no recrudescimento da crise do café, ampliada pela quebra da bolsa de Nova York, acontecida em outubro de 1929, como estimulante para o eleitorado insatisfeito. Mantém-se descrente:

> Enfim, este capítulo [diz Getúlio sobre a campanha] não me é muito agradável, visto como não tenho inclinações para Messias, nem para armar efeito em torno da minha pessoa, exibindo mercadorias democráticas (...) Vou anuindo a tudo para manter as aparências, pois o balanço das forças já me fez perder a fé na vitória eleitoral.

É um sinal de desistência ou um estímulo à adoção de outros métodos? As articulações fervilham. As declarações de guerra multiplicam-se. João Pessoa desferira o seu "nego" quando Washington Luís lhe pedira apoio. A Paraíba está disposta a "tombar na luta" em caso de derrota eleitoral. Qual a importância militar da Paraíba?

É pequena, claro. Mas o Rio Grande do Sul e Minas Gerais estarão com ela se a história assim o exigir.

A imprensa mais importante — *O Globo*, *Diário Carioca*, *O Estado de Minas*, *Correio da Manhã*, *Jornal do Comércio*, *Diário da Noite*, *Diário de São Paulo*, *O Combate*, *A Batalha*, *A Esquerda* — acompanha a expedição do navio de campanha da Aliança Liberal, o *Orânia*, no qual vão oradores temíveis, João Neves, Batista Luzardo, João Pessoa...

Vive-se ainda a era do impresso.

Mas é preciso ganhar os votos no gogó.

Os oradores atacam incessantemente os desmandos do governo central, o empreguismo, "o menosprezo pela Constituição", a prática da fraude eleitoral...

Em Recife, João Pessoa sobe o tom:

"Não, meus concidadãos, revolucionários não somos nós. Revolucionários são os que esvaziam criminosamente os arcos do tesouro, os que diminuem a nação no conceito dos outros, os que colocam a República fora da Constituição e das leis."

O discurso de João Pessoa é claramente conservador. Ele o será até o último dia, numa confeitaria, em Recife. Parece ignorar que a revolução se prepara. Aceitará, se necessário, um movimento armado, jamais uma revolução social, que nem imagina ou acredita possível. A repressão chega antes. Nos comícios, as polícias descem o pau.

Batem com gosto.

Um artista, De Chocolat, é espancado em Recife.

Os correligionários do presidente da República seguem a máxima do chefe: "É na madeira."

Outros praticam a mesma filosofia. O bando de Lampião incendeia os sertões. As vidas valem pouco ou nada. Como dirá Flores da Cunha, a perdição vem do fato de existirem muitos cavalos lerdos e mulheres ligeiras. Mais ligeiros ainda são os disparos. Tiroteia-se por qualquer coisa. Mata-se e morre-se sem cerimônia.

Observador atento e interessado, João Neves sempre se lembrará desses comícios embalados a discursos inflamados e a balas inesperadas. Ou nem tanto.

Batista Luzardo escapa por pouco de um tiroteio num comício em Garanhuns. Falava sob um poste iluminado.

Em Natal, antes que Luzardo termine a introdução da sua fala, começa a fuzilaria, que termina com dois mortos e muitos feridos. Ninguém é poupado. Nem o irmão do presidente do estado. Um comício é um lugar perigoso.

No Espírito Santo, onde o governador Aristeu Aguiar faz tudo o que o "Barbado" manda, depois de um primeiro comício interrompido por uma confusão, a polícia de Mirabeau Pimentel dá garantias para um segundo encontro público, que acontece em 13 de fevereiro.

O terceiro orador ataca as fraudes. É interrompido à bala. O tiroteio dura nada mais do que duas horas e cinco minutos. Uma epopeia. Um divertimento. O resultado é desolador: mais de cem vítimas, entre mortos e feridos. O jornal liberal da cidade, *A Gazeta*, é invadido na mesma noite. Fazer política exige coragem e sete vidas.

Geraldo Viana, citado por Aurino Moraes, descreve a "chacina" de Vitória com as cores fortes de um romance:

> Correria, gritos, lamentações — tudo ao mesmo tempo que a fuzilaria cerrada dava a impressão de uma batalha entre forças inimigas. Não havia, entretanto, inimigos em luta; havia de um lado, ou melhor, por todos os lados, a força pública bem armada, bem municiada, em louca fuzilaria contra o povo indefeso, desarmado, colhido de surpresa na praça pública. Duas horas e cinco minutos durou o tiroteio contra a massa popular e contra as casas que circundam a praça. Pessoas do povo, um oficial da polícia, um filho de outro oficial, ao todo mais de cem vítimas entre mortos e feridos foram encontradas. Todas as balas, como se verificou, eram de armas da polícia. A balaustrada da escadaria, em que se encontravam os caravaneiros e centenas de pessoas, foi despedaçada pelas balas que para ali convergiam (...) Um dos primeiros disparos atingiu um homem que se encontrava na sacada do andar superior do Colégio [Internato Maria Auxiliadora], cuja morte fora instantânea, pois teve o crânio despedaçado por uma bala. O que foi a cena de sangue daquela noite trágica de 13 de fevereiro de 1929, dizem-no em detalhes os jornais do Rio de Janeiro e o manifesto distribuído em avulsos, em Vitória, assinado por mim e pelos seguintes companheiros de caravana...

Muitos jornais apoiarão a Aliança Liberal: *Correio da Manhã*, *O Globo*, *O Estado de S. Paulo*, *Diários Associados*, *A Manhã*, *A Batalha*, *Correio do Povo*, *Diário Mineiro*, *Diário Carioca*, *A União*, *A Gazeta*, *A Pátria*, *Diário Nacional*...

Vitória será apenas o começo.

O pior ainda acontecerá.

Os ânimos não param de se acirrar.

Um trem partirá, em 6 de fevereiro, da Central do Brasil com uma comitiva da Concentração Conservadora, pilar do situacionismo. Entre os viajantes está o vice-presidente da República, Fernando Melo Viana, mineiro, que, não tendo conseguido ser candidato ao governo de Minas Gerais, virara a casaca e passara a apoiar Prestes.

Chegam a Montes Claros às 23h25.

Um boletim distribuído na cidade pela Aliança Liberal pede cautela e respeito à ordem:

> Recomendamos a todos os nossos correligionários a máxima tolerância para com os adversários, evitando quaisquer discussões ou atritos e mesmo coparticipações em reuniões, mas tratando-os sempre com a devida cortesia.

A comitiva, sob intenso foguetório comemorativo, segue pelas ruas, serpenteia, avança, faz barulho, muda inesperadamente de trajeto, passa pela frente da casa de João Alves, chefe local aliancista. Jovens se divertem num baile. O momento é de tensão. Tudo pode acontecer.

— Morra a Aliança Liberal! — grita alguém.

— Morra! — repetem outros.

Um menino chamado Austílio retruca:

— Viva!

Um foguete dos festeiros cai à porta da casa.

João Alves recua ensanguentado.

O pânico toma conta do lugar. Pipocam as balas.

A revolução terá o seu mártir mais jovem.

Morre Fifi, o menino Austílio Benjarane Tecles, cuja inocência não suportará um batismo de fogo. A revolução francesa de 1789 teve Joseph Bara, o menino mártir.

O Brasil de 1930 tem Fifi.

Morrem também José Antônio da Conceição, João Soares da Silva, o João Gordo, e Rafael Fleury da Rocha, secretário particular do vice-presidente da República, Melo Viana, que, preocupado em fugir a mil por hora, só perceberá a perda do auxiliar horas depois, longe dali. Morrem em Belo Horizonte, para onde foram removidos, Iracy de Oliveira Novais e Moacyr Dolabella Portela.

Seis mortos e 15 feridos, entre os quais, em princípio, o próprio Melo Viana, atingido três vezes.

O presidente Washington Luís, comovido e revoltado, rotulará o episódio de "tocaia dos bugres". Ele voltará imediatamente do seu descanso em Petrópolis. Trará pronto o decreto de intervenção em Minas Gerais.

Atribui-se prontamente à Dona Tiburtina, mulher brava de João Alves, pintada como megera soltando fogo pelas ventas, uma espécie de mula com cabeça e olhar de bruxa famigerada, um papel decisivo no ocorrido.

No jornal *O Malho*, que não perdoa ninguém e sabe acirrar os ânimos, ela aparecerá caricaturada de escopeta na mão junto a um embornal com farinha e rapadura.

É o momento decisivo. Washington Luís salta sobre a oportunidade. Tenta usar o caso de Montes Claros como um exemplo do comportamento dos homens da Aliança Liberal.

João Neves sintetizará:

> O Sr. Washington Luís fez todo o possível para emprestar àquele sangrento episódio o aspecto de uma crise geral de ordem interna e de ausência de garantias para os adversários do governo local. Seu objetivo era transparente: a intervenção federal no Estado de Minas Gerais para vingar-se da atitude do PRM, opondo-se à candidatura oficial, para abater a ousadia do presidente Antônio Carlos, para sufocar a Aliança Liberal. Não o conseguiu. Constitucionalmente, não ocorrera qualquer dos fundamentos que então poderiam legitimar a grave medida.

Aurino de Moraes, em *Minas na Aliança Liberal e na revolução*, dará outra versão dos fatos. Em primeiro lugar, os adeptos da candidatura Prestes concentrarão jagunços da "Granjas Reunidas", propriedade agrícola dos irmão Dolabella Portela, em Montes Claros, para provocar os ânimos. Depois do conflito, Carvalho Brito, preposto de Washington Luís em Minas e integrante da comitiva, mandará um telegrama ao ministro da Justiça manipulando os acontecimentos e inventando os ferimentos de Viana:

> Urgente — Dr. Viana de Castelo — Rio — De Montes Claros — Chegada especial nesta cidade fomos agredidos a tiros, achando-se ferido Melo Viana. Devido falta garantias partiremos dentro uma hora, telegrafando próxima estação. Há mortos e feridos.

Em seguida, Carvalho Brito ordenará o bloqueio dos telégrafos, impedindo qualquer outro comunicado ou informação. Ao diretor dos Telégrafos, Mário Belo, que lhe pergunta se "pode dar saída a todos os despachos", Brito responderá que é para "manter instruções que demos ao encarregado telégrafos em Montes Claros".

Ao presidente da República, Carvalho Brito enviará telegrama, assinado por ele e por Melo Viana, descrevendo o episódio com fartura de detalhes controvertidos:

> Depois de chegarmos a esta cidade, onde tivemos grande recepção, falando Melo Viana discurso sereno e calmo, respondendo saudação desapaixonada, encaminhamos meio grande massa popular casa destinada hospedagem Melo Viana. Ao defrontar residência chefe aliancista, Dr. João Alves, irmão deputado Honorato Alves, fomos alvejados descargas tiros revólveres e carabinas pelas costas, sendo ferido Melo Viana no pescoço parte posterior por três projéteis felizmente sem gravidade e já medicado. Dois dos nossos companheiros de comitiva gravemente feridos. Determinamos nosso regresso imediato para socorrê-los devidamente. Nossos companheiros reagiram à agressão, tendo fugido pessoas que da dita casa os alvejaram. Há mortos e vários feridos, cujos nomes não podemos ainda remeter.

A descrição do jornalista Aurino de Moraes, simpatizante da Aliança Liberal, será bem outra:

> A rua Dr. João Pimenta, indo da estação, sai na praça Dr. João Alves, onde está a residência do político que lhe dá o nome. Aí, ao som de uma vitrola, se realiza, com a presença de rapazes e moças da sociedade local, um baile. Casa com portas e janelas abertas, profusamente iluminada. Com surpresa para os que se divertiam, irrompe o cortejo naquela praça, que não era, nem prática nem naturalmente, o caminho indicado para o desfile da caravana depois que deixasse a estação. Da massa concentrista alguns exaltados gritam, em seguida a vivas aos seus chefes, morras à Aliança Liberal e seus dirigentes. O Dr. João Alves, de pé, na porta de sua residência, assistia à passagem dos manifestantes. Os seus amigos aproximaram-se, por sua vez, das janelas por detrás das quais observavam o cortejo. Eis quando uma das bombas lançadas pelo fogueteiro da festa cai na porta do chefe aliancista, provocando a queda do menino Austílio e a entrada súbita do Dr. João Alves, meio sufocado pelos gases resultantes da explosão e deitando sangue pela boca. Estes fatos, verificados pelos que se encontravam dentro da casa, deram a impressão fulminante de que aquela residência estava sendo atacada, donde resultou uma reação imediata. Deflagra um tiroteio rápido e violento. Tudo ocorreu em menos de três minutos.

Toda guerra é uma guerra de versões.

A imprensa chapa branca deita e rola. O *Barbado* encontra, enfim, razões para mandar mais tropas a Minas. Parte do 10º R.I. vai de Juiz de Fora para Montes Claros.

Aurino Moraes dirá que Carvalho Brito fugiu de medo, não tendo voltado para medicar os feridos, entre os quais o secretário particular do vice-presidente da República. Melo Viana enviará telegrama ao juiz de direito de Corinto, estação próxima de Montes Claros, pedindo notícias de Fleury. Na fuga, não se olha para trás.

O inquérito concluirá pela inexistência de premeditação de qualquer parte ou de participação do governo mineiro no incidente. O estrago está feito.

Nesse mesmo dia 6 de fevereiro, em Porto Alegre, Getúlio Vargas reúne-se com Góis Monteiro, Osvaldo Aranha e o tenente João Alberto. Não se improvisa uma revolução.

Os bons conselhos dos seus colaboradores e o inquérito realizado com eficácia impedem Washington Luís de realizar a intervenção. Minas Gerais escapa da punição. É a segunda das três derrotas do presidente da República: a primeira fora não ter conseguido evitar a chapa de oposição, encabeçada por seu ex-ministro da Fazenda, um homenzinho desconhecido que ele havia tirado praticamente do nada e transformado num líder nacional.

— Está sendo manipulado pelo Antônio Carlos — diz Washington Luís num momento de indignação.

— Getúlio?

— Quem mais seria, Júlio?

— João Neves.

— Esse é outro que come na mão dos mineiros.

— É um oportunista.

— O Antônio Carlos é uma cobra, Júlio, uma víbora. Faz tempo que ele vem estimulando com sucesso o apetite de poder do pessoal do Rio Grande do Sul. Nunca pensei que Getúlio se deixaria levar assim. Ainda estou pasmo.

— Vargas se deixa influenciar por Neves e por Aranha.

— São todos iguais. Quem poderia imaginar que Borges de Medeiros fosse caucionar essa aventura patética?

— Todos se uniram para dar o grande golpe.

— Pode ser. Em todo caso, só de um eu não esperava traição: de Getúlio Vargas. Eu o ajudei como poucos. Dei-lhe a oportunidade mais importante da sua vida.

Júlio Prestes sorri. Por um instante imagina que o presidente esteja falando da insistência na sua candidatura, contrariando o acordo com Minas Gerais.

— Quem manipula quem nessa história?

— Ora, Júlio, isso está muito claro.

— Não tenho certeza. Os mineiros pensam que estão manipulando Vargas e os seus amigos do Rio Grande. E se for o contrário? E se Minas estiver sendo usada?

— Não seja ingênuo, Júlio. Getúlio é um aprendiz perto de Antônio Carlos. Como é mesmo o apelido que lhe dão?

— A Antônio Carlos?

— Claro, a Antônio Carlos.

— Enguia?

— Então?

— É, pode ser...

— A culpa é do Antônio Carlos e do João Neves da Fontoura. Esse deputadinho vive botando lenha na fogueira. Faz o que bem entende do Getúlio.

A hora da eleição chega.

Ao longo do mês de fevereiro, jornais governistas denunciam a existência de conspirações nos quartéis.

Osvaldo Aranha minimiza ou desmente.

Getúlio Vargas retira-se para a sua cidade natal, a distante São Borja, disposto a esperar o resultado eleitoral no seu hábitat, a campanha gaúcha.

É um homem estranho, ensimesmado, complexo. Ouve mais do que fala, mas quando fala sabe comunicar. Na Esplanada do Castelo, no Rio de Janeiro, havia entusiasmado cem mil pessoas com a plataforma da Aliança Liberal: anistia e liberdade de pensamento e de imprensa; legislação eleitoral, voto secreto, leis trabalhistas e sociais; criação do Ministério da Educação e Saúde Pública, industrialização do país, proteção aos produtos e interesses nacionais, valorização de outras culturas além do café. Recebera felicitações do mineiro Afonso Pena Júnior, implicado na Aliança, pela eloquência, assim como de Epitácio Pessoa, tio de João Pessoa, o Borges de Medeiros da Paraíba, uma raposa de algum fino trato.

Jamais um comício reunira tanta gente antes.

Nunca os trabalhadores haviam escutado tantas promessas relacionadas com os seus interesses.

Aquele programa já é uma revolução.

Em 14 de maio de 1932, no entanto, em manifesto, Getúlio Vargas, na condição de chefe do governo provisório, sofrendo forte oposição e acossado pelo "fogo amigo" de gente como seu antigo escudeiro João Neves da Fontoura, dirá com todas as letras: "O programa da Aliança Liberal continha muita coisa aproveitável, mas, somente ele, não bastava para satisfazer as necessidades e as conquistas da revolução."

Se a Aliança Liberal promete salário mínimo, férias pagas e desenvolvimento da indústria siderúrgica, Júlio Prestes faz juras de amor aos fazendeiros e ao mundo rural. A fazenda é descrita como o "lar brasileiro".

No vaivém das negociações, "Geitúlio" tentará prever todas as possibilidades. O Rio Grande do Sul tem fama de fazer oposição. Em 1922, apoiara a Reação Republicana, apostando em Nilo Peçanha contra Artur Bernardes.

Vargas temerá, em algum momento, a derrota e as represálias dos vitoriosos. Tramará, por intermédio de Firmino Paim, um acordo ardiloso com Washington Luís. A ideia era que se lançasse um terceiro candidato.

Um nome de consenso.

O plano fracassa. Paim, ainda assim, consegue um pacto de não agressão com o governo federal, pelo qual Vargas se compromete a não fazer campanha fora do seu Estado e a reconhecer e apoiar o adversário caso este seja eleito. Em contrapartida, se Vargas for eleito, Washington Luís se obriga a não contestar o resultado.

O destino e os homens desejarão que não seja assim.

Getúlio sai para ler a sua plataforma.

Deseja, no entanto a conciliação.

Ele dirá:

> A luta suscitada pelo dissídio aberto com a sucessão eleitoral vai, pela incultura política e exacerbação dos espíritos, tomando um rumo cujas consequências são difíceis de prever, independente da vontade dos dirigentes. Por vários motivos que não vêm ao caso relatar, o Brasil é o terreno preparado para as revoluções. Cabe aos espíritos verdadeiramente patriotas

adotar medidas conciliatórias, no interesse do país. Se houvesse liberdade de voto, seguras garantias ao eleitorado e isenção de ânimo da parte do presidente da República, não há dúvidas que os candidatos da Aliança Liberal poderiam triunfar. Nas circunstâncias atuais, com o que se tem visto e praticado, com o que se prepara e apregoa, tudo leva a crer que esta será vencida pela compressão e pela fraude. Nos Estados do Norte, não há eleições, na verdadeira significação do termo, nem mesmo alistamento regular. É o regime das atas falsas, preparadas adrede, sem comparecimento dos eleitores, nem reunião das mesas eleitorais. A votação se alarga de acordo com a vontade dos governadores e pelas informações que já prestaram e compromissos que assumiram o candidato oficial terá a maioria absoluta, sem que as oposições consigam comparecer às urnas. Nesses Estados, as oposições só conseguem votar quanto o governo federal se interessa por elas, exercendo certa vigilância. No caso presente, porém, o presidente da República não só apoia como aconselha essas medidas de compressão e fraude. Tendo, por sua vez, o candidato oficial a maioria no Congresso, este se encarregará de homologar o trabalho fraudulento das máquinas oficiais.

Acontecerá exatamente assim.

Um mês antes das eleições, Osvaldo Aranha envia telegrama a Joaquim Vidal implorando para que este consiga com o juiz federal o número de eleitores de São Paulo.

Uma semana antes do pleito, Vidal responde dizendo ter obtido o número de sessões: 1.307. Avisa também que continuam as prisões arbitrárias.

No mesmo dia, aquele 25 de fevereiro movimentado, Osvaldo Aranha escreve a Lindolfo Collor, redator de *A Pátria*: "Urge providenciar junto amigos todos os Estados mandando instruções sobre remessa resultados eleitorais a fim contraditar mentira oficial."

Aranha é o motor da rebelião que se prepara. As urnas serão visitadas, mas ninguém acredita na lisura do jogo. Os cidadãos já se preparam para ir às armas.

De Vacaria, dois dias depois, Paim Filho pede a Aranha que envie 200 carabinas. Recebe 100.

Tudo se acelera. Vargas lança um manifesto: "Esta proclamação é como um toque de sentido, um sinal de alerta. É indispensável que cada eleitor porfie em depositar a sua cédula nas urnas, sobrepondo-se a qualquer violência, desmascarando a fraude, zelando pela verdade do pleito, a fim de que possamos fazer valer, no reconhecimento, em sua plenitude, os nossos direitos."

Não crê nas eleições. Mas joga o jogo.

O mineiro Afonso Pena Júnior lança outro manifesto, exigindo que se oponha aos "desmandos e tiranias de toda sorte um profundo senso de legalidade e uma inabalável confiança na opinião pública", e justificando, mais uma vez, com detalhes e até otimismo, a Aliança Liberal, capaz de unir no Rio Grande do Sul, na Frente Única, ferrenhos e indomáveis adversários históricos do PRR e do Partido Libertador, Borges, Neves, Vargas, Aranha, Pilla, Assis Brasil, Batista Luzardo...

Quem sobe o tom é Antônio Carlos: "Não há um só brasileiro que, de boa-fé, possa negar que a escolha do Dr. Júlio Prestes para candidato de dezessete Estados à presidência da República, tenha sido um ato de puro arbítrio do senhor presidente Washington Luís."

Diz ao *Jornal do Comércio* que será legítimo a sociedade responder à fraude com a "força de sua vontade soberana". Ou seja, com a força das armas. Só admite a derrota dentro da legalidade. Quer um jogo limpo.

*

A vida no exército é dura, mas Gabriel se adapta rapidamente. Quer aprender. Mora no quartel. Está lotado no 7º Batalhão de Caçadores, situado na Praça do Portão, em Porto Alegre. Vive feliz e sem grandes preocupações com a situação do país. Pensa nas gurias, nas folgas e nas possibilidades de subir na carreira. Vai a Cachoeira do Sul fazer um curso de comunicações. Aprenderá radiotelegrafia. A vida se abre aos poucos para ele.

# 8

O jogo limpo, porém, não faz parte dos costumes. Jamais foi praticado. No Rio Grande do Sul, o Pacto de Pedras Altas pusera fim, em dezembro de 1923, depois de mais uma revolução, a décadas de fraude em favor de Borges de Medeiros e do PRR. O Partido Libertador é um dos poucos que pode se gabar de sempre ter lutado contra o esbulho eleitoral. Em nível nacional, o sangue ainda não reformara as eleições nem criado um mínimo de democracia. Osvaldo Aranha sabe disso. Distribui manifestos com a mão esquerda e armas com a direita. Entende que a hora do grande salto chegou. É um exaltado. Um agitador. Assim como Flores da Cunha e João Neves da Fontoura.

Décio Freitas, jovem jornalista nos anos 1940, comunista na época, que mais tarde se converterá ao getulismo, terá na vida oportunidade de se encontrar com Getúlio Vargas, Osvaldo Aranha e João Neves da Fontoura. Num livro que ainda pretendia escrever, quando morreu, em 2004, pensava contar uma conversa tida com Aranha.

— Vocês chegaram a acreditar na possibilidade, mesmo remota, de uma eleição limpa?

— Claro que não. A eleição era apenas a segunda batalha de uma guerra com três momentos: a primeira foi conseguir lançar uma candidatura dissidente. A terceira seria a revolução. Era só uma questão de mexer bem as peças.

— O Getúlio também pensava assim?

— Getúlio era um enigma. Sempre foi. Parecia não ter um plano. Pensava nessa possibilidade. Pensava também na hipótese oposta. Sabia que estava às portas do poder e que não podia falhar. No fundo, escondia muito bem o jogo. Tinha um projeto na cabeça que dependia das circunstâncias e que não cabia revelar antes do tempo.

— Nem a ti?

— Ele deixava escapar aqui e ali alguma coisa...

— Chegaste a desanimar...

— Sim, antes da morte do João Pessoa.

— Sem ela, nada teria acontecido?

— É possível, é provável, certamente.

— João Neves nunca vacilou.

— Mas nem sempre esteve em sintonia com Getúlio.

— Temia que Getúlio desistisse da candidatura?

— Isso quase aconteceu. João teve uma conversa com Getúlio, acho que em outubro de 1929, sobre isso. Chegou a pedir, com rancor e brutalidade, que Getúlio o avisasse com uns dias de antecedência se desistisse.

— Queria preparar o discurso que faria na Câmara.

— É. Creio que atacaria Getúlio.

— Será?

— João Neves sofria de impaciência. Julgava-se um operário da mudança. Não queria perder a ocasião.

— Fez a parte dele.

— Sempre achou que fez mais do que foi reconhecido...

— Humm...

— Acreditava ter salvado a Aliança Liberal das hesitações de Getúlio e até das minhas influências nefastas.

— Não foi assim?

— Mais ou menos — rira Osvaldo Aranha, jogando sua cabeça branca para trás. — Ele não estava sozinho no jogo.

— Depois de 1930, durante o governo provisório, ele começou a se desentender com Getúlio...

— E comigo também. Achava que eu tinha mais influência do que ele. Não queria o João Alberto como interventor em São Paulo. Parecia um namorado ciumento.

— A revolução feita não era a dele.

— Era a do Getúlio.

— Muito mais do que uma reforma eleitoral.

— Uma revolução social.

— Inesperada?

— Certamente.

A eleição está marcada para o Carnaval.

É mais um truque da situação.

Rapidamente o governo federal canta vitória.

João Neves resumirá assim o pleito:

> Nenhum de nós se fazia ilusões. Sabíamos que à nossa frente somente se abriam dois caminhos: adesão ao vencedor ou revolução. Não se cunhara ainda, para forças partidárias como a nossa, com as responsabilidades da administração e direção de um grande Estado (pior ainda se fosse um pequeno), a boa moeda de uma oposição constitucional, vigorosa quanto aos princípios e às pessoas. A presidência da República sempre discriminara os governadores entre amigos e adversários, e a partilha das graças e recursos obedecera invariavelmente à referida distinção.

Em 28 de fevereiro, véspera da eleição, os tenentes continuam atuando: Juarez Távora, Estillac Leal e Alcides Teixeira de Araújo fogem da Fortaleza de Santa Cruz.

Uma boa hora para estar em liberdade.

O pleito acontece.

Há fraude?

Como ela se dá?

Não será um truque dos oposicionistas para forçar a revolução que tinham planejada?

Barbosa Lima Sobrinho dirá que a oposição perdera de lavada. Getúlio não teria passado, na contagem de João Neves, dos 737 mil votos, em lugar dos 800 mil esperados. Segundo os dados oficiais, apenas 669 mil.

No Rio Grande do Sul, a votação de Getúlio é impressionante: 228 mil votos contra 929 de Prestes.

É possível? 929 votos? Nada mais?

Dirá Barbosa Lima:

> Alegavam-se fraudes, violências, vícios de toda ordem, mas a impressão geral era aquela, que Raul Soares externara em 1922: "Em geral, os vícios das atas se reproduzem normalmente em São Paulo, Minas, Rio Grande, pois as eleições por toda a parte, no Brasil, são em geral feitas por homens da mesma mentalidade e da mesma cultura." Sob certo aspecto, em 1930, poder-se-ia mais facilmente arguir defeito na eleição do Rio Grande do Sul do que em qualquer outro Estado.

Isso mesmo. Se fraude há, sustenta Barbosa Lima, ela vem do Rio Grande do Sul. Dá números impressionantes:

> Basta considerar a percentagem de comparecimento ao pleito, em paralelo com o que se registra em outros países. Nos Estados Unidos, por exemplo, a percentagem em pleitos recentes fora de 49% em 1920, 50% em 1924, 60% em 1928, como nos mostrava o Sr. Azevedo Lima. No Rio Grande do Sul, a percentagem chegara, em alguns lugares, a 90 e tanto por cento e fora, em média, de 80%, enquanto no Distrito Federal, apesar do interesse pelo pleito, o comparecimento não excedera a 60 mil eleitores, sobre um eleitorado de 140 mil alistados. Em São Paulo, a percentagem de comparecimento era de 73%; em Pernambuco ficava em 60%.

O caso gaúcho espanta. Ou os eleitores do Rio Grande do Sul são os mais conscientes e politizados do mundo ou a fraude correu solta? Não é o único caso espantoso.

De Minas Gerais, um desolado Antônio Carlos avisa Osvaldo Aranha de que a "majoração fraudulenta" em favor de Júlio Prestes nunca fica abaixo de 40%.

Osvaldo Aranha responde ao presidente da República que enviara telegrama garantindo a lisura do pleito.

O gaúcho ironiza:

> Fechar as urnas, negar boletins, não instalar mesas, recusar fiscais, adulterar resultados, afugentar eleitores, comprar votos, falsear alistamento, invadir as mesas com policiais, arrebatar livros eleitorais e procurações de candidatos, fazer eleição antecipada, não aceitar a votação em cartório, sonegar, enfim, ao cidadão direito de votar ou forçá-lo contra a sua consciência, são fatos degradantes que, verificados, tínhamos antecipadamente certeza de que não influiriam no resultado do pleito, repugnando a qualquer caráter medianamente honesto e merecendo a condenação de todos os brasileiros.

Pelo jeito, faltam homens de caráter medianamente honesto no jogo eleitoral dominante. Aranha informa ao presidente saber de fraudes em São Paulo, Maranhão, Pernambuco, Rio Grande do Norte, Paraná e Sergipe.

Azevedo Lima, membro da junta apuradora, mas adversário de Vargas, garante que a fraude contaminou, antes de tudo, a eleição no Rio Grande do Sul:

> Nomes de votantes, de cabo a rabo, no livro de atas, assinados pela mesma mão trêmula e invariável de fraudador quase iletrado; número de assinaturas muitas vezes superior ao de eleitores assinalados como presentes ao pleito; soma de votos em desacordo com o total dos eleitores; comparecimento exageradíssimo de votantes; excesso de sufrágios em relação ao comparecimento dos que votaram.

João Neves enfurece-se. Quase perde o controle. Tem certos dias em que algo se solta dentro dele, libertando sua veia indomável e até o seu panfletarismo. Insulta mentalmente os fraudadores da democracia. Assegura que "as eleições presidenciais evidenciaram o triunfo da ata falsa", mas reconhece que foi "ata falsa de um e de outro lado". Só que as proporções não são as mesmas.

Enquanto João Neves se irrita, Osvaldo Aranha prepara a revolução que o tornará um cidadão do mundo, que o levará a ser ministro das Relações Exteriores e, um dia, a presidir uma assembleia geral da ONU na qual dará o voto decisivo para a constituição do Estado de Israel. Disso ele não pode saber enquanto fita João Neves e Collor. Nem imaginar. Sorri. O caminho está aberto.

Será preciso, no entanto, convencer Vargas.

Aranha pede a Neves, retirado na sua Cachoeira bem-amada, que dê um pulo em Porto Alegre para uma reunião de avaliação. Precisam conferir cada dado e pensar o futuro.

Participa do encontro Lindolfo Collor.

— Fomos roubados — diz Neves.

— Como era esperado — enfatiza Collor.

— Como desejávamos — pensa em dizer Aranha, mas se cala.

— Não temos escolha — diz João. — É adesão ou revolução.

— Ora... — conclui Collor.

— É revolução, claro — observa Osvaldo.

— Getúlio topará? — inquieta-se Neves.

— Ora... — repete Collor.

— Vai depender do chefe — reflete Osvaldo.

— É... — confirma João Neves.

Osvaldo sorri. Ou está apenas contraindo os lábios? Os três homens estão tensos. Vivem um momento crucial. Fazem história. Mas não estão tristes. Gostam daquele jogo perigoso. Borges de Medeiros dará a palavra final.

Na volta para Cachoeira, o trem de João Neves cruza com o trem de Getúlio Vargas, de retorno ao governo.

— Terei de empurrá-lo para a revolução — pensa João.

Espicha os olhos. A paisagem é fascinante. Ainda é verão. Faz calor. Pergunta-se sabendo a resposta:

— Terei forças?

A palavra de Borges de Medeiros cai como a lava de um vulcão, devastando todas as esperanças revolucionárias, em 19 de março, numa entrevista ao jornal *A Noite*. O chefe do PRR reconhece a existência de fraude de parte a parte, diz que a lei eleitoral favorece esse tipo de coisa, observa que Júlio Prestes tivera mais de um milhão de votos e Getúlio apenas 700 mil e prega o reconhecimento imediato da eleição de Júlio Prestes.

> Estou agora mais convencido do que nunca [diz Borges ao entrevistador] de que o povo do Rio Grande não dará um só passo para perturbar a ordem no país. E posso fazer-lhe esta declaração, não apenas em meu nome pessoal e como chefe do maior partido do Estado, como também refletindo o pensamento dos atuais governantes, do presidente, dos seus secretários e dos outros chefes políticos republicanos, cujas opiniões a respeito me foram comunicadas. Afirmo-lhe que o Rio Grande se manterá dentro da ordem e da paz, fiel às suas tradições de absoluto respeito aos poderes constituídos. Não vejo absolutamente como remediar males, se eles existem, com um mal ainda maior como seria uma revolução. Nenhum homem de responsabilidades definidas, de inteligência e de patriotismo pensa na revolução, que seria, agora mais do que nunca, um crime monstruoso, um crime contra a pátria.

Osvaldo Aranha é, sem dúvida, um homem inteligente e de responsabilidades definidas. Um grande patriota.

E ele só pensa em revolução.

O mesmo se pode dizer de João Neves da Fontoura.

Em Minas Gerais, o sentimento é o mesmo.

Só Paim Filho defende abertamente o fim de tudo.

Por quem fala Borges de Medeiros?

Na entrevista ao jornal *A Noite*, ele diz falar por todos, até pelo Partido Libertador, sem contar "lavradores, comerciantes e industriais", todos, segundo ele, determinados a não agravar a crise nacional.

— A revolução seria o retrocesso — sentencia.

É uma afirmação terrível. Daria uma bela manchete.

— Borges de Medeiros é retrocesso — se ouvirá nas ruas.

— Estas minhas palavras serão, em breve, confirmadas pelo Dr. Getúlio Vargas num manifesto que o presidente do estado e candidato à presidência da República vai dirigir à nação — completa Borges, pensando acabar com tudo.

Afonso Pena Júnior revolta-se. Prefere imaginar que a entrevista é falsa. Telegrafa a João Neves. Rotula aquilo de "entrevista de revoltante cinismo".

Espera um desmentido.

Borges de Medeiros sabe ser cínico quando a causa lhe parece boa e os fins ainda melhores.

Outros mineiros chamarão a entrevista de "inclassificável". Mas os adversários, os membros da Concentração Conservadora, se congratularão com Borges.

O chefe do PRR escreve a Getúlio Vargas. Recomenda-lhe a atitude moderada de sempre. Lembra-lhe de que o chefe do partido, ele, Borges de Medeiros, e o presidente do estado, Getúlio, devem ser consultados sobre qualquer atitude que possa ter repercussão na vida nacional.

João Neves também escreve a Getúlio.

É uma longa carta.

Recapitula os motivos da oposição ao governo federal. Realça o autoritarismo e a deselegância de Washington Luís. Pinta um quadro tenebroso de apropriação dos recursos públicos em favor de Júlio Prestes. Cita o uso da máquina pública, os correios monopolizados pelo prestismo, a violação das correspondências e a demissão escandalosa de procuradores da República. Pesa a mão num argumento, atribuindo-o a João Pessoa e a seu tio: um dos novos procuradores, beneficiado injustamente, seria "um notório invertido sexual, vivendo na promiscuidade dos *chauffeurs* da Paraíba". Denuncia, outra vez, a fraude eleitoral. Garante que, em São Paulo, Júlio Prestes teve menos de 30 mil votos, mas foram contabilizados mais 80 mil. Exorta Getúlio a não se dobrar, não se vergar, pois "enfraquecidos moralmente, deprimidos politicamente", que autoridade teriam na hora de "demandar favores"?

Conclui: "Rogo-te que o examines [o pensamento que expusera] com o teu senso crítico e com o critério da tua alta inteligência e das tuas responsabilidades de governante, propondo-o à apreciação sábia do nosso chefe, quando com ele te avistares, na forma da tua resolução."

Getúlio escreve a Borges.

Declara o prazer que sentiria em encontrá-lo, mas as ocupações o impedem. Envia Osvaldo Aranha em seu lugar, salientando a confiança que tem no outro, cuja "histórica lealdade" faz questão de sublinhar. Num comentário aparentemente despretensioso, revela o quanto sempre compreendera o jogo do mineiro Antônio Carlos: "Pela sua leitura [de um recado de Antônio Carlos para João Neves], verá o prezado amigo que o presidente de Minas, após o fracasso eleitoral, quer passar de diretor a dirigido."

Antônio Carlos propunha a João Neves que redigisse um manifesto depois dos pronunciamentos de Borges de Medeiros. Getúlio vê no convite uma armadilha para comprometer o Rio Grande do Sul, transferindo-lhe a responsabilidade pela continuação do movimento. Termina a carta a Borges falando da correspondência recebida de Neves, com um tom ligeiramente zombeteiro: "Propõem-se nela alvitres e soluções que o prezado amigo examinará com a segurança e a agudeza de sempre."

As últimas frases têm a gravidade de um epitáfio: "Pode ficar certo de que contará com o meu inteiro apoio, em qualquer hipótese. Entre a chefia do partido e o governo, a solidariedade é absoluta. Hoje, como ontem, será sem tergiversações observada a diretriz que traçar."

Um juramento de fidelidade absoluta.

Borges de Medeiros acreditou.

Pensará nessas palavras, anos mais tarde, numa prisão pernambucana, onde o presidente Vargas, de passagem por Recife, não se interessará em visitá-lo.

Uma súbita calmaria se instala. O tempo passa. Em 15 de abril, Getúlio escreve novamente a Borges de Medeiros. Trata de afirmar que a opinião pública e o partido estão sendo bem orientados pelos editoriais do jornal oficial, *A Federação*. Observa que, passada a eleição, nada mais os compromete com a Aliança Liberal. Informa sobre a chegada em breve de um emissário de Minas Gerais com um manifesto a ser dirigido à nação. Especula que a proposta seja de se continuar a luta por meios parlamentares.

Como que desejando eliminar qualquer ambiguidade, mesmo imaginária, busca ser mais realista que o rei:

> Parece-me oportuno assinalar que estamos fortes e prestigiados: não temos a articular nenhuma queixa; não temos, tampouco, ofensas a vingar. O que existe, isso sim, são altos interesses econômicos e administrativos que nos cumpre acautelar e defender, dependentes em grande parte da boa vontade do governo federal, como a Viação Férrea e os portos da capital e do Rio Grande, além dos projetados em Torres e em Pelotas.

Entrega ao chefe do partido o poder absoluto de decisão. Garante que essa será sua resposta aos mineiros.

> Esta carta [complementa], que me apresso em lhe escrever, tem por fim colocar o chefe de sobreaviso contra qualquer imprevisto ou artimanha em que se vão revelando tão férteis alguns setores da política brasileira.

A despedida não pôde ser mais adequada ao tom de submissão precedente. O protegido humildemente abraça o chefe protetor "com a veneração de sempre".

Darci entra, abraça o marido e o convida a sair do gabinete para estar um pouco com ela e os filhos.

Vai. Tem tido pouco tempo para a família.

Em nova carta, seis dias depois, Getúlio espanta-se com a desfaçatez de João Neves e dos que devem representar o Rio Grande do Sul na Câmara e no Senado.

— É anomalia — dirá Getúlio a Osvaldo Aranha, mostrando o memorando de João Neves para o chefe do partido.

Dirá o mesmo que está na carta a Borges: querem inverter a relação normal e ditar, em vez de obedecer, da capital federal o modo de agir do partido. Em nome da franqueza, repete ao chefe que não concorda. O chefe decide pelo partido. Os demais obedecem. É normal.

Escreve a Paim Filho reclamando da aceitação por Borges do memorando de Neves e declarando saber que este prepara manifesto para romper com ele. Paim responderá com má notícia: Borges não vê desacordo entre as suas instruções e o memorando de João Neves. Um golpe duro.

Paim avisa por telegrama: "Neves deve regressar aí investido funções, reintegrado confiança chefia."

O que Borges pretende?, inquieta-se Getúlio.

Que jogo está fazendo?

Não confia nele?

É preciso confiar desconfiando de todos. Cada um dá o seu lance com um olho no peixe e outro no gato. No fundo, pensa Getúlio, a política é um balaio de cobras.

Ao retornar da visita a Borges na fazenda de Irapuazinho, município de Cachoeira, Osvaldo Aranha visita João Neves e comunica-lhe que o chefe autoriza a continuação da luta e recusa qualquer entendimento com o governo federal. A ordem é partir com tudo para o ataque.

A entrevista do jornal *A Noite* fora "esquentada". Borges, nas colunas de *A Federação*, retificará o tiro.

O velho bruxo quer ver João Neves imediatamente. É preciso azeitar a máquina e adotar uma estratégia clara. Afinal, só em 3 de maio se reunirá o Congresso para oficializar a apuração do pleito de 1º de março.

João Neves não perde tempo. Vai visitar o chefe no seu recanto sagrado e leva pronto o seu memorando, que ficará conhecido como "heptálogo do Irapuazinho".

Borges está com 67 anos. Parece muito mais velho com seu gigantesco bigode branco e seus olhos ovais que lembram uma foto de medalhão ou algumas máscaras mortuárias egípcias. O povo diz que ele tem o corpo fechado por um trabalho do príncipe Custódio, um africano a quem dona Carlinda, esposa de Borges, teria recorrido anos antes. Recebe João Neves à sombra das árvores.

O velho positivista tem uma dureza aparente. João Neves sabe que paixões se escondem por trás daquela couraça forjada pelo positivismo de Auguste Comte.

— Terá se apaixonado mesmo por aquela bailarina?

Poderia fazer essa pergunta, mas não se atreve.

— Que tal, João? — diz Borges como cumprimento.

A conversa é demorada. João conta-lhe que na Paraíba a chapa de Getúlio e Pessoa obtivera 26.095 votos, mais do que o dobro do resultado alcançado pelos oponentes, mas curiosamente não elegera um só deputado.

Borges exclama como homem do Rio Grande que é:

— A la pucha!

— Os outros ficaram com a bancada inteira — repete João.

— Um despautério — enfatiza Borges.

— Uma lambança — diz João Neves.

— Tudo tem limites — observa Borges.

Neves sorri. Finge tossir. Cobre a boca.

Entende que é hora de mostrar as suas anotações, as quais depois enviará a Vargas, feitas na véspera do encontro. São sete pontos incisivos. Uma declaração de guerra: manter relações apenas oficiais com o governo central, fazer oposição ao governo federal, continuar as articulações com os elementos liberais da Câmara para evitar o isolamento, defender de modo intransigente a homologação dos nomes dos verdadeiramente eleitos, auxílio a mineiros e paraibanos para que não tenham seus eleitos "degolados", incluindo fornecimento de armas e munições, o que vem sendo negado pelo governo federal a João Pessoa, que enfrenta uma sedição comandada pelo "cangaceiro" José Pereira, cacique de Princesa, confirmação do próprio Neves, por carta aos deputados, como líder da bancada na Câmara Federal e obediência absoluta de todos os republicanos às determinações do chefe do partido e do presidente do estado.

Depois de alguma reflexão, Borges aceita.

Apenas sugere alguns ajustes no texto.

João Neves emociona-se.

Abraça o chefe.

Alguns dias antes, no entanto, dissera a Flores da Cunha que estava disposto a trabalhar para derrubar o velho Borges de Medeiros da chefia do partido.

A política é um alazão que engole os metros. Tudo muda. Tudo se acelera. João Neves é um bagual abacharelado, dirá Getúlio, num momento de descontração.

Voltará ungido, abençoado, legitimado. Vai encurralar Getúlio. Vai empurrar o "fardo" pela ladeira da revolução. Vai obrigá-lo a agir. Não lhe dará trégua.

Ao jornal *A Noite*, depois da famigerada entrevista de Borges de Medeiros, João Neves da Fontoura dirá que, se o conteúdo for verdadeiro, não terá a sua adesão. É o seu grito de guerra. Um ato de rebeldia explícita.

Vargas, depois de ler o heptálogo, escreve a João Neves. Recusa terminantemente os termos do memorando. Informa que deu ciência disso a Borges de Medeiros. Incita o companheiro a ter disciplina e a retomar as suas funções: "Subordinado à orientação da chefia do partido, do qual és mandatário, deves ir reocupar o teu posto."

Melindrado, João Neves decide renunciar aos seus mandatos. Pede a Flores da Cunha, próximo romeiro a Irapuazinho, que leve essa notícia a Borges de Medeiros.

Primeiro, escreverá um manifesto explicando à nação a sua atitude e as suas motivações. Vai jogar merda no ventilador. Vai detonar Getúlio. Será um escândalo.

Borges pede-lhe que desista de tal propósito.

Na carta enviada ao chefe, Neves carrega nas tintas:

"Vai consumar-se um dos mais inomináveis atentados à verdade eleitoral de que nos dá notícia a crônica parlamentar. Impossibilitado de opor a semelhantes desmandos uma reação orgânica e articulada com os outros liberais do Brasil, prefiro a paz da vida privada, a assistir, no fundo acumpliciado com um governo vingativo, à imolação dos companheiros de jornada de ontem."

Osvaldo Aranha telegrafa para o amigo: "Não compreendo mais nada. Precisamos sair dessas situações pessoais e anárquicas para uma ação decisiva e orgânica."

Neves cita a carta de Getúlio.

Vocifera contra as declarações de Paim Filho aos jornais cariocas afirmando que o governo do Rio Grande do Sul conciliará com o governo federal e porá fim às hostilidades. Conclui dramaticamente: "Meu manifesto é sereno, atencioso para com as pessoas, quase amável. Apenas quero cair de pé. Se te posso fazer um pedido, envolvido na minha amizade, é que não me prives do prazer de fugir ao pandemônio em que há tempos estamos vivendo."

Habilidoso, Aranha responde que Getúlio, amargurado com a ameaça de João, aceita o memorando, apenas deseja, o que lhe parece normal, afinal é o presidente do estado, que o governo oriente a bancada, não o oposto.

— Irei aí conversar contigo. Falo-te com afeto e verdade.

João capitula. É uma linguagem que sempre o desarma:

— Não poderia negar-me a conversar contigo, até pelo prazer de encontrar-te. Mas desde já fica inteirado de que não me afastarei uma linha do que escrevi.

Almoçam juntos em Cachoeira no dia seguinte.

— O Getúlio me desanima — confessa Neves.

— Não o julgues precipitadamente — pondera Osvaldo.

— Longe de mim fazer isso. Eu peso cada palavra.

— Estás sendo muito duro com ele.

— Duro? Pergunte ao Flores o que ele acha?

— Flores não é um modelo de equilíbrio.

— Precisamos é de determinação.

— Getúlio me autoriza a dizer-te que podes assumir tranquilamente a tua cadeira na Câmara e agir conforme os termos do memorando — dispara Osvaldo Aranha.

— É?

— Não acreditas em mim?

— Sim, mas...

— Mas... Não pode ser. Na carta, ele...

— Isso foi antes.

— Antes de quê?

— De ter uma visão global da situação.

— É?

— É. Se for assim.

— É assim.

— Sou um soldado da causa, Osvaldo, sabes disso.

A paz está selada. Borges de Medeiros, informado, pede que João Neves parta imediatamente para o Rio de Janeiro. É lá que tudo será jogado nos dias seguintes. O teatro das operações está agora na capital federal. É hora de marcar presença num campo de batalhas feito de discursos, de frases e de negociações de bastidores.

Para João Neves os dados estão lançados. É só o tempo de internar as filhas no Colégio Bom Conselho, em Porto Alegre, e tomar um avião para o Rio de Janeiro.

Em Porto Alegre, Getúlio, que conversará amistosamente com João Neves, reflete solitário, às margens do rio Guaíba, vendo um pôr do sol que desce sobre as águas como uma bola inicialmente vermelha, depois, aos poucos, de um alaranjado melancólico:

— É possível que um dia João se surpreenda comigo...

Há homens que precisam de uma atividade física regular e intensa para sublimar as energias que os devastam por dentro. Flores gosta de cavalgar e de caçar. João Neves extravasa tudo em discursos violentos. Osvaldo tem o dom de canalizar seus impulsos para tiradas espirituosas ou conversas que se eternizam, espiralam, convertem-se em planos mirabolantes ou minuciosos. Getúlio é diferente. Domina-se cada vez mais. Treina o autocontrole. Parece moer cada vontade, esmagando num pilão ódios e reações desmedidas. Tritura os instintos. Joga uma pedrinha na água e contempla o redemoinho. É ele mesmo. Sim, ele é aquela pedrinha formando círculos.

— Uma revolução não é isso — diz para si mesmo.

Às vezes, sente-se tão cansado e desiludido com tudo que pensa na morte como uma saída razoável. Não o conhecem. Falam dele coisas disparatadas. Não tem apego a muita coisa. Ama a família. O resto parece-lhe vão.

Uma filosofia secreta, porém, o domina: ser o homem certo, conforme as condições do seu tempo, na hora certa.

Precisa estar à frente do seu tempo, sendo, ao mesmo tempo, prisioneiro desse tempo e da sua história.

Em novembro, vitorioso, escreverá no seu diário:

> Quantas vezes desejei a morte como solução de vida. E, afinal, depois de humilhar-me e quase suplicar para que os outros nada sofressem, sentindo que tudo era inútil, decidi-me pela revolução, eu, o mais pacífico dos homens, decidido a morrer. E venci, vencemos todos, triunfou a Revolução! Não permitiram que o povo se manifestasse para votar e inverteram-se as cenas. Em vez de Júlio Prestes sair dos Campos Elíseos para ocupar o Catete, entre as cerimônias oficiais e o cortejo dos bajuladores, eu entrei de botas e esporas nos Campos Elíseos, onde acampei como soldado, para vir no outro dia tomar posse do governo no Catete com poderes ditatoriais. Washington Luís provocou a tormenta, e esta o abateu. Dizem que o destino é cego. Deve haver alguém que o guie pela mão!

Enquanto Getúlio pesa e pondera, Aranha agita.

Ao voltar de Cachoeira, onde almoçara com Neves, olha a paisagem demoradamente, como se a visse pela primeira vez, e sonha com um Brasil realmente novo. A contemplação da natureza provoca-lhe uma comparação inusitada, sem qualquer relação com o que está vendo:

João Neves é vulcânico.

Getúlio, uma geleira.

Uma geleira que incendiará o destino de milhões de homens simples. Muitos lutarão pela revolução de Vargas.

*

Em 1930, Gabriel é primeiro-sargento. No 7º B.C., sob as ordens do coronel Benedito Acauan, a normalidade parece eterna por se conspirar por toda parte, especialmente no Palácio Piratini. Na Rua da Praia, fala-se abertamente em revolução. Os jornais especulam, acirram os ânimos, denunciam as fraudes e reclamam medidas moralizadoras.

Nada, porém, pode afetar a tranquilidade de Gabriel, que, aos 18 anos, vive aquém e além das revoluções.

Não será sempre assim.

# 9

A fraude eleitoral mostra inteiramente a sua cara na definição das bancadas estaduais. Minas Gerais e Paraíba são esbulhadas sem qualquer constrangimento. Borges de Medeiros engana-se: não existe limite para a força. Washington Luís está disposto a vingar-se de todos os que o desafiaram antes de passar o poder a Júlio Prestes. Nunca duvidara de que atingiria o seu objetivo. Sabia disso desde que o prestigioso *New York Times* divulgara uma reportagem contando que os cafeicultores paulistas não abririam mão de indicar o novo presidente brasileiro.

O ano legislativo é aberto sem que a apuração em Minas esteja concluída. Hélio Silva, que estará do lado da situação, citará, mais tarde, o observador interessado Aurino de Moraes para resumir a amplitude das fraudes:

> Atas as mais cristalinas na sua legitimidade eram impugnadas e, afinal, anuladas sob inúteis protestos do Procurador-geral do Estado — parte da junta [apuradora] — e dos candidatos liberais. Por fim, esgotado o prazo legal para a apuração do pleito, a Junta Apuradora deu por terminado o seu trabalho e os livros eleitorais foram remetidos para a Câmara dos Deputados. A Junta não chegou a apurar o resultado de um único livro contendo votação para deputados federais. Dessa maneira, conseguiu o Sr. Washington Luís afastar a bancada mineira dos trabalhos preliminares da sessão legislativa que se instalava, uma vez que não havia um único candidato diplomado.

A situação de Minas Gerais consegue ser menos grave que a da Paraíba, onde todos os candidatos aliados a João Pessoa são defenestrados. É um caso único ou patético: os eleitores dão vitória esmagadora a João Pessoa, mas não elegem um só deputado recomendado por ele. No lugar dos eleitos, são confirmados os candidatos de Princesa, aliados do maior inimigo do presidente do estado. Minas Gerais perde 14 deputados realmente eleitos. Nem Afrânio de Melo Franco escapa. Seu filho, Virgílio, é o Osvaldo Aranha das alterosas. Articula diariamente a revolta.

Na Câmara dos Deputados, fortalecido pela últimas refregas no interior do PRR, João Neves bate boca. Voltara para a capital federal legitimado por um editorial em *A Federação* destacando a sua indicação por Borges de Medeiros, o "aplauso" de Vargas e mencionando claramente os termos do memorando de Irapuazinho.

O orgulho de João Neves, contudo, está novamente ferido. Desta vez, pelas piadas dos cariocas. Dizem que os gaúchos não são de nada. Ele não suporta ouvir, nos restaurantes, os mais agressivos pedirem rindo:

— Sai um bife à gaúcha?

— Como?

— Um pedacinho de carne e muita farofa.

O heptálogo é rotulado de "aguinhas". João briga. Discute com os deputados mineiros conservadores Frederico Campos e Ariosto Pinto. Joga na cara dos adversários que em muitas partes dos Brasil "não houve sequer eleições, triunfando o enxurro das atas falsas". Será descrito por Mauricio de Lacerda de maneira épica: "Quando a campanha política era apenas um balbucio, já o verbo de João Neves da Fontoura era um clangor. E, quando mais tarde, após as investidas da fraude, do suborno e da violência no pleito de março, só restava um quadrado no campo de batalha parlamentar, no centro desse último núcleo de resistência nacional, pequeno como Napoleão, grande como Mirabeau, era ele que se destacava como general da suprema refrega, dos derradeiros comandos, dos últimos cartuchos."

A revolução terá o seu 14 de julho (3 de outubro), seu Mirabeau (João Neves), sua Constituição, sua fase do terror (o Estado Novo) e seus heróis sacrificados.

O reconhecimento dos eleitos deverá acontecer em 21 de maio. Será a data do enterro dos "perdedores".

José Bonifácio ataca o esbulho contra Minas.

É vaiado por "deputados" mineiros.

Pede ao presidente da casa, com ar de enfado e reprovação, que lhe explique desde quando "pessoas estranhas ao Congresso podem interromper os oradores".

É a vez de João Neves. Desfia números. Mostra que em nove grandes estados Getúlio obtivera 659.950 votos contra 597.861 de Prestes. Com mais cinco estados do Norte, Getúlio chegava a 709.821 votos, contra 696.174 do oponente. De onde vem então a derrota da Aliança?

Vem de um absurdo: os números oficiais dão 482.087 votos para a chapa de Prestes e Vital Soares, contra míseros 77.389 de Vargas-Pessoa, justamente nos seis estados restantes, os menos populosos. Uma diferença capaz de liquidar qualquer lei da estatística.

Um belo discurso. Tempo perdido.

A degola dos mineiros e paraibanos que se rebelaram contra o poder central está confirmada e sacramentada.

Júlio Prestes é proclamado presidente eleito.

Partirá em viagem aos Estados Unidos.

Neves não pode aceitar uma coincidência que lhe parece uma irônica provocação: o navio que leva Prestes é escoltado por dois cruzadores, sendo um deles o *Rio Grande do Sul*. O pequeno Napoleão e grande Mirabeau faz questão de salientar que o Rio Grande não está navegando no rastro do poder nem ao sabor das conveniências.

Perdida a batalha parlamentar, restam as armas.

Conspira-se por toda parte. Até nos palácios.

Nem o luxuoso Hotel Glória escapa. É a casa de João Neves. É ali que faz contatos e recebe emissários.

O casamento entre os "tenentes" e os políticos torna-se prioridade. A revolução ganha adeptos.

Luís Carlos Prestes, o capitão da Coluna, o cavaleiro da esperança, já se encontrou secretamente com Getúlio e Osvaldo Aranha, em Porto Alegre, e recebeu mil pesos para comprar armamento no estrangeiro. Pretende-se gastar 415 mil dólares para adquirir cinco mil carabinas, cem fuzis-metralhadoras, dez metralhadores e três milhões de tiros, como se dizia na época. Os aliados deverão dividir as despesas.

Até João Neves prepara a luta armada. Encontra-se, no Rio de Janeiro, graças ao tenente Silo Meireles, com Juarez Távora. Impressiona-se com Juarez. Vê no militar, já calejado de lutas heroicas, de prisões e de fugas, um jovem muito maduro e um organizador eficiente.

Num dos encontros clandestinos num porão, na rua São Salvador, são surpreendidos por violentas batidas na porta da casa emprestada por amigos. É apenas o padeiro.

Velhas raposas conservadoras já deram o primeiro passo. Em março, Batista Luzardo e Virgílio de Melo Franco encontraram o ex-presidente Epitácio Pessoa, em Petrópolis, antes de visitar Antônio Carlos, em Juiz de Fora. Saíram fortalecidos pela simpatia do paraibano. Luís Aranha, irmão de Osvaldo, esteve, em abril, com Epitácio Pessoa, Artur Bernardes e Antônio Carlos.

A conspiração dos tenentes tem seus próprios caminhos. João Alberto contará tudo, anos depois, em suas *Memórias de um revolucionário*. Falará do tempo em que se abrigavam na Usina Pedrosa, propriedade dos Lima Cavalcanti, perto de Recife, onde tramavam a virada.

Tempo de nomes falsos, nomes de guerra, esconderijos, temor e angústia. E de fugas espetaculares.

Em 1929, Siqueira Campos, descrito por João Neves da Fontoura como um "rapagão forte, de baixa estatura, grandes olhos negros e inquietos", organiza a revolução em São Paulo, escondendo-se em três casas", uma no Cambuci, outra na rua Augusta e mais uma na rua Martim Francisco. Ele é o representante de Luís Carlos Prestes. Gravitavam em torno dele homens firmes como Djalma Dutra, Emídio Miranda, Augusto Ribeiro e Raimundo Siqueira.

A revolução desses "tenentes" tem apoio de empresários e de liberais paulistas nada radicais e do Partido Democrático. Júlio de Mesquita Filho, baluarte do jornal *O Estado de S. Paulo*, dá cobertura para Siqueira Campos quando este precisa escapar do cerco da polícia.

Interpelado por dois homens, Siqueira pede para mostrar-lhes seus documentos e saca um revólver.

Fere os dois. Foge em disparada pelas ruas. Pula um muro. Cai junto à casa de uma lavadeira. Corre perigo.

Querem chamar a polícia. Ele é tão rápido nas explicações quando no gatilho. Revela o seu nome.

Está entre admiradores. Dão-lhe guarida.

Era tempo de aceleração. Antigos participantes da Coluna Prestes preparavam granadas de mão. São Paulo fervilhava de conspiradores civis e militares: Mauricio Goulart, Osvaldo Leite Ribeiro, Josias Carneiro, José Viegas... Caio Brant fazia a ligação entre paulistas e mineiros. No Rio de Janeiro, Siqueira Campos articulava com Eduardo Gomes, Tasso Tinoco e Cordeiro de Farias.

Hélio Silva resumirá: "Preparava-se o *terceiro 5 de julho*." Aquele que deveria ser o último, o fatal.

Mas, em 11 de janeiro de 1930, Juarez Távora é preso. Ficará dois meses encarcerado na Fortaleza de Santa Cruz. Fugirá para continuar a sua conspiração.

Conta Hélio Silva com aparente neutralidade: "Eduardo Gomes, seu irmão Stanley, Seroa da Mota, Ari Parreiras e Godofredo Tinoco compraram um pequeno barco, adaptando nele um motor de popa. No domingo de visita, alguém leva, escondido entre o colete e a camisa, enrolada em torno do corpo, uma corda comprida e fina. Juarez rasgou os lençóis da cama, encapando o fio cortante. Vinte e oito de fevereiro de 1930."

Completa o protagonista Godofredo Tinoco: "Não muito distante, roupas aguardavam a chegada dos três, que, à paisana, então rumaram para Maruí, em tempo de alcançar o noturno de 21h50. E, às 7 horas da manhã de 1º de março de 1930, Juarez Távora, Alcides Teixeira de Araújo e Estillac Leal saltavam na gare do Saco, em Campos."

O Brasil votará nesse dia.

Juarez Távora, o conspirador acometido de coqueluche logo depois da fuga, será um dia o Rei do Norte.

Em Buenos Aires, Luís Carlos Prestes estuda e reflete. Transforma-se. Convoca uma reunião com Juarez Távora, João Alberto e Siqueira Campos para o começo de maio. Tem algo a comunicar. Juarez, escondido na Paraíba, não consegue viajar. João Alberto e Siqueira embarcam num voo da Latecoère. Têm pressa em conversar com aquele que já é o ídolo de todos eles, o símbolo de uma resistência armada e idealista contra uma oligarquia retrógrada e predadora das riquezas brasileiras. Protagonizarão, na Calle Galo 1.406, esquina da Mancilla, um encontro decisivo para o futuro de todos e do Brasil.

Miguel Costa estará com eles.

Na viagem, conversam, especulam, sonham.

— Que vai nos dizer o Prestes? — deixa escapar João.

Siqueira é o melhor amigo do homem.

Deve saber a resposta.

Mas não é o caso.

João Alberto recordará:

> Logo que nos teve a seu lado, Prestes expôs claramente o motivo da reunião. Queria declarar-se contra o movimento que organizávamos e dizer-nos que se convertera ao credo comunista. Levara algum tempo para tomar aquela decisão — disse-nos — estudando as causas políticas e econômicas da atualidade brasileira, mas agora estava convencido de que a revolução burguesa, ao invés de um bem, constituiria um mal para o Brasil. Novamente inflamado pela bandeira que desdobrara, agitou-se numa argumentação confusa para nós, bisonhos no linguajar marxista, querendo convencer-nos a seguir o seu exemplo. De nada serviria para o povo — asseverava — aquela revolução que queríamos desencadear. O Brasil precisava de uma reforma de base, como só o comunismo podia fazer e não de um simples pronunciamento armado a fim de empossar um candidato vencido que aceitara, aliás, o julgamento das urnas.

Os viajantes revolucionários chocam-se.

Prestes, cuja imagem durante a marcha da Coluna era aureolada por sua barba negra e pelo olhar frio, chama o ausente e admirado Juarez Távora de carola, de hipócrita e de falso revolucionário. Miguel Costa fica perplexo.

— O que temos nós de diferentes? — pergunta.

O "cavaleiro da esperança" irrita-se. Miguel, fumando seu palheiro, fita-o ironicamente.

— Vocês estão de mãos dadas com os nossos inimigos de ontem — dispara Prestes. — Acham mesmo que Artur Bernardes, nosso algoz, é um revolucionário ardoroso?

O golpe surte efeito.

— Que podemos fazer senão confiar em Osvaldo Aranha, João Neves, Flores e Luzardo? — questiona João Alberto.

— Que outra cartada podemos dar agora? — pergunta Miguel.

— Como vamos virar comunistas de uma hora para outra, Seu Prestes? — inquieta-se o reticente Siqueira Campos.

— É uma questão de estudo — murmura Prestes.

— Estamos no meio de uma conspiração — diz Siqueira.

Teriam de ler *O capital*? Prestes enterra o pé:

— Deus, pátria e família não passam de ficções do capitalismo, entendem? É o ópio com o qual os reacionários anestesiam o povo. Só agora entendi isso.

— Não diga besteiras, Seu Prestes — exclama João Alberto.

Ele nada tem contra as doutrinas econômicas de Karl Marx por uma simples razão: desconhece-as completamente. Prestes continua, fala como um louco, explana, ensina, tagarela. As ideias anarquistas e comunistas vinham ganhando terreno no Brasil desde fins do século XIX por meio de operários espanhóis e italianos. O anarcossindicalismo mobilizara os trabalhadores nas primeiras grandes greves. É gente que sonha com um mundo melhor e sem poder centralizado. Um mundo de autogestão. Os comunistas veem nessa utopia uma típica manifestação pequeno-burguesa.

Alguns anarquistas defendem ideias que escandalizam. Por exemplo, o amor livre. Afirmam que o ciúme é um sentimento de posse característico do capitalismo.

São ateus.

Ateus! Pelo amor de Deus!

O Brasil é um país católico. As fantasias anarquistas encontram resistência nas crenças religiosas da maioria dos trabalhadores. Admiram, no entanto, alguns dos sonhos de liberdade e de uma vida melhor disseminados por militantes que parecem, às vezes, apóstolos.

Ou doidos.

Diante de Siqueira, Miguel e João Alberto, Prestes revela-se. Lera muito e ainda não digerira tudo.

É contra o pagamento da dívida externa. Quer um Brasil totalmente livre do imperialismo internacional.

— E a esquadra inglesa? — pergunta Siqueira.

— Vamos para o interior — responde Prestes.

— Ora, Seu Prestes, assim pensaram os índios quando chegou Cabral e ainda hoje andam pelo interior.

A ruptura está selada.

A divergência é capital.

Os comunistas de Astrogildo Pereira haviam chegado primeiro com livros e ideias para o refugiado.

Em 1927, o Comitê Central do PCB decide cooptar Luís Carlos Prestes. O enviado à Bolívia para contatar o homem, o "quadro" essencial, leva-lhe uma mala de livros de Marx, Engels e Lênin. E uma coleção de exemplares do jornal *L'Humanité*, órgão oficial do Partido Comunista Francês. Alberto Araújo, que se encontrará com Prestes em 1928, a mando de Siqueira Campos, levará livros dos brasileiros Mário e Oswald de Andrade, Monteiro Lobato, Plínio Salgado, Graça Aranha e Afonso Schmidt. O organizador da coleção, Jaime Câmara, escolherá também um volume de Plekanof, *Questões fundamentais do marxismo*.

A literatura brasileira não terá vez.

Em julho de 1929, Luís Carlos Prestes, Juarez Távora e Siqueira Campos discutem, em três reuniões em Buenos Aires, com o PCB uma aliança e um programa eleitorais. Astrogildo Pereira, secretário-geral do PCB, propõe "nacionalização da terra e divisão do latifúndio, nacionalização das empresas industriais e bancárias imperialistas, abolição da dívida externa, liberdade de organização e imprensa, direito de greve, legalidade para o PCB e jornada de oito horas, lei de férias, aumento de salários e outras melhorias para os trabalhadores".

Nenhum dos participantes parece considerar os pontos do programa. Prestes, mais tarde, o adotará. Getúlio Vargas, que não está ali, incorporará o último ponto.

O acordo é impossível. Segundo o emissário do PCB, Juarez não quer conversa com comunistas, Siqueira não quer saber de eleições, deseja apenas "um batalhão de operários e alguns fuzis", e Prestes não quer ser candidato e considera o programa "demasiado extremista". Propôs um programa mais genérico: "Voto secreto, alfabetização, justiça, liberdade de imprensa e organização, melhoria para os operários."

Agora, em maio de 1930, diante de Siqueira, Miguel e João Alberto, Prestes já é outro homem, um comunista.

Quer outra revolução.

Quer salvar o mundo.

Quer uma revolução científica.

Siqueira Campos obtém de Prestes o prazo de um mês de inação para que eles possam tentar a revolução que o outro despreza. Depois disso, Prestes poderá falar.

Há muitas revoluções dentro da mesma revolução. Prestes toma o caminho da esquerda. Terá apoio dos tenentes convertidos ao comunismo, cujo batismo de sangue acontecerá na intentona de 1935. Juarez Távora e uma parte dos tenentes estará nas décadas seguintes com a direita que desembocará na União Democrática Nacional (UDN) e no golpe militar de 1964. Getúlio Vargas tem a sua revolução. Só que ninguém ainda sabe disso. O gaúcho de São Borja esconde o jogo atrás de um olhar impenetrável. João Neves acha que não tem jogo algum.

O passeio a Buenos Aires termina mal.

João Alberto e Siqueira Campos embarcam de volta, em 9 de maio, à noite, num avião da Latecoère, um Laté 28 monomotor, com capacidade para cinco passageiros.

Chove muito.

Um passageiro, Valentim Bouças, desiste.

Apesar do frio intenso, cortante, João Alberto tira os sapatos, levanta a gola do casaco e dorme.

Acorda com um golpe na cabeça. O avião caiu na água.

Siqueira Campos pula para fora e fica sobre o teto da cabine. João Alberto o segue, assim como o telegrafista da companhia que estava a bordo. Os outros são um diretor da empresa aérea e o piloto.

O frio é agudo. Será preciso nadar. Despem-se.

Estão a uns três quilômetros da costa.

O motor do avião submerge.

O comandante Negrín avisa que é hora de se jogarem na água. Dá o exemplo. Pranville, o diretor, baixo, forte e meio calvo, atira-se em seguida. Venta muito.

João Alberto, sangrando na testa, e o telegrafista hesitam. Siqueira olha-os consternado. Salta. João o segue. O telegrafista vai atrás soltando um grito:

— Não sei nadar. Vou morrer. Adiós, compañeros!

Era, segundo o detalhista João Alberto, um homem alto, corpulento, corajoso e jovem.

Desaparecerá sem pedir socorro.

Antes de saltar, João entrega a Siqueira os dez contos dados por Prestes para pagar despesas feitas no Paraná. Na água, o medo rivaliza com a luta pela vida.

Siqueira é grande nadador. João Alberto, nem tanto.

Passados uns dez minutos, ouve-se um grito:

— Espera, João.

> Voltei-me ainda em tempo de ver [escreverá João Alberto], a um metro de mim, [Siqueira] ser tragado por uma onda. Desapareceu sem estender um braço para pedir auxílio. Apenas na face, aquela expressão de energia indômita que eu conhecia tão bem dos momentos de luta, desfigurada agora por um intensa expressão de dor.

Perde-se um revolucionário de primeira hora. A revolução em São Paulo passará ao comando de Ricardo Hall. As conspirações alimentam-se de heróis mortos. Siqueira Campos fora vítima de um ataque de angina quando nadava. João Alberto, com um olho coberto de sangue, "nadando ora com o braço direito, ora com o esquerdo", chegará à margem. Pensará muito na sua família:

> Não lhes cabia culpa alguma por eu me haver metido em revoluções e aventuras. Que me levara a proceder assim? Não teria sido melhor ficar em casa, como outros companheiros de conspiração, dando tempo ao tempo, esperando que o Brasil avançasse sem violência, dentro de uma evolução natural? Por que aquela obstinação na luta, aquela sofreguidão de vitória? Era preciso pelejar por mim mesmo, para o bem de Cândida, do Cláudio e da Rosamaria que, àquela hora, dormiam tranquilos em Porto Alegre — ignorantes do transe amargo em que eu me via.

O acidente acontecerá às três e meia da manhã.

João Alberto nadará duas horas e meia até a Praia de Ramirez, em Montevidéu, onde será recolhido.

É o único sobrevivente.

Prestes vai ao Uruguai acompanhar as buscas do corpo de Siqueira Campos. Mostra-se comovido. Perdera um grande amigo. Ao final, pergunta a João Alberto:

— Vais continuar a preparar essa revolução? Ou posso me sentir desobrigado em relação ao nosso acordo?

— Faça o que quiser, Seu Prestes. Eu vou pensar.

Prestes toma outra rumo. Está enfeitiçado pelo ideal comunista. João Neves garante que ele não devolveu, tendo confessado isso, o dinheiro recebido para comprar armas. Os seus amigos comunistas juram o contrário. Ou dão de ombros significando que ele fez bem. Uma desapropriação.

O governo brasileiro teme a repercussão da morte de Siqueira Campos. A chegada do corpo ao Brasil, em 5 de junho, provoca manifestações populares. Na Paraíba, João Pessoa, antigo juiz militar, não quer baderna. Proíbe a passeata. Não é obedecido. Amigos o fazem chegar à sacada do palácio da Redenção. Ele vê a emoção do povo.

Nada parece frear a revolução.

Falta apenas um detonador.

Um fato decisivo capaz de acionar o gatilho.

João Pessoa compreende que o Brasil vai mudar.

Em manifesto de 29 de maio de 1930, Luís Carlos Prestes, que recusara o comando militar da revolução depois de muitas conversas e viagens clandestinas para encontrar Osvaldo Aranha na sua chácara do bairro Tristeza, em Porto Alegre, detona a Aliança Liberal e a revolução dos oligarcas. Desmascara o uso do povo como massa de manobra, ridiculariza uma revolução que tem o diretor do jornal *A Federação*, "órgão que traduz e melhor interpreta os pensamentos dos reacionários do Sul", como articulador, enoja-se com essa elite que se julga "capaz de dirigir um povo de analfabetos e desfibrados", despreza o programa "anódino" da Aliança Liberal, rotula de demagogia aquelas pregações dos donos do poder e propõe uma verdadeira revolução operária.

> Não nos enganemos [diz Prestes no manifesto]. Somos governados por uma minoria que, proprietários das terras das fazendas e latifúndios e senhores dos meios de produção e apoiada nos imperialismos estrangeiros que nos exploram e nos dividem, só será dominada pela verdadeira insurreição generalizada, pelo levantamento consciente das mais vastas massas das nossas populações dos sertões e das cidades.

Que mutação extraordinária! Prestes conhece o Brasil profundo e suas profundas misérias. A grande revelação para ele, contudo, se fez na solidão do exílio boliviano e argentino. Que impacto devem ter causado nele as ideias marxistas! De repente, cada ator do jogo social, político e econômico brasileiros ganhava para ele um novo papel e uma nova dimensão. Um mundo descortinava-se.

No exílio, Prestes descobrirá o Brasil.

Só o fará, porém, depois de visto o Brasil profundo.

Poderia ter exclamado: O horror! O Horror!

O mesmo descobrimento do Brasil, por outra via, está acontecendo com outro gaúcho: Getúlio Vargas.

Um descobrimento silencioso e enigmático.

O manifesto de Prestes encontra logo resposta.

Resposta de um personagem menos contido.

Juarez Távora responde com veemência.

Discorda de tudo o que fora dito por Prestes. Rejeita os "fetichismos doutrinários" e os "dogmas". Receita a nacionalização da Constituição como único remédio salutar. Sustenta que só a revolução será eficiente, mas ela se fará sem Luís Carlos Prestes.

> Não creio na exequibilidade da revolução desencadeada pela massa inerme do proletariado das cidades, dos colonos das fazendas, dos peões das estâncias, dos habitantes esparsos dos nossos sertões. A essa massa faltam todos os atributos essenciais para realizar uma insurreição generalizada nos molde que preconiza o manifesto do general Prestes: coesão, iniciativa, audácia e, sobretudo, eficiência bélica. É essa, aliás, a única revolução que os nossos políticos profissionais admitem como sendo popular, justamente porque sabem que é impraticável na época da metralhadora e do canhão de tiro rápido.

Prestes ainda não entendeu que também o marxismo-leninista preconiza a existência de uma vanguarda iluminada. Ou já sabe disso e está convencido de que Artur Bernardes, Borges de Medeiros, os Melo Franco, Getúlio Vargas e João Neves da Fontoura, pilares do conservadorismo dominante, não podem integrá-la.

Por seu turno, Juarez já faz parte de uma vanguarda organizada e trabalha por uma revolução liberal.

Prestes quer tirar o Brasil do capitalismo.

Távora quer tirar o Brasil da República Velha.

No seu contramanifesto, Juarez ironiza: "Não penso que devemos preocupar-nos com o espantalho do imperialismo anglo-americano. Curemonos, antes, das mazelas e incapacidades o nosso caciquismo indígena, para vermos em seguida a que proporções se terá reduzido essa aparatosa opressão externa... Tal o meu modo de pensar."

O "cavaleiro da esperança" é abandonado por muitos dos seus companheiros da Coluna. Recebe duras críticas.

O mito vira espantalho.

Acerta no diagnóstico. Erra na receita: a revolução de João Neves da Fontoura e de Artur Bernardes não pode ser a mesma do povo. Desconhece a revolução de Vargas.

Quem a conhece nesse momento? Ninguém.

Enquanto uns e outros pensam estar na vanguarda ideal ou possível, Getúlio organiza suas ideias. Ele entende que os males de 40 anos não serão curados de um dia para outro e menos ainda sem o uso da força.

Vai equilibrar antagonismos, mesclando aspectos que agradarão a Juarez e aos tenentes liberais com outros que satisfarão até mesmo Prestes e os comunistas menos ortodoxos. Ou seja, vai agradar e desagradar a todos.

Se a revolução estourar e vencer.

Imagina, na solidão do palácio, que, talvez, pela revolução, tenha de ser, um dia, um ditador esclarecido.

Um ditador que vingará os 18 do Forte e lavará as mágoas daqueles que se bateram por toda parte, ao longo dos anos 1920, como desesperados reformadores sociais.

*

Muitas décadas depois de 1930, Gabriel ponderará: "Levando a história de então para o lado político, para as crises econômicas e até para o idealismo da mocidade militar, vamos perceber que o desencanto pelas atuações dos últimos governos da República Velha vinha acontecendo desde o levante frustrado dos 18 do Forte de Copacabana, quando aqueles heróis arriscaram suas vidas e muitos a perderam em defesa da nossa pátria."

Na primavera de 1930, porém, Gabriel deixava-se levar pela vida: "Eu pensava em coisas mais volúveis."

Pensava em viver.

# 10

O pior está acontecendo na Paraíba. O pequeno estado vive uma grande convulsão. João Pessoa enfrenta uma rebelião apoiada escandalosamente pelo governo federal. Nem sua excelente administração, tendo equilibrado as contas do estado e realizado obras de grande interesse público, como as pontes da Batalha, de Gurinhem e Mulungu, evitam a insubordinação de alguns chefes locais mais radicais e mais ardilosamente articulados com o situacionismo federal. É o jogo de cartas remarcadas.

É possível que o contrário, o ódio às boas realizações do presidente do estado, prevaleça. João Pessoa cobra impostos sem dó nem piedade. Fiscaliza a arrecadação. Manda os cobradores de porta em porta.

Não perdoa amigos nem inimigos.

Nem parentes.

Os seus primos, os Pessoa de Queirós, negociantes de Pernambuco, sentem-se prejudicados. Protestam.

Tudo inútil.

É a "guerra tributária".

No mundo inteiro, sabe-se historicamente, a cobrança de impostos é capaz de levar a grandes rupturas e revoluções. Assim nasceram os Estados Unidos da América. Assim morreu o Antigo Regime na França. Por isso o Rio Grande do Sul separou-se do Brasil por nove anos.

João Pessoa torna-se *persona non grata*, o algoz das elites acostumadas a driblar o fisco. Ele sofre, analisa, hesita, negocia, mas, espírito retilíneo, avança.

A oposição que o fustiga verá com espanto sua candidatura à vice-presidência, costurada por Epitácio Pessoa, na chapa de Getúlio Vargas. O governador que deveria estar encurralado, prisioneiro dos inimigos e dos seus arroubos, converte-se em figura de projeção nacional. Já não pode ser abatido com velhos truques.

Ele e Getúlio haviam sonhado com a carreira militar. Vargas não fora longe por causa de um problema de indisciplina: saíra em defesa de um colega injustiçado. João, envolvido sem realmente ter participado de um levante, acabará excluído por "incapacidade física".

Estão destinados à política.

Sabem negociar. Getúlio, porém, é mais frio.

A geleira.

O autoritarismo, no entanto, domina os dois.

São homens de seus tempos, um mesmo tempo, tempo de homens fortes, determinados, agudos, autoritários.

Para recuperar as finanças da Paraíba, realmente abaladas por sucessivos governos praticantes da incompetência administrativa nacional, João obterá um empréstimo do Banco do Brasil em condições muito favoráveis: 1.500 contos de réis a juros de 7%.

As parcelas são depositadas religiosamente na conta da Paraíba até o fatídico mês de julho de 1929.

Depois disso, nada mais. As explicações técnicas de Silva Gordo, presidente do Banco do Brasil, não convencem. Soam como mentiras burocráticas convenientes.

João Pessoa sente o cerco fechar-se em torno dele.

Pernambuco, graças a um pedido do governador Epitácio Coimbra, tem seu crédito prorrogado.

A Paraíba de João Pessoa está na oposição. É um minúsculo estado desafiando o poder central.

Deve ser punida.

Ao saber disso, João Pessoa explode de raiva.

Passa uma tarde encerrado no seu gabinete tentando controlar o fogo que lhe queima o peito e a garganta.

É acossado por inimigos internos e externos.

No plano interior, Heráclito Cavalcanti, considerado um "pigmeu moral" por José Américo de Almeida, comanda a resistência a todos os atos de João Pessoa. Em 1º de fevereiro, o governador revidará com um decreto afastando o desembargador das suas funções por ele ser "chefe ostensivo do Partido Republicano Conservador", ou seja, por misturar sua atividade no judiciário, que deveria ser baseada na imparcialidade, com política partidária escancarada em favor de Júlio Prestes e de Vital Soares.

Todos fazem isso. É o costume. Ainda assim, João Pessoa está dentro da lei. Uma lei pouco usada.

A guerra está, mais uma vez, declarada.

Washington Luís toma o partido de Cavalcanti.

Indignado, João Pessoa, que nem sempre se controla, deixa o seu vulcão interior transbordar. Lembra, em telegrama ao presidente da República, de que em outra ocasião o chefe da nação ficara escandalizado ao saber que Heráclito Cavalcanti, que agora qualifica de "magistrado probo", era chefe de partido político.

É um tempo de confusão política e de contradições escandalosas. Heráclito Cavalcanti, adversário de Epitácio Pessoa, o tio de João, apoiara os movimentos revolucionários de 1922, 1924 e 1926. Só não está na Aliança Liberal por dela fazerem parte os Pessoa.

É uma política pessoal: troca-se de posição em função dos inimigos. Afinal, trocando em miúdos, as ideologias sempre se parecem na velha república.

Luís Carlos Prestes compreendeu isso. Mas não compreendeu que qualquer passo maior será infrutífero.

Só Getúlio, na solidão do Piratini, parece segurar todos os fios do jogo que ameaça engolir os jogadores.

A força de Getúlio consiste em esperar. Uns jogam xadrez. Outros, guerra. Ele joga paciência. Até o fim.

A corporação dos magistrados volta-se contra Pessoa, que chega a pensar em dissolver o Tribunal de Justiça.

Essa é a Paraíba de 1930: um fervedouro de paixões, de intrigas, de interesses pessoais contrariados, de tendência para atos violentos e de inimizades sem-fim.

João Pessoa limpa o suor da testa. Controla-se.

O autoritarismo predomina. O governador está longe de ser um perfeito democrata. Tenta, ao menos, conhecer os problemas do seu estado para resolvê-los do seu jeito. Vai ao sertão em busca de votos e de conhecimentos.

Visita, em 18 de fevereiro de 1930, a cidade de Princesa. Hospeda-se na casa do chefe local, o advogado, "coronel" e várias vezes deputado José Pereira.

A recepção é calorosa, com direito a banquete, convidados endomingados e festa de despedida.

Num jantar, João olha os convidados, que o examinam frontalmente, e pensa: "Até quando estarão comigo?"

São quatro dias de animação.

Os sertanejos sabem ser bons anfitriões.

No tabuleiro político está a definição da nominata de candidatos para a eleição de março ao parlamento.

A grande degola chegará em breve. Todos sabem disso. Ninguém ousa tocar no assunto. Apenas se estudam.

João Pessoa, na reunião da comissão executiva, defenderá o princípio da não reeleição. É a maneira de excluir um cacique importante, o poderoso João Suassuna.

Não há consenso. Dos quatro membros presentes, dois votam pela renovação total da bancada e dois pela recondução. Cabe a João Pessoa desempatar a votação.

A sua hesitação não dura um minuto. Depois de apertar os olhos e coçar seu belo e vasto bigode, num raro momento de desconforto, faz o que considera inevitável e necessário. É um homem pragmático e firme.

Confirma uma renovação parcial com base num critério bastante pessoal: salva da guilhotina eleitoral o seu primo Carlos Pessoa. Derruba o cacique Suassuna.

Está feito o estrago. Aquela maneira de agir contraria frontalmente o ideário da Aliança Liberal.

Tem o efeito de um coice no tabuleiro.

A revolução dá um salto, mas ninguém sabe disso.

Roberto Moreira dirá mais tarde, na Câmara de Deputados, que João Pessoa não se dignara a discutir o assunto com o poderoso e suscetível José Pereira, tendo-lhe enviado a lista por um ajudante, pouco antes de deixar a cidade de Princesa para voltar à capital, onde comemoraria suas bodas de prata. João Neves, que debaterá com Moreira, dará outra versão:

> Entre João Pessoa e José Pereira não houvera a mínima discrepância. Reinou entre ambos absoluta cordialidade. A 22, João Pessoa regressou à capital. Mal ele partira, José Pereira enviou-lhe um radiograma, insurgindo-se contra a referida chapa de deputados, que nas vésperas aceitara sem objeções.

O que diz José Pereira? Isto. Apenas: "Por tudo isso, delibero adotar a chapa nacional, concedendo liberdade aos meus amigos para usarem do direito de voto consoante lhes ditar a opinião, comprometendo-me ainda a defendê-los, se qualquer violência do governo atentar contra o direito de voto assegurado pela Constituição."

Júlio Prestes ganha um aliado.

Afinal, o que separa, de um dia para outro, o anfitrião receptivo do seu visitante cheio de mesuras?

O mistério terá de ser desfeito.

Surpreso, João Pessoa pede confirmação urgente. José Pereira não tarda a enviar telegrama:

> "Maior motivo meu afastamento representa minha reação contra humilhantes e ofensivas referências V. Exª fez à minha pessoa na reunião da Comissão Executiva, do que fui informado de fontes seguras por telegramas de amigos incapazes de mentir."

Há fofoca no ar.

A honra é intocável para os sertanejos.

Desesperado, João Pessoa tenta explicar a José Pereira, em telegrama, o processo de escolha:

> Porque Júlio Lira e Inácio Evaristo entendessem que não se sentiam bem assinando o manifesto da indicação dos candidatos com a exclusão de Suassuna e Oscar [Soares], amigo íntimo de um e genro do outro, resolvi assiná-lo sozinho, recusando mesmo a delegação que me quis dar o Sr. Júlio Lira para, em nome da comissão, assinar o referido documento, a fim de que o fato, no momento, não fosse explorado pelos inimigos. Desafio que qualquer dos membros da comissão afirme de público, com a responsabilidade do seu nome, que durante a reunião eu houvesse feito qualquer referência à sua pessoa.

Nada mais há a fazer. A ruptura é definitiva. Mais do que isso, trata-se de uma ruptura encomendada.

Em 9 de junho de 1930, pelo Decreto nº 1, José Pereira proclamará Princesa município independente.

O Brasil terá sua pequena república municipal.

A revolução dará o seu segundo salto.

Se a Paraíba não tem dinheiro para ajudar os revolucionários, contribui com os fatos necessários.

Não se faz uma revolução sem acontecimentos inesperados, sem um tanto de acaso, sem vaidades feridas, ideais hiperdimensionados, pessoas em ebulição, homens estranhos, singulares, impressionantes e surpreendentes.

Disso, Getúlio sabe. Por intuição.

Prestes, ao contrário, perderá essa compreensão.

A Paraíba será o combustível da revolução de 1930.

Antes disso, numa batida na cidade de Teixeira, a polícia, enviada para combater os jagunços de José Pereira, que já ocupavam várias localidades, prenderá vários membros de uma família paraibana muito poderosa, inclusive as distintas mulheres. É o clã de João Dantas, primo da esposa do "guilhotinado" João Suassuna.

João Pessoa recorre impiedosamente à repressão. Ex-juiz militar, não se constrange em usar a força.

Dantas foge para Olinda.

Noutra ação repressiva, no dia 10 de julho, a polícia invade o escritório dele na capital paraibana.

Apreende o cofre com a sua correspondência.

*A União*, jornal oficial paraibano, segundo uma versão da história que se enraizou nos livros, publicará as cartas íntimas — poemas eróticos, juras de amor e marcação de encontros — trocadas entre Dantas e Anaíde Beiriz, uma beldade da capital, misto de poeta e mulher moderna, quase um extraterrestre na paisagem de então.

É o começo do fim.

Sempre há uma mulher na história, dirá Getúlio.

Indignado e sentindo-se impotente, João Pessoa deixará escapar uma frase que fará história na boca dos governantes brasileiros (até Vargas a repetirá em 1954):

— Eu não sabia de nada.

Dantas saberá o que fazer. Ao voltar de uma visita ao pai, doente, tomará conhecimento do ataque ao seu apartamento e da violação da sua intimidade amorosa. Até fotografias "sensuais" de Anaíde serão exibidas ao público, de mão em mão, pelos capangas de João Pessoa.

Anaíde também saberá o que fazer diante da caçada moral que sofrerá: sairá da Paraíba. Mas isso só acontecerá mais tarde, depois que o pior tiver ocorrido.

Ela é uma mulher moderna. A Paraíba, como o Brasil desses tempos, é uma província moralista à antiga.

Aos 25 anos de idade, Anaíde escandaliza a sociedade com seu cabelo curto, "à la garçonne", com os seus maravilhosos olhos negros, com o seu corpo voluptuoso.

Alfabetiza pescadores, fuma, passeia sozinha pelas ruas, usa decotes sensuais, publica artigos nos jornais, defende a participação das mulheres na política, ataca o machismo dominante, pretende-se dona do seu corpo e dos seus desejos. Não quer casar nem ter filhos.

É a "pantera dos olhos dormentes".

Uma cadela — para os que a desejam sem êxito ou para as mulheres que temem perder os seus homens.

Aos 20 anos de idade, vencerá o concurso de beleza do *Correio da Manhã*. Por onde passa, arranca elogios e propostas. Por onde passa, deixa um rastro de desejo.

Antes de conhecer Dantas, a bela viverá um grande amor com o estudante de medicina no Rio de Janeiro, Heriberto Paiva, com quem também trocará cartas apaixonadas. Marcus Aranha, em *Pantera dos olhos dormentes*, revelará a intensidade desse primeiro amor:

> Não me creias uma mulher romântica, piedosa, dessas que amam pacífica e sinceramente, mas sem intensidade e sem ardor, essas mulheres que sabem ser esposas, sabem ser mães, mas não sabem ser amantes. Todavia, eis que o pudor fala mais alto, e ela escreve: Sei que não é bonito isso que te estou a dizer, mas a confiança que tenho em ti leva-me a falar-te deste modo. Perdoa-me, meu Amor, se te magoei com a minha franqueza; se impelida pelo meu afeto, estimulada pela minha paixão, estendi-me demais.

Heriberto Paiva, ciumento e deslumbrado, responde quase no mesmo tom: "Como me alegraria ao ver-te perder as forças lentamente dominada por mim, enquanto os teus lábios desejosos murmuram o nome de Henry!"

O amor acaba.

Outro começa.

Anaíde ama João Dantas, um sujeito tacanho e retrógrado, mas de arroubos eróticos que a dominam.

A revolução, com certeza, passará por ela numa sequência de fatos aparentemente desconexos e aleatórios: João Pessoa, encurralado por seus inimigos conservadores, entrará na Aliança Liberal, levando seus oponentes a fazer o oposto. Princesa, a cidade de José Pereira, encontrará um jeito de ficar do lado do poder central, o que levará João Pessoa a desencadear a repressão, atingindo a família Dantas, aliada de Pereira, de Suassuna e dos principais adversários do governador. As diligência policiais encontrarão o que não devem. O privado será tornado público. As revelações sobre os amores de João Dantas e Anaíde Beiriz ou sobre os negócios escusos de Franklin Dantas acordarão o chacal que, segundo Charles Darwin, sempre dorme em cada homem.

João Dantas jurará vingança.

Sabe-se que o tempo tudo transforma. No futuro, passada a revolução, muitos dirão que essas cartas nunca existiram. Elas jamais foram publicadas pela imprensa. Teriam sido mostradas aos paraibanos e logo recolhidas.

Wellington Aguiar revela o depoimento que João Dantas dará à polícia depois da vingança consumada:

> Que o declarante não sabe medir a extensão da indignação que o assoberbou e desde a véspera já vinha experimentando desde quando viu publicadas na mesma folha [*A União*] e de ordem do Governo cartas íntimas do seu velho pai de setenta anos de idade para ele declarante, publicação de que resultava manifesto intuito de ofensa e ridículo; que o declarante sentindo desde dias a necessidade de um desagravo contra a afronta que se lhe vinha fazendo.

Em artigo de 9 de agosto de 2009, publicado no jornal *A União*, Aguiar destrói alguns mitos:

> No meu livro *João Pessoa, o Reformador* citado anteriormente, também transcrevo as cartas do velho Franklin Dantas para o filho João Dantas, estampadas por *A União*, nas quais o primeiro mostra ao seu rebento como estava agindo, para apropriar-se de dinheiro da Inspetoria Federal de Obras Contra as Secas (IFOCS). O irmão de João Dantas, Manuel Dantas, igualmente lhe escreve sobre o mesmo assunto: graves irregularidades que esta-

vam praticando, pai e filho. Daí por que a manchete de capa de *A União* em 25 de julho de 1930 foi esta: "Os Assaltos da Quadrilha dos Dantas Sobre os Dinheiros Públicos Federais." Ia esquecendo: em suas declarações à polícia pernambucana, João Dantas não se referiu a Anayde Beiriz uma única vez sequer. Esta é a verdade. O resto é ignorância ou má-fé.

Mitos, contudo, costumam desafiar a verdade.

Anaíde Beiriz morrerá em 22 de outubro de 1930, em Recife, 19 dias depois de a revolução ter sido deflagrada em Porto Alegre e um dia antes de Washington Luís ser deposto por uma junta militar, abrindo caminho para o longo "reinado" de Getúlio Vargas. Ela viverá os seus últimos dias refugiada sob o cuidado de freiras. Só sairá para visitar o seu amado João Dantas na prisão.

Suicídio por envenenamento?

Talvez.

Na Câmara de Deputados, amarrando os fios dessa trama complexa e cruel, João Neves discursará:

> A intentona de Princesa é das que nascem não só de um solo ensopado de sangue criminosamente vertido, como de um pântano em que a lama das degradações constitui a matéria-prima da desordem. A alegada justificativa do levante não passa de uma inverdade descabelada. Vou destruí-la com o testemunho de seus próprios cúmplices como pelo depoimento unânime dos membros da Comissão Executiva do Partido Republicano da Paraíba.

Neves mostrará que José Pereira agia a mando do governo federal. Em carta ao subdelegado de Sant'Ana dos Garrotes, em 27 de fevereiro de 1930, Pereira avisa: "Havemos de provocar a intervenção, pois estou disposto a ocupar todos os municípios do sul do Estado; o mesmo fará, no Norte, outra força comandada por pessoa em evidência (...) Não se enganem, porque a nossa causa está amparada pelos próceres da política nacional."

Um dia depois, a polícia de João Pessoa prende os Dantas. Diz João Neves nas suas memórias apaixonadas: "Os policiais enviados pelo governo para Teixeira foram recebidos a tiros pelos partidários da família Duarte Dantas, intimamente ligada a José Pereira. Os soldados estaduais limitaram-se a replicar e a cumprir a ordem superior. Não houve sequer uma pessoa arranhada."

Haverá, em breve, um homem morto.

A intentona será alavancada pelas eleições de 1º de março. A fraude nacional "guilhotinará" os candidatos de João Pessoa e consagrará os "deputados de Princesa".

As traições, os ressentimentos e os fatos se cruzam.

João Pessoa desfecha nova repressão contra Princesa, que recebe apoio do governo federal. Washington Luís dificulta como pode a compra de armas pela Paraíba, mas facilita o envio de armas aos homens de José Pereira, com a cumplicidade do governador Coimbra, de Pernambuco.

Ademar Vidal descreverá minuciosamente a violência premeditada dos cangaceiros de José Pereira.

> Considerava-se uma das consequências fatais do levante de cangaceiros, prestigiado pelo governo federal, o derrame dos criminosos por várias zonas da Paraíba e de outros Estados, para a tarefa do roubo e do assassínio. Diante dos últimos triunfos alcançados pela polícia começou a debandada dos grupos capazes de todas as perversidades. No Pontal, setenta cangaceiros vinham praticando toda a sorte de depredações e de saques à mão armada. A caminho de Malta incendiaram as propriedades do Sr. Vicente Leite e de outros fazendeiros nos lugares Bandarra, Podrinho e Várzea Redonda. Cometidas as depredações, acamparam em Ipueira, na casa de Dondon Dantas. Para dar cabo dos bandidos, passou a operar no Pombal uma grande coluna, sob o comando dos tenentes Benício e Marques.

Esse é o Brasil que resiste às mudanças.

O Nordeste, contudo, ficará, em maioria, do lado de João Pessoa. Comunidades de vários estados organizam a "semana da bala". Recolhem munição que enviam para o governador ultrajado defender a legalidade na Paraíba.

Osvaldo Aranha, segundo João Neves da Fontoura, mandará 5 mil cartuchos para o aliado em latas de compota da empresa Leal, Santos & Cia. Outros 83 mil seguirão em barris de sebo. Em torno de oito mil tiros serão dissimulados em belos e seguros fardos de charque.

Minas Gerais também enviará armas e munição.

Até um avião se consegue, o "Garoto", de pouca eficácia militar, mas de grande poder simbólico. A população de Princesa tomará grandes sustos, temendo a queda do aparelho sobre as casas da cidade sertaneja. Três sertanejos teriam morrido de medo. Bombas caseiras serão jogadas em voos rasantes dignos de pilotos suicidas. A artilharia antiaérea, composta de carabinas e revólveres, riscará a lataria da arrojada aeronave.

Em 26 de julho de 1930, Dantas fica sabendo que João Pessoa estará em Recife. A hora de acertar as contas é chegada. Ele, sem querer, vai mudar a história.

O historiador Hélio Silva contribuirá para o mito:

> João Dantas foi morar em casa de um cunhado em Olinda. Foi daí que saiu na manhã de 26 de julho de 1930, embarcando num bonde com destino a Recife. A capital pernambucana sempre teve grande número de paraibanos morando, ou de passagem. Mas não deixou de ser uma coincidência funesta o fato de sentar-se João Dantas ao lado de um conterrâneo que lia *A União*. Foi fácil deparar com a transcrição de mais uma de suas cartas, acompanhada de comentários desprimorosos. A campanha continuava. Ao mesmo tempo João Dantas leu a notícia de que o presidente da Paraíba entregara o governo ao seu substituto Álvaro de Carvalho e vinha ao Recife. Os olhos do nordestino demoraram sobre a notícia, enquanto a destra insinuava-se sob o casaco acariciando a culatra do revólver. Dali mesmo saiu à caça do inimigo, na ronda dos lugares habitualmente frequentados.

História e literatura confundem-se.

Por que uma história de corrupção e de disputas políticas perderá lugar para uma história de amor?

A explicação é simples: o governo federal precisava transformar uma motivação política em motivação pessoal.

Mais um caso clássico na história universal.

Getúlio Vargas terá o fato de que precisa.

Terá também um conteúdo para a revolução que todos desconhecem. A revolução revelará um novo Getúlio.

João Pessoa é assassinado com três tiros.

O assassino não lhe dá tempo de qualquer reação.

Dispara à queima-roupa.

O governador da Paraíba, que está sentado junto com três amigos, em torno de uma mesinha de mármore, levanta-se logo depois de ser ferido no tórax.

Recebe mais duas balas.

O terceiro tiro, que provocará grande sangramento na região glútea, terá sido dado, segundo alguns historiadores, pelo engenheiro Augusto Moreira Caldas.

É um cunhado de João Dantas.

Pessoa estava em Recife, território hostil, para o desembarque de uma carga de munição? Ou para esperar uma amante, possivelmente uma bela e famosa cantora? Aos que tentaram dissuadi-lo da viagem, dissera que não temia inimigos covardes. A vida o chamava. Ele ia em frente.

Oficialmente encontrava-se ali para visitar seu amigo Cunha Mello, internado no Hospital Centenário, o que fez pelas 9 horas da manhã, tendo saído da capital paraibana às 5 horas. Em Tambiá, dará carona no seu Buick potente à menina Eva Campello, vestida toda de branco. Leva-a até à igreja onde ela fará a primeira comunhão.

Ademar Vidal narrará o diálogo de João com Eva.

— Você aceita dar um passeio comigo quando eu voltar?

A menina acedeu risonhamente e João Pessoa acrescentou.

— Mostrarei toda a cidade a você. Adeus!

Terá olhado para trás?

Em Recife, ele passa numa agência de navios.

Almoça no Hotel Leite.

Vai à redação do *Jornal do Recife*.

Depois, visita os seus amigos Caio e Carlos Cavalcanti no *Diário da Manhã*.

Na joalheria Krause, compra um bracelete.

Para quem? Para a mulher? Para a amante?

Antes de ir tomar sorvete, em companhia de Agamenon Magalhães, Caio de Lima Cavalcanti e de Alfredo Watley Dias, na tradicional confeitaria Glória, onde chegará pelas 17 horas, vai a uma casa de Pery de Lemos e, por fim, faz-se fotografar pomposamente na Piereck.

O ex-presidente Epitácio Pessoa, tio de João, escreverá de Haia, Holanda, onde representa o Brasil:

> O assassínio de João Pessoa é um fruto da sedição de Princesa. Não houvesse sido esta insuflada, protegida e alimentada pela atitude sistemática e criminosamente hostil do governo federal contra o presidente da Paraíba e pelos adversários e inimigos deste, e o ambiente que gerou o crime não se teria formado, e o matador não o teria cometido confiado no amparo de seus cúmplices, agora mesmo manifesto no afã com que procuram dar ao delito o caráter de crime comum, eles que tanto se estafaram em qualificar de político o crime de Montes Claros.

Ademar Vidal, membro da equipe de João Pessoa e revolucionário ativo, descreverá o crime em *1930: história da revolução na Paraíba*, publicado em 1933. Terá como base os autos do processo.

Depoimento de João Dantas:

> Ao tomar o "bond", quando este se pôs em movimento, viu em mãos de um passageiro seu vizinho um exemplar da *A União*, do mesmo vinte e seis, e conseguiu ler, sob epígrafes ruidosas, que haviam arrombado um cofre que ele respondente deixara em sua residência na Paraíba, e dele haviam retirado cartas particulares e documentos íntimos que, por terem

sido, como dizia o artigo, reputados imorais, deixavam de publicar; que, em face de tal leitura, chegou ao cúmulo a sua indignação. E, lendo também no mesmo jornal quando o passageiro voltou a folha, que o Dr. João Pessoa viera a esta capital naquele mesmo dia, e que se demoraria poucas horas, sentiu ser demasiada a afronta e, saltando do "bond", tomou um outro no qual retornou à casa do seu cunhado onde se armou de um revólver de sua propriedade (dele respondente), muniu-se de uma carga sobressalente e voltou para Recife no mesmo "bond" que alcançou de volta, disposto a encontrar-se com o Dr. João Pessoa e tomar um desforço. Saltou do "bond" na praça da Independência, percorreu com a vista os arredores para ver se encontrava o Dr. João Pessoa; e imediatamente, com o mesmo intuito, dirigiu-se ao *Diário da Manhã*, chegando até a porta. Ainda ali não tendo encontrado o referido presidente, voltou a pé, pela rua do Imperador, até o Hotel Lusitano, onde ia diariamente e onde entregou o artigo, que escreveu para publicar no *Jornal do Commercio*, ao Dr. João Suassuna, pedindo-lhe que o lesse, submetesse-o à apreciação dos amigos e depois o mandasse à redação daquele jornal, ou o entregasse ao Dr. Augusto Moreira Caldas, cunhado dele respondente, caso este o procurasse.

Ademar Vidal ressalva um aspecto decisivo: o jornal *A União* nada dizia sobre arrombamento de cofre. Apenas noticiava a visita de João Pessoa a Recife.

João Dantas, pelo seu depoimento, esteve duas vezes com João Suassuna antes de cometer o crime.

Uma testemunha garante que Moreira Caldas telefonou para Dantas, depois do almoço, no dia 26 de julho.

Após o contato, Dantas parte de Olinda para Recife.

No depoimento do assassino se lê:

Entrando pela rua de Santo Amaro, incontinenti dirigiu-se para o presidente João Pessoa, alvejando-o de frente e à queima-roupa, de modo que o seu braço atingiu ou chegou ao centro da mesa; que ao percutir a arma, falhou o primeiro cartucho, e o presidente João Pessoa levou as mãos ao peito, estremecendo ao ouvir o som metálico; receando que falhassem outros cartuchos, pois a munição era velha, puxou duas vezes consecutivas e rapidamente o gatilho, disparando, assim, dois tiros em direção ao Dr. João Pessoa; que, até então, o Dr. João Pessoa não fez qualquer gesto de defesa e nem qualquer dos circunstantes procurou obstar a ação dele respondente.

Dantas é ferido na cabeça. João Pessoa, vítima de disparos de um calibre 32, desabará depois de rodopiar sobre o pé esquerdo. A trajetória do tiro fatal será objeto de controvérsia e de análises complicadas. Testemunhas negarão a presença de outro atirador. Caldas dirá só ter chegado ao local depois do crime.

A história já tem motivos para dar um salto.

A morte de João Pessoa acende uma onda de perplexidade. Muitos se desesperam. O país acusa o golpe.

O político de 1,65m de altura torna-se um gigante.

Por toda parte, ecoam gritos desencontrados:

— Viva João Pessoa!

— Mataram João Pessoa!

— Estamos desgraçados!

— Mataram o nosso pai!

A violência explode.

Ademar Vidal precisa controlar a população na Paraíba, onde, desde as 18 horas, um telegrama dará o alarme. Há pouco efetivo policial para conter as depredações. A massa enfurecida parece um rio caudaloso.

Duzentos presos escapam da cadeia.

Em breve, os gritos serão outros:

— João Pessoa não morreu!

— Viva a revolução!

A capital paraibana cobre-se de bandeiras pretas.

O comércio fecha as portas nos dias seguintes.

Pessoas carregam dinamite.

No dia 28, o corpo de João Pessoa chega a Itabaiana.

Vidal recordará:

> Sentamo-nos à cabeceira de João Pessoa.
>
> Começa o espetáculo mais dramático que é possível imaginar-se. O povo quer entrar para ver o corpo. O povo chora. Faz preces. Ajoelha-se. Grita. Ninguém fica calado. Ninguém se entende.

Uma cena como essa acontecerá 24 anos depois, em 24 de agosto de 1954, com o suicídio de Getúlio Vargas.

Na capital paraibana, que depois receberá o nome do seu presidente assassinado, haverá uma romaria de homens e mulheres, alguns soltando urros, para ver o corpo.

Radicais pedem vingança.

A Paraíba chora o seu herói morto.

No dia 1º de agosto, em meio ao clamor popular, o corpo é embarcado para o Rio de Janeiro.

João Pessoa já não é mais um corpo, não é mais uma pessoa, muito menos um político conservador e controvertido. Já é um símbolo. Será, logo, um mito.

Vários tenentes dos movimentos de 1922, 1924 e 1926, Agildo Barata, Paulo Cordeiro, Juraci Magalhães, acompanham o cortejo de 75 mil pessoas.

A massa grita:

— Adeus, João Pessoa.

Conclusão de Vidal:

> O crime está consumado. O seu julgamento história fará. Há de fazer com implacável severidade para condenação irrecorrível dos seus Átilas.
>
> — Velaremos a obra de João Pessoa. Saberemos defendê-la. Seremos dignos dela.

O gaúcho João Neves anotará com seu estilo bacharelesco, mas preciso: "Os disparos de João Duarte Dantas, prostrando sem vida, dentro da Confeitaria Glória, o ínclito brasileiro não abateram apenas um homem: puseram fim ao regime de 1891."

O último ato se aproxima.

Falta apenas consumar-se uma revolução.

O que estará pensando Getúlio Vargas?

João Duarte Dantas, o assassino de João Pessoa, será degolado, na prisão, em 3 de outubro de 1930.

Um operário paraibano matará João Suassuna, o suposto pivô da sedição de Princesa, seis dias depois.

Ainda no calor da luta, Suassuna havia telegrafado a João Pessoa: "Espero que me faça a justiça de não atribuir à minha exclusão da chapa a causa desse passo, bastando lembrar que, ainda no governo, manifestei a seu tio a intenção de não mais voltar ao Congresso Nacional."

José Pereira precisará sustentar o oposto.

Essa é a versão que se imporá.

Talvez por uma razão simples: expressar a verdade.

A revolução brasileira, na sua proporção, terá os seus vingadores, os momentos de fúria popular e os acertos de conta. Terá também o seu Danton, o seu Robespierre e até o seu pequeno Napoleão: Getúlio Vargas.

Muitos aliados de primeira hora serão eliminados pelo caminho. Outros, passarão para a oposição. A reação não se fará esperar. Virá em 1932 com o nome de Revolução Constitucionalista. E também será esmagada em sangue.

Haverá quem diga que a principal revolução brasileira se fez sem derramamento de sangue.

É falso.

Talvez se considere pouco o sangue jorrado.

José Pereira perambulará por vários estados do Nordeste. Mudará de nome sempre que preciso. Passará a chamar-se Honorato Cavalcanti ou Dionísio Pedro.

Será anistiado em 1934.
Morrerá de apendicite aguda em 1949.
Princesa chorará a sua morte.

Gabriel lutará em 1930 ao lado dos legalistas, contra os revolucionários de Getúlio, sob as ordens do seu amigo tenente França. Em 1932, estará, sempre legalista, com o exército de Getúlio contra os paulistas. Combaterá em Itararé nas trincheiras inúteis de 1930.

# 11

O corpo de João Pessoa é uma mecha revolucionária.

Nada mais parece deter o movimento.

Conspira-se por toda parte.

A conspiração é uma paixão nacional.

Em 1930, será disputada a primeira Copa do Mundo de futebol. O Uruguai vencerá. Até ali, os homens ocupavam-se com guerras de verdade. Matar ou morrer. Sem medo.

Uma revolução precisa de dinheiro.

Minas Gerais prometerá seis mil contos ao Rio Grande do Sul como ajuda ao esforço de guerra, mas só entregará duas parcelas, uma de dois mil e outro de mil. A Paraíba não passará dos mil contos. Osvaldo Aranha precisa pagar 16 mil contos da compra de armas na Tchecoslováquia.

Virgílio de Melo Franco, o "tenente civil" da revolução, em *Outubro de 1930*, esclarecerá alguns aspectos da organização militar e financeira da operação conforme o planejamento inicial, alterado pelos fatos:

> O Rio Grande estava na disposição firme de marchar para a revolução, uma vez que Minas e Paraíba lhe secundassem a ação. Para que o movimento tivesse todas as probabilidades de êxito, era necessária uma certa porção de material bélico e munições. Depois de estudar minuciosamente a situação, fizera o Sr. Osvaldo Aranha uma grande encomenda, na Tchecoslováquia, no valor aproximado de dezesseis mil contos de réis. Para

> o pagamento desse material, dispunha-se o Rio Grande a concorrer com oito mil contos e solicitava de Minas seis mil e dois mil da Paraíba. O movimento, segundo o plano adotado, rebentaria simultaneamente no Brasil inteiro, dirigido, no sul, pelo Sr. Osvaldo Aranha, com o concurso de vários chefes militares, inclusive os Srs. Luís Carlos Prestes e João Alberto; no norte, orientado por João Pessoa, com a direção militar do Sr. Juarez Távora, que, para tal, já se encontrava na Paraíba; e em Minas, seria dirigido pelo governo do Estado, com a orientação militar dada pelo Sr. Leopoldo Néri da Fonseca. Além da explosão revolucionária, que se daria no mesmo dia e na mesma hora em três Estados, comportava o plano perturbações de ordem no Distrito Federal e em vários outros Estados, notadamente em São Paulo, onde Siqueira Campos se encontrava, armado de vários metralhadoras e fuzis-metralhadoras, além de bombas de mão e uma grande porção de bombas de dinamite.

Como se vê, um plano de revolução pode ser alterado por imprevistos e golpes dentro do golpe: Prestes toma outro rumo, Siqueira Campos morre afogado, João Pessoa é assassinado, Minas Gerais e Paraíba não conseguem o dinheiro necessário. Os articuladores entram em conflito.

Em 1º de junho, Getúlio lançará um manifesto pedindo calma e moderação. Faltava-lhe ainda o detonador, um gatilho que justificasse a desordem e o grande risco.

João Dantas puxará esse gatilho.

No seu supostamente ponderado manifesto de 1º de junho, Getúlio, porém, condenava o autoritarismo do governo federal expresso na "degola" dos parlamentares mineiros e paraibanos e na continuação das fraudes:

> Punem-se dessa forma sumária com a truculência dos reconhecimentos dois estados da Federação que não supunham constituir delito, num país republicano, pleitear, desassombradamente, a vitória das urnas em favor dos candidatos de suas preferências. O estado de Minas teve também a sua representação privada de tomar parte nos trabalhos dos reconhecimentos. Essas e outras iniquidades servem apenas para dificultar os esforços de todos os bons patriotas no sentido do apaziguamento geral da

Nação, burlando os fins e os ideais da campanha política e vincando mais ainda o traço do descontentamento popular.

Bom leitor, Virgílio de Melo Franco verá nesse texto muito criticado uma mensagem embutida, "um sentido grave que só escapou ao entendimento rudimentar do Sr. Washington Luís e de seus asseclas". Um aviso?

Em 26 de junho, Osvaldo Aranha vai ao Piratini e coloca Getúlio contra a parede. Quer uma definição.

O presidente do Rio Grande do Sul hesita.

— Que bicho te mordeu, Osvaldo?

— Precisamos agir.

— Não podemos dar um passo maior do que as pernas.

— Não podemos ficar de mãos amarradas — retruca Aranha.

Vargas não responde.

Aranha demite-se da Secretaria do Interior.

Essa decisão assustará e desanimará os conspiradores. João Neves aproveitará para tripudiar: "Imediatamente telegrafei a Aranha, propondo-me acompanhá-lo na atitude resignatária." Terá como resposta uma evasiva: "Demais na cena, resolvi retirar-me."

Aranha telegrafa ao seu amigo Virgílio de Melo Franco: "Minha convicção você e eu vítimas mistificação vergonhosa. Estou farto dessa comédia. Impossível continuar sob direção chefe tão fraco que desanima próprios soldados. Minha disposição inabalável abandonar definitivamente a vida pública."

É de Getúlio que Osvaldo Aranha fala!

Em junho de 1930.

O mineiro não terá a mesma opinião sobre Getúlio:

> Quando, mais tarde, maior cópia de documentos permitir a reconstrução de todo o histórico da revolução de 1930, certas figuras avultarão, em detrimento de outras, que se vão deixando adornar com penas alheias... O Sr. Getúlio Vargas, por exemplo, ainda não avulta, no cenário da revolução, com o destaque a que tem muito mais direito do que os Srs. Antônio

> Carlos e Olegário Maciel. Bravo e destemeroso como o Sr. Aranha, resignado e tenaz como o Sr. Artur Bernardes, tem o Sr. Getúlio Vargas a vantagem de um atributo supletivo que, por via de regra, falta aos políticos sul-riograndenses — a astúcia. Seria longo e deselegante traçar aqui, ainda quando ele se encontra no zênite, o seu perfil. Caldeando a índole aventureira e a impulsividade do gaúcho com atributos de serenidade e prudência, o Sr. Getúlio Vargas, durante toda a campanha presidencial e todo o período da conspiração, até o dia 3 de outubro, brincou com o Sr. Washington Luís como um gato brinca com um camundongo. E na rude sociedade da revolução, de que o Sr. Osvaldo Aranha era o cerne vigoroso, foi em torno da personalidade do Sr. Getúlio Vargas que se pôde operar a fusão dos vários elementos que deveriam levar à vitória o movimento de outubro. Lidando com os caracteres mais heterogêneos, o candidato da Aliança Liberal transpôs os mais vertiginosos desfiladeiros com uma segurança e uma habilidade de felino. Sempre que eu me encontrei com o Sr. Getúlio nos dias da conspiração ou da luta, ele me fazia pensar mais num mineiro que num gaúcho.

Virgílio de Melo Franco escreverá assim em 1931. Depois da revolução, ele fará oposição a Vargas, mas se colocará a serviço do ditador quando o Brasil entrar na guerra ao lado dos aliados. Em 1943, assinará o Manifesto dos Mineiros contra o Estado Novo. Em 1946, entrará na UDN, a direita que se oporá ao getulismo e reunirá antigos tenentes no golpe militar de 1964. Virgílio ficará pelo caminho, assassinado em outubro de 1948.

Se Osvaldo Aranha enfrenta as oscilações e as astúcias de Getúlio Vargas, Virgílio de Melo Franco desespera-se com os recuos de Antônio Carlos, um homem avesso a revoluções, mas obrigado a organizar a mais importante delas no Brasil: "O responsável pelo primeiro fracasso do movimento foi o Sr. Antônio Carlos. De Minas, pois, partiu o primeiro recuo. Mas daí por diante, Minas não teve mais a menor parcela de responsabilidade nos sucessivos adiamentos que se foram dando."

O próprio Aranha vinha cobrando mais firmeza de Antônio Carlos. Em telegrama de 19 de junho, reclama: "Se o governo Minas pensa modo diferente e prefere desistir luta armada, deve dizê-lo francamente, pois acataremos sua opinião. Urge resposta franca. Não devemos continuar preparativos sem objetivo certo e decidido."

Em 23 de junho, respondendo a um telegrama do mineiro Francisco Campos sobre nova postura de Antônio Carlos diante de uma intervenção na Paraíba, Aranha será ainda mais duro: "Meu pensamento situação pior que dos negros sofreram escravidão com menor ridículo."

Falta um gatilho. Os chefes evitam o passo em falso.

João Dantas o dará por eles.

A morte de João Pessoa acontece no dia em que Virgílio de Melo Franco chega a Porto Alegre para tentar compreender a demissão de Osvaldo Aranha do governo.

A capital gaúcha está chocada. Virgílio dirá:

> O baque do corpo de João Pessoa sobre a terra sacudiu de uma forma dramática a nação inteira, ecoando dolorosamente em todas as consciências. Nenhum brasileiro compreendia o crime da Rua Nova, em Recife, sem ligar à figura dos assassinos a dos membros do governo desatinado, ao qual a fatalidade entregara João Pessoa inerme e desprevenido. Na Câmara Federal, o líder interino da bancada gaúcha, Sr. Lindolfo Collor, pronunciou uma comovedora oração na qual despontava, como um estribilho, a frase que, em todos os lábios, brotava naquele momento — Presidente da República, que fizeste do Presidente da Paraíba?

Juntos, Osvaldo e Virgílio, vão falar com Vargas.

Getúlio os recebe afavelmente. Parece não sentir qualquer pressão externa. Está muito calmo. A sua expressão, contudo, não é a mesma de dias antes. Só Osvaldo Aranha pode compreender isso. Há gravidade no semblante do governador. Há também uma nova determinação. Ele sabe que um elo foi rompido. Não fosse de mau gosto, talvez dissesse: "Há males que vêm para bem."

Mantém-se aparentemente distante.

Parece procurar algum coisa no teto do palácio.

De repente, ironiza:

— O Sr. Antônio Carlos me enviou um telegrama romântico.

— Romântico? — espanta-se Virgílio.

— Quer que lancemos um manifesto à nação responsabilizando diretamente o presidente da República pela morte de João Pessoa.

— Não achas uma boa ideia? — pergunta Aranha.

— Nós seriamos loucos se tal fizéssemos. Um manifesto dessa natureza, sem a sua imediata e lógica sucessão, seria um suicídio e um crime.

— Um crime — balbucia Aranha, num tom indefinível.

— É preciso ter paciência.

— Ainda? — exalta-se Aranha.

— Sempre — sorri Getúlio.

— Um mineiro — pensa Virgílio.

Serão 68 dias na reta final da conspiração.

O mês de julho de 1930, em Porto Alegre, fora pleno de rotina e de alguns sobressaltos corriqueiros, com muitas reclamações sobre o estado dos transportes públicos, questionamentos sobre as razões da demissão de Osvaldo Aranha e notícias sobre a repercussão positiva da viagem de Júlio Prestes à Europa. Os cinemas da capital gaúcha exibiam filmes de títulos duvidosos: *Alvorada do amor*, *Nuvens de fumaça*, *Falsa viúva*, *Mulher em leilão*, *Galante conquistador* e *A* scena *final*.

Nuvens de fumaça parecem não faltar.

Será tudo uma cortina de fumaça?

Uma moça abortará por causa do trabalho de uma batuqueira. Esse assunto terá mais apelo que a revolução.

Uma mulher será assassinada pelo marido enquanto dorme. Porto Alegre, com cerca de 300 mil habitantes, está cada vez mais violenta. A população inquieta-se.

A metrópole ainda não tem serviço de táxi.

Os jornais comentam o enfraquecimento da disposição dos gaúchos para a revolução com a renúncia de Osvaldo Aranha. Falam numa possível "queda nos braços de Washington Luís". João Neves reage fingindo otimismo: "Com todas as suas forças políticas, coeso, forte e decidido [o Rio Grande] continua. Cada vez mais entusiasmado e certo de sua vitória dentro da aliança."

Getúlio visita uma usina de carvão em Butiá.

Os clubes republicanos do Rio Grande do Sul aderem a uma ideia extremamente original e arrojada: a candidatura de Borges de Medeiros para presidente do estado.

Diz-se que Princesa será bombardeada.

O jornalista e polemista Assis Chateaubriand defende uma intervenção federal na Paraíba.

A falência do Banco Popular é assunto obrigatório.

A crise financeira de 1929 ainda assombra todo mundo. Há mais de 400 mil desempregados no país.

Getúlio inaugura a Usina Hidrelétrica da Toca.

Quando tudo parece decolar, Borges de Medeiros sai do seu silêncio rural e tenta sufocar a revolução. O velho parece alheio ao tempo e focado no próprio umbigo.

No final de agosto, Otelo Rosa, ex-diretor de *A Federação*, volta da fazenda do velho cacique do PRR com uma entrevista bombástica: Borges é contra o movimento.

A notícia, mesmo sem ser publicada, graças a um movimento de Osvaldo Aranha, que pede um tempo a Otelo Rosa, divide rapidamente os recentes aliados gaúchos. Virgílio de Melo Franco presenciará uma cena incrível:

> Lembro-me perfeitamente que o Sr. Raul Pila, presidente em exercício do Partido Libertador, procurou-me no hotel, extremamente irritado, a fim de indagar de mim o que eu sabia. Encontrava-se no meu quarto, naquele momento, o Sr. João Neves. A conversa que, em minha presença, tiveram os dois líderes dos partidos opostos, mas transitoriamente aliados, foi simbólica. Contrastando com a habitual serenidade das palestras a que, até aquele momento, eu tinha presenciado, entre membros dos dois partidos opostos, a entrevista de acaso do Sr. João Neves com o Sr. Raul Pila

pareceu-me um encontro de adversários. Ao lado do líder republicano, o libertador era, naquele momento, quase um inimigo, inteiramente estranho, expandindo outras tendências, norteado por outros destinos, pisando resoluto, em demanda de outros rumos... Era que o único denominador comum que entre ambos havia ameaçava desaparecer..

Cabe a Osvaldo Aranha a missão de iluminar Borges de Medeiros. O revolucionário sedutor vai mostrar ao velho chefe que não há mais outro caminho. Borges vive no campo, mas continua dando a última palavra. Pergunta:

— Temos alguma possibilidade de ganhar?

— Posso lhe garantir — diz Osvaldo.

— Sem perder muito?

— Sem perder nada.

— O Rio Grande não será retaliado?

— O Rio Grande passará a dar as cartas.

— Não é manha dos mineiros?

— Estamos dando as cartas e jogando de mão.

É suficiente. Aranha volta radiante.

— Agora vai — anuncia aos amigos.

Superada a resistência de Borges, um dos fios a amarrar diz respeito ao novo presidente de Minas Gerais, outra antiga raposa conservadora, Olegário Maciel.

Como ganhar de vez o seu apoio?

A vaidade move os homens. Revolução alguma muda a natureza humana. Às vezes, isso pode ser muito bom.

Olegário Maciel encontrará um pretexto para apoiar o movimento revolucionário. Eleito governador e senador, ao mesmo tempo, toma posse, em Minas Gerais, no dia 7 de setembro de 1930. Mais tarde, vai ao Rio de Janeiro assumir sua cadeira senatorial. Hospeda-se no Hotel Glória. Delicia-se com a diversidade dos seus poderes. Olha o mar como um velho lobo satisfeito com as suas proezas. Espera ser recebido por Washington Luís. O convite não vem. O mineiro orgulhoso ressente-se.

O seu vizinho de hotel, o gaúcho João Neves da Fontoura, aproveita para seduzi-lo definitivamente.

Encontram-se no quarto do mineiro.

Sentado na cama, Olegário enrola uma toalha no telefone, passa a mão na cabeça e diz meio embaraçado: "Eu sou contra esse negócio de revolução, mas assumi compromisso e não sou homem de faltar à minha palavra."

— Não falte com sua palavra — diz João Neves.

— Não?

— O futuro saberá reconhecer os seus méritos. Às vezes, para melhor avançar, precisamos pegar algumas curvas.

*

O passado não vem em linha reta. Gabriel pensa em 1930. Mas 1932 salta na frente: "Estando minha unidade mais a caminho para o centro do país, fomos dos primeiros a nos deslocar para o encontro com os paulistas. O transporte da época era o trem. De imediato, numa composição, com nosso efetivo completo, partimos para mais batalhas, tristemente, entre irmãos. Passamos por Ponta Grossa, Curitiba, interior do Paraná, até Sengés onde acantonamos para pequeno descanso." Haverá luta. Gabriel se recordará com um sorriso: "Sempre atirei sem fazer pontaria, a esmo, fechando os olhos. Não sei se matei alguém. Nunca tive vocação para bandido."

# 12

As costuras serão feitas.

A revolução passa a ser uma questão de data.

Poucos homens compreenderão tão bem a personalidade de Getúlio Vargas quanto o mineiro Virgílio de Melo Franco, o "Ariel da revolução". Isso terá consequências.

Amigo de faculdade de Osvaldo Aranha, Virgílio jogou-se na luta como se para ela tivesse nascido.

A revolução de 1930, segundo Aranha, será o "maior movimento cívico da história do Brasil".

Aranha não se enganará: "Só o futuro dirá da sua grandeza real. Não podemos julgar, mas podemos prever."

Virgílio julgou e previu.

No seu livro, *Outubro de 1930*, mostra, como poucos, o papel do governo Epitácio Pessoa na crise militar e na deflagração dos movimentos tenentistas dos anos 1920.

O presidente, oriundo da pequena Paraíba, um azarão no Catete, reformará "dispendiosamente" o exército. Fará uma intervenção na Bahia. Revelará seu lado autoritário.

O resultado será o descontentamento geral sintetizado pelo minucioso analista Virgílio de Melo Franco: "Ao seu passivo foram debitados os empréstimos, a queda do câmbio, as dificuldades financeiras, a baixa do preço do café, os desperdícios, as emissões, os déficits, e tudo o mais quanto podia ser censurado."

A sucessão de Epitácio Pessoa será um ensaio para 1930, com muitas diferenças, quase uma década antes.

O Rio Grande do Sul apoiará a Reação Republicana, ao lado de Pernambuco e da Bahia, apostando no fluminense Nilo Peçanha, contra a tradicional aliança entre São Paulo e Minas Gerais. A vitória será de Artur Bernardes.

O governo de Bernardes será o longo estado de sítio que se sabe. Uma sucessão de confrontos e rebeliões.

Algumas cicatrizes não se fecharão.

Virgílio resumirá uma delas:

> Os oficiais revolucionários de 5 de julho de 1922 esperavam ser o seu delito capitulado no art. 111 do Código Penal, isto é, como tentativa de coação ao livre exercício de uma autoridade constituída. Mas, logo em primeira instância, depois de dez meses de sumário, os acusados foram pronunciados como incursos no art. 107 do código, isto é, como tendo pretendido mudar violentamente a forma de governo e a Constituição política do país. Dois anos depois, o Supremo Tribunal reformou a sentença, para pronunciar os réus como incursos no referido art. 111. Mas a sentença de primeira instância, no dizer do Sr. Juarez Távora, já tinha dados os maus frutos que podia dar.

Assim se fazem os revolucionários.

Eles se alimentam de ódios, crises e ressentimentos.

A revolução de 1930 resultará de uma década de intrigas, fraudes, sucessões forçadas e imprevistos.

Washington Luís será ovacionado ao chegar ao poder. A população não suportava mais o governo de Bernardes.

Antônio Carlos se tornará presidente de Minas Gerais graças a uma concessão de Bernardes, que não o queria.

Pois esse mesmo Antônio Carlos detonará a mudança do Brasil ao se desentender com Washington Luís.

Uma revolução se faz com paixões e vinganças.

Virgílio de Melo Franco descreverá Washington Luís como um "homem de vistas curtas, inteligência mesquinha e vaidade imensa", que se tornará presidente por ser considerado honesto. Apesar do "riso franco e aberto" e da presença constante em corridas, bailes, jogos esportivos, paradas, teatros, festas e ruas, exibindo-se nos seus Lincolns e Packards, era um elitista. "Toda a gente tinha a impressão de que o primeiro magistrado do Brasil não trabalhava muito", alfinetará Virgílio.

Depois de alfinetar, bombardeia a "saúde excessiva para a sua idade", conforme o deputado Edmundo da Luz Pinto, e trucida: "Efetivamente, o único dos presidentes do Brasil até hoje deposto é um homem primário de inteligência, impulsivo, autoritário e incoerente."

Com sua pena feroz, dirá mais: "O seu governo foi um verdadeiro desastre sob todos os pontos de vista. A sua bronca incompreensão fez com que sua presidência não abordasse nenhuma das grandes questões que agitavam e agitam os interesses e os sentimentos da nação."

Washington Luís só pensava na estabilização da moeda e no café. Terá duas grandes derrotas. O consumo do café brasileiro no mundo, como mostrará Virgílio, cairá de 79% no começo do século XX para 65,5% em 1927.

"Quanto à estabilização da moeda, a estupidez que presidiu às suas malogradas operações não foi menor. Mas o Sr. Washington Luís, cego, surdo e mudo, resistiu até o fim, defendendo a política de que se fez campeão", diz.

A Aliança Liberal será uma reação ao descalabro, uma tentativa desesperada de salvação da lavoura.

Virgílio jamais duvidará, como o fez João Neves, das intenções de Vargas. Louvará a franqueza do líder gaúcho, disposto desde a primeira hora a opor-se aos disparates do Catete, destacará a sua vontade de evitar "qualquer eiva de facciosismo", sublinhará a sua atitude "tolerante e conciliadora" e o papel que desempenhará na união dos dois grandes partidos do Rio Grande do Sul.

Mas Virgílio também elogiará o trabalho de João Neves, "ostentando nos punhos os bordados de general", "guerreado no seio da sua bancada, onde havia elementos desejosos de orientar para a zona de influência paulista a ação política do Rio Grande", entre os quais Flores da Cunha, o sempre ambíguo e cortante Flores da Cunha.

O Rio Grande do Sul tem fome de poder. O libertador Batista Luzardo, em discurso na Câmara de Deputados, defenderá o nome do seu antigo adversário, Borges de Medeiros, para a presidência da República.

Enquanto tudo isso acontecia, Washington Luís esperava setembro chegar sem anunciar o seu candidato.

Pretendia fazer o anúncio num grande baile no Palácio Guanabara. Não sabia que a dança já começara.

Em 18 de julho de 1929, Flores da Cunha embarcará num avião para levar a Washington Luís a famosa carta, datada de 11 de julho, na qual Getúlio Vargas comunicará ao primeiro mandatário da nação que será candidato à presidência da República por indicação de Minas Gerais.

Antes de entregar a carta bombástica, Flores, conforme a detalhada narração de Virgílio, irá a Juiz de Fora, onde confabulará com os aliados mineiros.

Começa ali a guerra das cartas.

A de Getúlio a Washington Luís explicará que como o presidente da República não se manifestara sobre a sucessão, como lhe cabia na ausência de partidos nacionais, ele aceitara, depois de consultar Borges de Medeiros, a honrosa indicação de Minas Gerais de seu nome. Afinal, "não poderia por um ato pessoal recusar em princípio o exame da primeira oportunidade que se oferecia para a escolha de um representante do Rio Grande à mais elevada magistratura da República".

Questão de oportunidade

Questão de oportunismo, dirá o presidente.

Sinuoso, Vargas declarava seu apreço pelo presidente, postulava continuar seu amigo e afirmava estar fazendo o comunicado por "dever de franqueza e lealdade". Não se opunha a um entendimento. Pedia somente que o seu nome fosse considerado pelo chefe da nação.

Antônio Carlos também enviará carta, escrita por Afrânio de Melo Franco, a Washington Luís. Mais dura.

Cobrava a falta de comunicado oficial do presidente quanto à data de escolha do nome de um candidato.

Mostrava o quanto Minas Gerais se mantivera fiel ao governo federal em momentos controvertidos.

Abria o jogo: "Com o objetivo sincero de colaborar para uma solução conciliatória e de justiça, julguei acertado orientar-me na direção do nome do Dr. Getúlio Vargas, por ser o de um político que, já como seu ministro, já como presidente do Rio Grande do Sul, se tem destacado no apoio firme e na completa solidariedade à política e à administração de V. Excia."

O "Mandão", narra Virgílio, perdeu a compostura. Abriu a temporada de violências. Meteu a mão na merda: "Só um indivíduo simples de espírito e primário de inteligência teria a coragem de afirmar de público, como o fez o Sr. Washington Luís, que, perguntando o presidente da República pelo telégrafo, a tantos governadores de estados, o que pensavam da candidatura do Sr. Getúlio Vargas, todos eles, em impressionante unanimidade, tenham respondido apontando outro nome, sobre o qual não foram consultados."

O nome de Júlio Prestes.

Um nome tirado da cartola do "Mandão".

Fedeu! Washington Luís respondeu a Getúlio Vargas em 26 de julho. Jogou na cara do gaúcho, citando frases suas, que este lhe havia escrito em dezembro de 1928 e em maio de 1930 jurando-lhe fidelidade e dando-lhe total autonomia para resolver o assunto da sucessão.

Depois de manifestar admiração pelo seu ex-ministro, Washington Luís desfere o golpe fatal: os governadores preferem o paulista Júlio Prestes. Nada há a fazer.

A Antônio Carlos, Washington Luís dirá praticamente o mesmo. Nada tem contra o nome de Getúlio Vargas, mas os governadores consultados preferem Júlio Prestes.

A troca de cartas prossegue.

Vargas responde a Washington Luís em 29 de julho.

Nada tem a opor ao nome de Júlio Prestes. Nem aceitou sua indicação como "candidatura de combate". Mas só renunciará se o Partido Republicano Mineiro se entender com o presidente da República e abrir mão do projeto.

Esse era Getúlio Vargas!

Também Antônio Carlos responderá a Washington Luís.

O seu tom, mais uma vez, é cortante:

> Tenho o pesar de comunicar a V. Excia. que, diante da atitude intransigente que V. Excia. assume (...) estou impossibilitado de concordar com a candidatura do Dr. Júlio Prestes (...) Em consequência, cumpre-me comunicar a V. Excia. que tenho de considerar como definitivamente posta perante a Nação, pelos três estados, Rio Grande do Sul, Paraíba e Minas Gerais, as candidaturas do Dr. Getúlio Vargas à presidência da República e do Dr. João Pessoa à vice-presidência.

Mesmo assim, Vargas quer negociar, arrancando insultos de Neves e elogios de Virgílio, que enfatizará a sua "desambição" e "clarividência", classificando-o como "expoente dos defeitos e das virtudes da nossa raça, homem de inteligência clara, bondoso e tolerante", que não teme por si, mas pelo destino do seu país.

O inflexível Washington Luís verá nesse desejo de Vargas uma fraqueza. Mostrará, segundo Virgílio, a carta recebida de Vargas em maio de 1929, prometendo-lhe fidelidade, a quem o visitar. Andará com ela no bolso.

Em nome dessa vontade de conciliação, Afrânio de Melo Franco enviará uma carta ao ex-presidente Epitácio Pessoa, radicado na Europa, propondo-lhe ser um *tertius*.

Essa carta, datada de 7 de setembro de 1929, é uma das melhores sínteses disponíveis do processo que culminará na revolução de 3 de outubro de 1930.

Afrânio de Melo Franco explica as razões dos desacordos e da escolha de Vargas como candidato.

Borges de Medeiros, apesar de admirado, não seria capaz de unir o sempre dividido Rio Grande do Sul.

Getúlio Vargas teria a vantagem de ser o "executor do plano financeiro instituído pela lei de 18 de dezembro de 1926", podendo dar continuidade à política econômica vigente. Antônio Carlos, obviamente, estava excluído.

Franco descreve os mecanismos de corrupção acionados por Washington Luís para frear a oposição:

> Onde quer que vegete um descontente, um intoxicado pela inveja, ou um taciturno odiento — aí o descobrirá o agente do Banco do Brasil, para oferecer-lhe um meio de satisfazer seu desejo, de realizar o seu sonho ou de se exercer a sua vingança. Nunca se viu desbragamento tão audaz nos processos de corrupção, principalmente no Banco do Brasil, que perdeu o caráter de instituição nacional para transformar-se em vil instrumento de exploração eleitoral em mãos de uma inescrupulosa facção política.

Cita o conselheiro Antônio Prado para dimensionar o perigo das ações de Washington Luís: se o paulista chegasse ao poder, desencadearia, "pela sua teimosia, pelo seu desprezo pela opinião alheia e pela sua falta de visão, uma revolução sangrenta no país".

Dito e feito.

Afrânio de Melo Franco prevê: "Os desmandos do governo não se limitarão ao período da campanha presidencial, mas irão até a fraude generalizada nas urnas e — o que é mais grave — ao reconhecimento de poderes da nova Câmara e do novo Senado."

Sentencia: "O único responsável por essa desgraça será o homem de vista curta, inteligência mesquinha e vaidade imensa que exerce, atualmente, o governo."

Tudo se confirmará.

A própria carta de Afrânio, confiada a um datilógrafo como altamente secreta, será vendida e mimeografada para distribuição, provocando escândalo.

Um ano depois da carta de Afrânio de Melo Franco, em setembro de 1930, a revolução prevista pelo Conselheiro Antônio Prado estará pronta para eclodir.

Getúlio Vargas irá com ela.

Para fazer dela o que nem Virgílio, nem Afrânio, nem João Neves da Fontoura esperam. É o seu segredo.

A esfinge revelará os seus enigmas.

*

Sim, Gabriel tem 1930 na ponta da língua, mas 1932, com seus combates renhidos, povoa-lhe a memória: "Vamos para a luta. Os paulistas estão à nossa espera, fortemente entrincheirados na encosta da cidade fronteira — Itararé. As trincheiras foram preparadas em 1930 por determinação do general Paes de Andrade e destinavam-se a impedir a posse de Getúlio Vargas, o que não aconteceu porque aquela viagem tornou-se um passeio. Já a nossa passagem por aí em 1932 foi violenta. Mesmo com outras unidades nos apoiando, tivemos mais de 24 horas de combate. Vencemos, mas nos custou valiosas vidas de quatro brilhantes oficiais, de graduados e de praças. É a guerra. Meio refeitos, tocamos para a frente, havia muito o que fazer. Adiante, na cidade de Faxina, estava instalado o quartel-general do comandante do setor Sul, general Valdomiro Lima, com seu estado-maior." O pior virá.

# 13

Ele não vem mesmo, exclama Getúlio.

O presidente do Brasil volta a folhear o *Acuso*. Tem um sorriso cínico nos lábios. Faz aquilo com uma atitude simultaneamente de impaciência e de galhofa. Busca uma página inicial, extraída de *A jornada liberal*, em que o mineiro Antônio Carlos elogia João Neves da Fontoura.

> No meio político, ninguém acreditava na luta da situação gaúcha com o Catete. Para ela, porém, antes de tudo, colaborou, na hora certa e exata, a visão do Dr. João Neves. Aqueles que, do palanque erguido após a revolução pelos críticos da obra feita, demolidores de homens e iconoclastas de serviço, olharem esse passado, ficarão longe de avaliar os excessos de habilidade, o vigor de ânimo e a força de convicções patrióticas que João Neves teve de exercitar para conseguir tal triunfo — gérmen inicial da grande transformação política operada no país.

Getúlio ri.

João Neves, pensa Vargas, é uma mistura perigosa de convicções e de teimosia. A sua grande vaidade consiste na convicção teimosa de estar acima de qualquer vaidade. Coleciona, no entanto, declarações pomposas sobre seus feitos. Antônio Carlos, rebocado ao longo da revolução, aparece como fiador das virtudes dos outros. Que tal?

Aborrecido com o atraso do amigo, Getúlio não se impede de recorrer a uma imagem desgastada: João Neves só vê a metade vazia do copo. Tem vocação para Cassandra.

A revolução já mudou o Brasil, congratula-se Getúlio, embora ainda falte muito, por exemplo, a Consolidação das Leis do Trabalho, que só virá à luz em 1º de maio de 1943, com o decreto-lei 5.452, assinado no Estádio São Januário lotado. Em 1954, antes do tiro no coração que o fará sair da história para virar mito, Getúlio se orgulhará de ser visto como o introdutor do sufrágio universal no Brasil, do voto feminino, antes mesmo de um país milenar como a França, dos direitos dos trabalhadores, do salário mínimo, da industrialização do país, da jornada de trabalho de oito horas, das férias pagas aos trabalhadores, do fim da monocultura do café, do ocaso dos oligarcas, da descoberta e da nacionalização do petróleo, da Petrobras, dos sindicatos, dos sábados livres, dos salários iguais sem consideração de sexo...

Agora, enquanto espera João Neves, parte disso tudo já está feita. A revolução trouxe a Universidade do Brasil, o Ministério da Educação e Saúde e uma Constituição, a de 1934, que estabilizou a nação.

Nada disso convence João Neves.

A revolução o ultrapassou, pensa Getúlio.

Pobre João, continua Getúlio, tão visionário e tão cego. Só queria que o Rio Grande do Sul compartilhasse o poder com São Paulo e Minas Gerais. Não podia imaginar que a revolução poria fim a esses arranjos todos.

No manifesto à nação, lido na Câmara dos Deputados, em 14 de maio de 1932, e publicado, sob o título de "A Revolução e o regime legal", em *A Nova política do Brasil*, Getúlio Vargas responderá aos seus críticos, entre os quais o mesmo João Neves a quem agora espera:

> Ainda não chegou o momento dos juízos definitivos sobre a revolução, no seu determinismo, no seu desdobramento, no seu impressionante desfecho. A história aguardará do tempo, para o seu *veredictum*, que seja encerrado o vasto e completo inquérito desta fase da vida nacional, agitada tanto pelos ideais quanto pelas paixões. As sentenças decisivas acerca de

> homens, de ações, de corporações, de partidos, de acontecimentos, de resultados espirituais e materiais de toda ordem, verificados no cenário brasileiro do presente, serão formuladas por uma crítica futura e sobranceira a personalidades, exclusivismos, preferências ou preconceitos de zona, de classe, de partido, de seitas. É cedo, ainda, para ser feita a história da revolução e das causas que a determinaram. De mim, direi que, quando, ante os atropelos e desmandos do governo deposto, a revolução se impôs como única solução digna para o país, sempre me recusei a lançar meu Estado, de cujos destinos me incumbia a defesa, num movimento isolado, sem o apoio e a solidariedade das outras circunscrições federativas.

Tivera, portanto, de frear, algumas vezes, os arroubos de Osvaldo Aranha e de João Neves. A revolução, escreverá ele, não poderia ser, e não foi, "nem militarista nem civilista", mas "nacional, brasileira".

Passados 80 anos, o julgamento se impõe.

Esquerda e direita julgarão bem a revolução.

Getúlio não terá a mesma sorte.

Será muito ditador para a esquerda.

Será pouco ditador para a direita.

A revolução, escreverá Getúlio, "produziu mutações radicais na mentalidade do povo brasileiro e ampliou seus horizontes, pela consciência que lhe deu o próprio valor e pela confiança na força que concentra para impor sua vontade". É isso que importa: essa mutação radical.

Poderá João Neves compreendê-la um dia?

Poderá João Neves compreender o discurso cristalino e contundente feito por ele, Vargas, chamado pelo amigo de ditador, pronunciado em 29 de outubro de 1932, "As classes trabalhadoras e o governo da revolução", destacando as ações do Ministério do Trabalho?

> As leis esboçadas, discutidas, projetadas ou já em execução nesse ministério, derivam todas desse pensamento superior e constituem um ideal em marcha, que nenhuma resistência poderá conter. A organização sindical, a lei de férias, a limitação das horas de trabalho, o salário mínimo, as

comissões de conciliação, as caixas de pensões, o seguro social, as leis de proteção às mulheres e aos menores realizam velhas aspirações proletárias de solução inevitável.

As fraudes eleitorais chocavam o espírito liberal e honesto de João Neves da Fontoura. O seu conservadorismo o impedirá de ver que a revolução deve ir mais longe.

Num discurso pronunciado em 8 de setembro, em João Pessoa, novo nome da capital paraibana, Getúlio louvará João Pessoa, o “sacrificado”, cujo corpo abrira definitivamente o caminho para a grande revolução:

> O nome de João Pessoa é, hoje, objeto de culto cívico nacional — destino histórico compartilhado pelo povo paraibano, com ele solidário nas horas de amargura e de heroísmo — culto que encerra o reconhecimento da mais pura glória, pois mostra que, para a vitória de um ideal, nem sempre é preciso matar: basta, às vezes, que se saiba morrer.

Saber morrer, saber esperar.

Saber sacrificar-se e saber sacrificar.

Getúlio saberá morrer.

Depois da morte de João Pessoa, por razões políticas ou não, o caminho para a ruptura estará aberto.

Será só questão de tempo e de organização.

Góis Monteiro será o chefe militar.

Será preciso definir o dia da eclosão do movimento, obter o armamento e a munição necessários e sintonizar os atos de cada um dos envolvidos na operação.

Será a revolução do telégrafo.

Não, João Neves não chega. Deve estar remoendo suas mágoas, lambendo suas feridas, alimentando seu ódio.

Que fazer? Getúlio pensa em como tudo acontecera.

Lembra-se da sua decepção com Luís Carlos Prestes. Lembra-se de ter visto o mito comportar-se furtivamente.

Recorda-se da saída intempestiva do impaciente Osvaldo Aranha da secretaria do Interior.

Vem-lhe à mente a última hesitação de Borges de Medeiros. O velho quase colocara tudo a perder.

Como fora possível reunir tantos conservadores — Antônio Carlos, Borges de Medeiros, Artur Bernardes, Epitácio Pessoa, João Neves, Olegário Maciel e tantos outros — numa revolução junto com os tenentes que alguns haviam combatido anos antes? A resposta é clara: eles não sabiam no que estavam se metendo. Getúlio repete-se: eles não fizeram uma revolução para acabar com a política do café com leite, mas por ela não ter sido respeitada.

Sim, era isso, não haviam feito a mesma revolução.

Eles queriam eliminar as fraudes eleitorais, aumentar o número de estados revezando-se no poder e fazer cumprir os acordos entre os donos do poder.

Sim, era isso mesmo.

As fraudes só incomodavam os perdedores.

No idealismo de João havia algum oportunismo.

Vai dizer-lhe tudo isso?

Por que não?

Imagina a fúria do outro.

*

Gabriel lembra. Não se cansa de lembrar. Recorda-se dos combates de 1932 ao longo da estrada de ferro. Em Buri, trava-se um dos mais sangrentos confrontos. Morrem Aparício Borges, comandante do regimento da Brigada Militar ali destacado, e o tenente Arisoly Fagundes. Gabriel teme mais pelo seu amigo e comandante, o capitão França, homem destemido que, ao final de cada refrega, dirige-se ao general Lima para dizer que seus homens estão prontos para novas missões e novos enfrentamentos.

Há homens que amam a guerra.

# 14

Decide ir a pé até o Catete.

O encontro com Getúlio o faz pensar.

Tem na cabeça bem vivo o que escrevera no *Acuso*. Não se arrepende de nada, de uma só linha. Escrevera com ódio, mas também com a razão, com seu poder de análise.

Que estranho! Getúlio escrevera sobre Zola, mas fora ele, João Neves, que publicara um novo *Acuso*.

Para dizer o quê?

Que a máxima de Osvaldo Aranha instalado no poder — "não há direitos adquiridos contra a nação" — parecera-lhe um atentado ignominioso ao estado de direito.

Que a Osvaldo Aranha caberia a "triste missão de oficializar as vinganças, estabelecendo um sulco profundo entre vencidos e vencedores, com uma ausência de generosidade que deslustra a sua tradição cavalheiresca".

Que outra máxima de Aranha — "a revolução não foi feita para perdoar, mas para punir" — transformara o estadista em algoz e abrira caminho para a ditadura, sem mesmo conseguir praticar as punições alardeadas.

Que a Junta das Sanções fora um nojento tribunal de acusações infundadas, tendo o exército mergulhado num "sovietismo" de pacotilha, com a deposição de comandantes por métodos inexistentes nos "anais das forças armadas".

Escrevera o *Acuso* para dizer claramente que a sua revolução havia sido traída pela "falta de generosidade, a estupidez das vinganças, a capacidade de intriga, o arrojo das mentiras mais inacreditáveis, a calculada demora na constitucionalização do país", resultando na "falência fraudulenta" do movimento renovador por causa da "cupidez dos síndicos ladinos".

Usara todos os seus recursos retóricos, todas as suas imagens, para mostrar que a nação denunciava o Rio Grande do Sul pela "ocupação militarista" de São Paulo.

Dissera com todas as letras que para o Brasil de olhos abertos, por traição do Rio Grande do Sul, o Norte era uma feitoria, com um vice-rei, Juarez Távora, "cognominado Libertador do Norte", que tudo fazia e desfazia, recebendo "vassalagem" de 12 unidades da nação, "do Espírito Santo até o Amazonas", tendo entronizado como interventor, no Ceará, o seu irmão, Fernando, e em Pernambuco o seu compadre, Lima Cavalcanti.

Acusara a justiça de exceção de ter virado uma caricatura, ameaçando os direitos individuais e a "própria economia privada dos vencidos".

Culpara Getúlio por ter feito do Rio Grande do Sul o responsável pela censura à imprensa.

Defendera com todas as suas forças um "lema sagrado": "São Paulo para os paulistas."

Fora transparente como já não é mais: "Não apoiaria, nem mesmo pela cumplicidade do meu silêncio, a obra diabólica do desmantelo de todas as forças conservadoras da sociedade brasileira."

A revolução de Getúlio, de fato, era outra.

É outra.

Em carta, de 8 de dezembro de 1930, a Borges de Medeiros, denunciara todos os desvios e erros da revolução, "dois cunhados de um tenente revolucionário de 24, que abiscoitaram, cada um, um polpudo cartório", o processo de nomeação dos interventores nos estados e a instalação de um Tribunal Revolucionário, "sobrevivência retardatária de 1789", nem mesmo "renovado pela moderníssima revolução russa", tornando criminosos "atos que não o eram pela legislação anterior".

Crimes, crimes, crimes...

Chegara a temer que todos fossem arrastados para o banco dos réus do famigerado Tribunal Revolucionário.

Criticara, na carta a Borges de Medeiros, João Alberto por ter, como interventor provisório de São Paulo, "imiscuído em regularizações da questão proletária, com o simplismo dos iniciados e o espalhafato dos homens leigos em matéria de governo".

Atacara duramente o mesmo João Alberto por ter deixado residir com ele no Palácio dos Campos Elíseos, um irmão, "comunista ostensivo, em plena ação".

Defendera o nome do civil paulista, Plínio Barreto, para interventor em São Paulo.

Tempo perdido: João Alberto fora nomeado, tendo aceitado algumas condições, que trataria de não cumprir, tendo facilitado um "complô de tenentes contra o chefe da polícia", Vicente Rao, forçando-o à demissão.

Disso resultaria a nomeação de Miguel Costa, um dos pilares da Coluna Prestes, para a Segurança Pública, a reorganização do secretariado e o veredicto de João Neves: "E o novo governo ou administra controlado pelos *tenentes*, ou segue a sorte do antecedente, até que aquilo termine no mais atrabiliário *soviet*."

Relatara indignado ao velho cacique do PRR o surgimento da Legião Revolucionária, "espécie de *fascio*", sob cuja bandeira deveriam desaparecer os partidos e imperar o "espírito revolucionário".

Fulminara: "Quem não está animado desse 'espírito revolucionário' é proscrito da sinagoga, onde só são admitidos alguns crentes que monopolizaram o patriotismo, as virtudes cívicas e a honestidade de costumes."

Terrível relatório.

Patética confissão:

> Fui esquerdista até o dia da revolução, que eu considerava necessária para pôr ordem na vida política do Brasil, para extinguir os abusos, para desmobilizar a legião dos funcionários inúteis, para extinguir o negocismo, para restabelecer a moralidade nos processos da administração, com o recurso a métodos heroicos incompatíveis com o regime legal, burocrático e demorado.

De certo modo, para desespero de João Neves, Getúlio será esquerdista a partir do primeiro dia da revolução.

Getúlio zombará no Estado Novo: "João não me apoiou como ditador provisório, mas como ditador definitivo."

O Estado Novo será uma guinada conservadora.

Haverá tortura, prisões, mortes, terror, censura, todo tipo de violência e de atentado aos direitos individuais. O jornal *O Estado de S. Paulo*, a partir de 1940, sofrerá uma intervenção que durará até a redemocratização.

Enquanto Neves, que se via como um homem incapaz de acomodamento, vociferava contra a "sovietização militar" do Brasil, Getúlio manobrava interesses opostos em busca de uma acomodação que modernizasse conservando.

João caminha pela praia.

Pensa no quanto odiou o novo regime.

Não se imagina, poucos anos depois, apoiando um regime pior, ainda mais arbitrário e violento.

Escreverá orgulhosamente no *Acuso*: "Atravessamos a fase moscovita, durante a qual os desafetos do extremismo delirante incorriam em desgraça por simples denúncia anônima e desacompanhada de provas."

Unirá a Frente Única Rio-grandense e a Frente Única Paulista contra a ditadura de Vargas e Aranha.

Depois, no Estado Novo, apoiará a ditadura de ambos.

Por um momento, com a nomeação para a pasta da Justiça de Maurício Cardoso, defensor da imediata constitucionalização do país, sonhará com um avanço.

O empastelamento do *Diário Carioca*, crítico do governo, por "elementos do Exército e da Marinha, em sua maior parte pertencentes aos gabinetes do ministro da Guerra e do interventor Pedro Ernesto", acabará com suas ilusões. Verá Osvaldo Aranha e Getúlio, logo depois do ataque ao *Diário Carioca*, "tomando chimarrão em uma das salas do Guanabara com o ar beatífico de dois amigos contentes de uma grande vitória". Era o fim. O começo.

Maurício Cardoso pedirá demissão.

Durante longa conversa com Getúlio, no Palácio Rio Negro, em Petrópolis, João Neves percebe que o governo não pode ou não quer punir os infratores. Não quer!

Restava debandar, "pois só os invertebrados morais ou os que tenham a epiderme de cimento armado admitiriam que eu vacilasse em frente de uma decisão de honra".

No Rio Grande do Sul, o interventor Flores da Cunha levava "cargas de fulminante cavalaria literária, enquanto lhe escorriam dos lábios os termos de calão, mordentes e picarescos", contra o ditador.

Neves acreditará. Flores gabava-se de já estar com a Brigada Militar mobilizada para enfrentar o ditador.

Fracassada a empreitada dos paulistas, sob o nome de Revolução Constitucionalista, contra Vargas, apoiado por Flores, restará a João Neves o consolo da ironia:

> De resto, essas atitudes eram intermitentes no Sr. Flores da Cunha, à semelhança de certas febres. Quando o Sr. Getúlio Vargas não o atendia neste ou naquele assunto, tardava a responder-lhe os telegramas ou indeferia certas reclamações, ele ameaçava céus e terras, bombardeava a Ditadura pelo morse. Creio que o Sr. Vargas acabou por achar-lhe graça e não lhe dar às intimativas sombras de importância. E não errou.

Em 1937, Flores da Cunha, sentindo que finalmente era levado a sério pelo ditador, fugirá para o Uruguai.

Em 1945, entrará para a UDN.

Em 1932, o sempre barulhento Flores da Cunha conspirara contra Getúlio, enviara armas para que a polícia militar do Rio de Janeiro combatesse os tenentes mais radicais e iludira os paulistas com suas promessas.

João Neves unirá os republicanos de Borges de Medeiros e os libertadores de Raul Pilla aos paulistas.

A deserção de Flores da Cunha comprometerá o resultado da conspiração. João Neves, furioso, lembrará que Flores da Cunha chamava Borges de Medeiros de "amado chefe" e "amado amigo". Esse mesmo Flores será, nas palavras do autor do *Acuso*, "carcereiro" de Borges.

Que tempos! João Neves gosta de ver-se como um pacifista que tudo fizera para evitar a guerra civil.

Jantaria com Osvaldo Aranha e Artur Costa, no Palace Hotel, no Rio de Janeiro, num domingo à noite de 1932, para tentar salvar o Brasil. A pátria exige sacrifícios.

Sairia em luta contra os "extremistas" que não queriam dar a São Paulo tratamento igual ao dispensado a Minas Gerais e ao Rio Grande do Sul.

Tudo culpa do "ditador".

> O Sr. Getúlio Vargas é um discípulo ortodoxo do diplomata espanhol dos tempos do absolutismo, que punha os negócios difíceis numa pasta secreta encimada pelo dístico — *assuntos que el tiempo arreglará.* Sua resposta ao Sr. Pedro de Toledo continha quatro linhas. Não homologava as nomeações, nem as impugnava. Era o velho sistema, de que foi vítima o Sr. Washington Luís: uma vela em cada altar, até que os acontecimentos se encarregassem de fixar o perfil da situação, e o Sr. Vargas pudesse mostrar ao público que tinha os papéis em ordem com a solução vencedora.

"El Supremo", porém, não lhe parecera, na hora necessária, disposto a avançar.

Haviam tido um encontro.

Depois de traçar-lhe "o quadro com todas as cores exatas", João Neves dissera ao "ditador":

— O governo está na esquerda. Evolua.

O problema é que Getúlio considerava essa evolução um recuo. João Neves queria São Paulo para um paulista.

Estava feito. Era Pedro de Toledo.

Não bastava.

Neves zombará em qualquer situação: "O insigne dissimulador curveteava, como de costume. Hoje tudo, amanhã menos, no dia seguinte quase nada."

A contrarrevolução marcha.

Flores da Cunha põe João Neves a par dos seus "preparativos bélicos". Promete renunciar para "não ser desleal com quem o nomeara". Os fatos se aceleram.

O ministério pede demissão coletiva.

Getúlio recusa.

Flores da Cunha tem um acesso de raiva. Grita:

— Isso só à bala.

Os tenentes começam a desentender-se. "Rabanetes" e "Picolés" divergem. Os "picolés" ficaram gelados em relação ao que veio depois de 1922. Os "rabanetes" são tenentes vermelhos por fora e brancos por dentro.

Os partidos da Frente Única do Rio Grande do Sul "dão por findas as negociações", estabelecidas por João Neves, com vistas a eleições livres em 3 de maio de 1933.

Novamente se conspira por toda parte.

Olegário Maciel promete não defender a ditadura.

Flores da Cunha garante que, se for preciso, irá para o despenhadeiro junto com o Rio Grande do Sul.

Mais uma vez, só falta marcar a hora.

João Neves caminha pela praia.

Ele lembra de tudo. Não pode esquecer.

Jamais esquecerá.

Sabe todas as datas e passos do movimento.

Em 7 de julho de 1932, Góis destitui do cargo o general Klinger, conspirador da hora, e o reforma.

Os dados são lançados.

A revolução explodirá em 9 de julho.

No dia seguinte, uma declaração surpreendente de Flores da Cunha, no *Correio do Povo*, de Porto Alegre, selará o destino da contrarrevolução: "Colhido de surpresa, apesar da minha lealdade para com todas as correntes de opinião, pelo movimento sedicioso que estalou em São Paulo, cumpre-me declarar ao Rio Grande do Sul que me conservarei fiel aos deveres de delegado do Governo Provisório."

Antecipando-se aos críticos, Flores da Cunha dirá ainda: "Ninguém me fará a injúria de supor que de minha autoridade pudesse usar para atraiçoar quem ma conferiu, fiado na integridade do meu caráter e na capacidade da minha ação patriótica."

"Cachorro", pensa João Neves, olhando o mar.

São Paulo queria um interventor paulista, dirá Flores da Cunha aos seus próximos. Já o tinha.

Não havia mais motivos para uma rebelião.

Depois de refugiar-se na casa de um amigo, no Rio de Janeiro, João Neves consegue voar num pequeno aeroplano para São Paulo. Estará ao lado dos rebelados.

Pelo decreto 22.194, seus direitos políticos, assim como os dos seus companheiros de apostasia, serão cassados. Passara de amigo dos poderosos a cão sarnoso.

O pulha do Flores, pensa João Neves, depois de conspirar, pedira ao general Andrade Neves que mandasse prender Glicério Alves, com quem havia tramado.

"Cachorro!"

Traíra, escreve João Neves no *Acuso*, o desfecho da luta, o "duelo de vida e de morte entre a ordem civil e conservadora e a *poussée* militarista-esquerdista".

O general Isidoro Dias Lopes, o revolucionário de 1924, estará na linha de frente com os paulistas.

A luta será terrível e sangrenta. Inevitável, a derrota. A esperança morrerá no final de setembro.

Buenos Aires será o destino de João Neves, o local de acolhida para um exilado cheio de energia e de mágoas:

> Lamento não haver dado aos meus adversários o prazer de encarcerar-me ou desterrar-me. Sinto muito não lhes ter ocupado os presídios da Ilha Grande ou do Meyer, nem lhes haver fornecido o gosto de me jogarem no estrangeiro (...) E, livre, sou sempre uma força em movimento. Os ditatoriais bem sabem como me obstino na defesa das causas que me confiam.

Que o diga o Sr. Getúlio Vargas quando dos seus desmaios na jornada liberal ou nas horas mais incertas que precederam a revolução de 1930.

*

Em 1986, o general França enviará uma carta a seu amigo Gabriel. Dirá: "Fiquei emocionado com a evocação daqueles nossos combates, daqueles tempos em que eu era gente. Itararé, Capão Bonito, Itapetininga, Buri, eu comandando a brava gente gaúcha do nosso 8º R.I. Com a graça de Deus aqueles tempos tristíssimos não voltarão nunca mais. O Brasil está precisando agora é de paz."

França convidava o companheiro e antigo subordinado Gabriel para beber uma taça de champanha dez anos depois, em 1996, quando completaria 100 anos de idade.

# 15

Pensa em não ir. Mas não é homem de desistir.

O mar não o desviará do porto a alcançar.

No *Acuso*, travara uma derradeira batalha. Uma guerra particular contra os que haviam rotulado a Revolução Constitucionalista de 1932 de movimento reacionário, organizado pelo Partido Republicano Paulista, "para repor o Brasil na ordem das coisas vigentes até 1930".

Lembra que o próprio Getúlio, no decreto de cassação dos direitos políticos dos desafetos, dissera isso: "O traço psicológico desta vasta trama política com intrigas e falsidades é o da ressurreição do espírito reacionário, que julgou azado o momento para tentar um assalto ao poder e a reconquista das posições perdidas."

Enquanto espera, Getúlio balança a cabeça: como pôde João Neves não perceber que essa era a única verdade?

Deixara-se usar pelos paulistas.

Enquanto anda pela praia, João Neves relembra. Para, tira o *Acuso* do bolso e lê uma passagem sublinhada:

> O adversário esquece ou finge esquecer que, dentro dos muros de São Paulo, se batiam coesos o Partido Democrático, que os vencedores de outubro exploraram e traíram, os milhares de cidadãos que aclamaram o candidato da Aliança Liberal e a unanimidade das classes apolíticas, assim como todos os corpos do exército, todos eles com uma bravura e um de-

sinteresse que por si sós marcariam em relevo a majestade do pronunciamento cívico.

Não, não viam as coisas do mesmo jeito. Onde João Neves via um desvio militarista-esquerdista, Getúlio via a revolução. Onde João Neves via desinteresse, Getúlio via o desespero dos "carcomidos", os perdedores de 1930.

João Neves lê o pedaço de um discurso que fizera: "Não é uma restauração o que todos queremos. Queremos e havemos de repor a revolução no leito das conquistas políticas em que defluía a sua corrente cristalina na madrugada de 24 de outubro de 1930."

Lê mais: "Por que a insurreição de julho representa uma tentativa reacionária? Porque entre suas fileiras cooperam os membros do Partido Republicano Paulista, de cujo seio saiu o candidato contrário ao atual ocupante do Catete. Bastará essa circunstância para dar-lhe o caráter de tendência regressiva? Por quê?"

Continua a ler diante do mar: "Não a anularia porventura a razão de se baterem com idêntico fim os membros do Partido Democrático de São Paulo, antecessores ideológicos da revolução de outubro, os republicanos e os libertadores do Rio Grande do Sul e a grande maioria do povo mineiro, para não falar de outros expoentes nacionais da campanha de 1929?"

Getúlio olha o relógio.

Como pôde João Neves enganar-se tanto sobre a revolução? A resposta é fácil: nunca fora revolucionário.

Neves olha o mar. E lê: "Os homens não me parecem bons ou maus porque estejam comigo ou contra mim. Valem aos meus olhos pelas ideias que encarnam ou defendem. Fui revolucionário em 32 precisamente porque o fora em 30."

Getúlio repõe o livro na estante. João Neves, pensa ele, nunca passou de um conservador aventureiro.

Neves sente o vento no rosto e um gosto de sal na boca. E lê: "Os Dantons e os Marats de 1932 mal encobrem, sob as fantasias burlescas, os calções *ancien regime*."

Eles só queriam uma fatia maior de poder, pensa Getúlio, com um pouco mais, não muito, de transparência.

"Pois saiba a nação [lê Neves] que, em dezembro de 1929, o que é hoje ditador mandou transacionar a sua adesão à candidatura oficial, com o Sr. Washington Luís, a troco de declarações, que ele mesmo considerava inócuas, na plataforma do seu antagonista, e com a cláusula expressa de continuar prestigiada pelo Sr. Júlio Prestes a situação rio-grandense."

Mudar um estado de coisas exige um estado do qual João Neves jamais imaginou o tamanho, pensa Getúlio.

O "Pacto de Poços de Caldas", lê João Neves, "instituiu *sine die* a continuação do governo discricionário, dividindo o país em regiões de sovietismo militar, montando oficiais do exército guarda à fidelidade dos superiores hierárquicos."

Quanto mais lê, mais se entristece, "com os chefes oposicionistas presos ou desterrados, extinta por mero arbítrio a capacidade eleitoral de milhares de cidadãos", o Rio Grande do Sul, "feudo do Sr. Flores da Cunha é talado por mais de vinte corpos provisórios. A imprensa só existe debaixo de rigorosa censura e sem poder sequer noticiar a clamorosa restrição que lhe é imposta". Lembra-se e lê que Júlio Ruas fora preso por ter publicado o manifesto dos emigrados de Buenos Aires, Clarimundo Flores fora preso e espancado pelo mesmo motivo. Alexandre Alcaraz e Mário Sá foram parar na Casa de Correção do Rio de Janeiro por "crime" equivalente.

O jornalista Waldemar Rippol, depois de conhecer as prisões cariocas, fora deportado para Lisboa. Seria assassinado, em 1934, na cidade uruguaia de Rivera.

O jornal *O Ponche Verde* fora fechado por exaltar a figura de Borges de Medeiros, na data do aniversário do cacique caído em desgraça, e por criticar seus traidores.

"Só os jornais do interventor e a *Federação*, usurpada aos seus donos, escrevem quanto desejam, injuriando-nos em linguagem de arrieiros", lê Neves.

Por que lê? Sabe aquilo de cor?

Não se faz uma revolução com romantismo, pensa Getúlio, enquanto espera, fumando um charuto.

João Carlos Machado, lê João Neves da Fontoura, sentindo-se patético, anotara: "Quanto a qualquer espécie de atividade jornalística, o governo reserva-se a faculdade de agir de acordo com as superiores conveniências sociais e os imperativos da ordem pública."

Fausto de Freitas e Castro fora mais longe: "Quando em um país vigora o regime caótico, em que os cidadãos ignoram até o que lhes é proibido e o que lhes é permitido, as relações entre governantes e governados não caracterizam os governos absolutos ou discricionários: são relações de senhor para escravo."

O *Acuso*, pensa Getúlio, é um livro contra Flores.

"As demissões são em massa. Não se respeita o direito adquirido. Substituem-se os titulares dos cargos apenas tendo em vista a cor política de cada cidadão. Quem ficou com a Frente Única é exonerado, embora seja um antigo e leal servidor do Estado", lê João Neves, respirando sal, no seu panfleto demolidor.

Ninguém podia escapar do tacão da ditadura provisória de Getúlio Vargas: era adesão ou demissão, exatamente como no tempo de Washington Luís, rememora João Neves. Até os jornais de Assis Chateaubriand, *O Jornal*, *Diário da Noite*, seriam fechados. João lê: "Ninguém, como Assis Chateaubriand, defendeu com tanto brilho e calor a Paraíba nos dias do seu martírio de 1930. Como castigo, vive hoje oculto na metrópole, enfrentando a fúria ditatorial que, com a cumplicidade de testas de ferro, compra a peso de ouro os créditos particulares contra os *Diários Associados*."

Quem tem pressa, rebela-se, perde e vai para o exílio, sorri Getúlio, presidente eleito, sob o manto da Constituição de 1934, enquanto espera João Neves da Fontoura, parlamentar de oposição ao seu governo. Lembra-se repentinamente de quando, em março de 1932, João viera lhe apresentar seu pedido de demissão, assim como o de Luzardo, reiterando o do Collor. Quantas vaidades, idas e vindas, conspirações, fofocas. Recorda-se de que Flores lhe avisara dos entendimentos de Neves com os paulistas.

Um dia, o mesmo belicoso João Neves servirá de intermediário entre Getúlio e Flores da Cunha.

Quantas vezes receberá João Neves?

Tudo está no *Diário* de Getúlio, quase sem raiva ou ressentimento. Num encontro, João quer derrubar o ministério. Noutro, quer conciliar e ajudar. Volta e meia, alguém mostra a Getúlio uma carta em que o nome de João Neves aparece como conspirador. Em 1933, Flores da Cunha interceptara a correspondência em que Neves e Pilla incitavam companheiros como Maurício Cardoso a conspirar.

Até o livro de Barbosa Lima Sobrinho contra Vargas teria sido inspirado por João Neves. Getúlio suspira.

Certa vez, Getúlio anotara com serenidade: "Estou em paz com a minha consciência no sincero esforço empregado para melhorar a situação do país."

Observava os seus colaboradores.

Percebia o espírito fogoso de Osvaldo Aranha, admirava a sinceridade do amigo, sem deixar de sorrir de suas "infidelidades intelectuais". Tivera de escrever-lhe uma carta de acomodação quando Aranha ameaçara demitir-se por não ter sido nomeado, como ele pretendia, cônsul de terceira classe o auxiliar de consulado Sousa Dantas.

Mesclava cinismo com bom humor.

Numa das sua anotações mais sutis ou mais perversas, em 1932, quando das prisões de Borges de Medeiros e de Artur Bernardes, dois antigos desafetos e aliados em 1930 e em 1932, Getúlio escreve: "Bernardes e Borges, dois homens que fundamente se hostilizaram e prestaram-se depois muito apoio, dois temperamentos afins de dominadores decaídos e não conformados, vão afinal conhecer-se... na mesma prisão. Devem dialogar sobre a precariedade das grandezas humanas."

João Neves era um espírito mais retilíneo.

"E foi para isso que se subverteu o regime [lê João de cara para o mar] republicano de 1889, para substituir os 17 governadores do Sr. Washington Luís pelos vinte interventores do Sr. Getúlio Vargas!"

Tudo mudou.

João Neves já é outro homem.

Não esquece, no entanto, os insultos que proferira contra o famigerado general Flores da Cunha, "o partido girassol", girando com a rotação da Terra, "com o senso heliotrópico das conveniências". Também não podia esquecer o quanto havia ironizado Osvaldo Aranha, que preconizara "a formação de milícias armadas para *garantir o poder civil*", padrinho de um Partido Liberal.

Pensa na capacidade de Getúlio Vargas de mumificar seus amigos, de transformá-los em fantoches, em piões.

Pensa no que havia sugerido pensar no *Acuso*.

E lê:

> Pense o Sr. Osvaldo Aranha no que já foi e no que é, lembre-se das vezes em que tem pedido demissão e voltado. Medite um pouco na sorte do general Gil de Almeida, dos Srs. Olegário Maciel, Juarez Távora, Antônio Carlos, Francisco Campos, Miguel Costa, Leite de Castro e na de tantos outros, e veja como veneno sutil, manejado com os mistérios de um sacerdote chinês, consegue derrubar reputações feitas. Sob aspecto diverso, pense nos Srs. Borges de Medeiros, Assis Brasil, Raul Pilla, e verifique que o Sr. Getúlio Vargas sabe tirar tudo e tudo esquecer, como um Inca. Espere o Sr. Flores da Cunha a sua vez de entrar para o ossuário. Ela não tardará, se é que os indícios do mal já não minam o seu próprio organismo.

Apesar de Flores da Cunha, segundo João Neves, prender, deportar, vigiar e manter 20 mil homens em armas, o seu dia de entrar no ossuário de fato chegará.

Em 1937, o antes tão revoltado João Neves da Fontoura aceitará voltar ao seu posto no Banco do Brasil.

Em 14 de março de 1939, Getúlio anotará no seu espartano *Diário*: "Entre as audiências, recebi o João Neves, a quem convidei para embaixador em Paris. De muito eu sabia que ele aspirava a esse posto."

A guerra impedirá a realização desse sonho.

Em 1º de junho de 1940, João Neves visitará Getúlio: quer apresentar o nome do ditador para a Academia Brasileira de Letras. Vargas dirá que não é candidato: "Nem me apresentaria com essa qualidade."

Apesar de alguma polêmica, será eleito.

Faltava-lhe apenas uma obra.

Tinha a revolução de 1930 e o Estado Novo.

A história é uma obra de ficção.

*

O velho soldado Gabriel emociona-se ao lembrar de 1930 e de 1932. A voz estremece. Foi feliz. Aprendeu muito. Estudou criptografia. Conheceu homens lendários como Juarez Távora e Góis Monteiro. Esteve casado com a mesma mulher, Leonina, de quem ainda carrega uma foto no bolso, durante 61 anos. Chegou a estar mobilizado para lutar na Segunda Guerra Mundial, na Itália, depois de ter servido de instrutor para os pracinhas na sua especialidade, as comunicações. Não foi. Perdeu uma promoção. Chorou. Perdeu a viagem. Ganhou a vida.

# 16

"Montes Claros, Garanhuns e Vitória foram os marcos vermelhos que, escalonados pela estrada, precederam os dias sangrentos que vão de 3 a 24 de outubro", escreverá Virgílio de Melo Franco, o agitador incansável de 1930.

Não se faz uma revolução sem sangue e símbolos.

A conspiração engarrafará os telégrafos.

Em Minas Gerais, os conspiradores atravessarão meses febris de preparação e de dúvidas quanto às possibilidades de êxito. O presidente Antônio Carlos quer fixar a data da revolução para depois de 7 de setembro, quando entregará o poder a Olegário Maciel.

O presidente eleito pensa justamente o oposto: a revolução precisa estourar antes da sua posse.

No Rio Grande do Sul, o segredo da conspiração é uma piada. Virgílio de Melo Franco ficará surpreso ao ser testemunha das caminhadas de Osvaldo Aranha pelas ruas de Porto Alegre com uma multidão "inflamada" na sua cola pedindo-lhe detalhes do movimento e exigindo pressa.

— É para quando, seu Osvaldo?

A massa esperava Aranha na frente do Grande Hotel, onde Virgílio estava hospedado, e o acompanhava pela rua da Praia ou ladeira acima até o Palácio Piratini.

Numa dessas caminhadas, acossado pela multidão, Osvaldo Aranha, feito um guia iluminado, dirá:

— Não tenho tempo a perder com palavras. Vamos ver se na hora da ação a disposição de vocês é a mesma.

Uma cigana, ainda em Alegrete, teria previsto o futuro político de Osvaldo. Para chegar ao seu destino, ele precisaria, segundo ela, ter muita paciência.

O psicanalista João Gomes Mariante tinha 12 anos de idade em 1930. Em 2010, 80 anos depois, ele escreverá, em *Getúlio Vargas, Oswaldo Aranha, Flores da Cunha — três no divã*, que "Oswaldo era um conciliador congênito, Getúlio, um aliciador nato". Vargas era frio. Aranha, um vulcão.

O vulcão gaúcho se aliou com outros homens de temperamento prático, como Virgílio de Melo Franco, para cobrir de cinzas e de lava a República Velha.

A descrição feita por Virgílio do período final da conspiração é frenética. Vários revolucionários do período 1922-1926, entre os quais Miguel Costa, Estillac Leal e Alcides de Araújo, residem numa casa de dois pisos, em Porto Alegre, onde, entre mapas e mesas, prepara-se o grande salto. Espera-se o retorno de João Alberto de Buenos Aires. Góis Monteiro, comandante de um regime de cavalaria em São Luís, tirará uma licença para assumir o comando militar da revolução. Tudo simples.

Virgílio será enviado a Passo Fundo, sede do 8º Regimento de Infantaria, para cooptar o coronel Estevão Leite de Carvalho. A viagem, de carro, durará mais de 20 horas. O militar recusará o convite, mas se comprometerá a manter o silêncio. Assim era o código de honra.

A tão esperada volta de João Alberto trará uma má notícia: ele vai considerar imaturo o movimento. A revolução não estará pronta antes do final do agosto.

De toda parte, pelo Brasil, haverá reações. Os conspiradores querem a data da revolução.

Eles se inquietam, reclamam uma definição, cobram um posicionamento. Aranha fala em 25 ou 26 de agosto.

Pedro Ernesto, Mario Brant, João Neves da Fontoura, Batista Luzardo, todos começam a ter sérias dúvidas.

A Paraíba estrebucha.

Minas confunde-se.

São Paulo espera simulando não esperar.

Fala-se, então, em 7 de setembro.

Uma boa data para proclamar novamente a independência do Brasil e para libertá-lo dos coronéis.

Os conspiradores precisam ser avisados com quatro dias de antecedência para que nada dê errado.

O telégrafo não para. Tudo é dito e discutido. As mensagens cifradas do governo são facilmente lidas.

Tudo o que os conspiradores dizem e preparam cai nas mãos da polícia secreta do governo federal. Misteriosamente o movimento continua. Virgílio conta que foram encontradas cópias de tudo, inclusive da sua correspondência pessoal, nos arquivos de Washington Luís.

Num comunicado, João Neves tranquiliza Mario Brant, em Belo Horizonte: "Pedido Melo Franco posso afirmar não haver recuo algum governo aqui. Velho chefe de acordo."

Apesar disso, todos temem algum recuo.

Até o impassível Juarez Távora se angustiará com a demora. Num telegrama para Osvaldo Aranha, ele explodirá: "Pelo amor de Deus, apressem isto. Impossível evitar dentro em pouco revolta isolada dos exaltados."

Contam-se os dias. Os dias não passam.

> Assim, pois [escreverá Virgílio de Melo Franco], o recuo do Sr. Antônio Carlos, que por um triz não desfez tudo, teve, incontestavelmente, uma grande utilidade para o êxito final da revolução. Os sucessivos adiamentos, as marchas e contramarchas, os avanços e recuos — que desmoralizaram a conspiração aos olhos de uma grande parte dos revolucionários — tiveram a virtude de convencer o Sr. Washington Luís, e o governo federal, de que a revolução nada mais era do que um sonho de meia dúzia de exaltados...

Em 11 de setembro, na casa do seu cunhado Varnieri, Osvaldo Aranha, depois de longa confabulação com João Alberto e Góis Monteiro, dará por concluída a fase de preparação. O plano está pronto. Cada lance, previsto.

Caberá a Getúlio Vargas fixar o dia do levante.

Consultado por Aranha, Vargas encontrará um novo obstáculo: quem assumirá o poder, no Rio de Janeiro, assim que o movimento eclodir, em caso de queda de Washington Luís? Ele, o chefe de revolução, certamente levará algum tempo até alcançar a capital federal.

Vargas exige que um emissário vá ao Rio de Janeiro tratar com os generais Tasso Fragoso, Malan d'Angrogne e Francisco Andrade Neves. Quer que eles se prontifiquem a ocupar o poder vacante durante o seu deslocamento.

Lindolfo Collor é escalado para a nova missão.

Enquanto isso, armamentos e munições chegam em grande quantidade a Passo Fundo, onde Miguel Costa se instala para comandar a invasão de Santa Catarina.

Mais uma vez, Virgílio faz a longa viagem a Passo Fundo para tentar cooptar o coronel Leitão de Carvalho, cujas mensagens ao general Gil de Almeida, comandante da Região Militar do Sul, denunciando a conspiração no norte do Estado, haviam sido interceptadas e decifradas.

Num lugar deserto, com o minuano soprando gelado, o coronel Leitão assume a autoria dos telegramas. Revela que Gil de Almeida expedira ordem de prisão contra Miguel Costa. Admite que não cumprirá a ordem do superior.

Tampouco vai aderir ao movimento. É legalista por formação. Mantém-se legalista desde 1904, tendo visto passar uma infinidade de conspirações e levantes.

Virgílio revela-lhe os planos. Garante-lhe que Gil de Almeida será o primeiro a cair prisioneiro.

O militar responde sob o vento gelado:

— Organize a revolução um governo de fato e eu o obedecerei lealmente.

Assim são alguns homens desse tempo. Obedecem a um estranho código de honra. Não aceitam delatar.

Em Alegrete, o coronel Euclides de Figueiredo, comandante do 6º Regimento de Cavalaria, condiciona sua adesão ao movimento à certeza do apoio de Borges de Medeiros à revolução. João Neves obtém uma carta do chefe do PRR para esse fim. Figueiredo recua: quer antes conversar com Gil de Almeida. Além disso, é contra uma ditadura militar. João Neves se irrita: Figueiredo quer autorização do chefe para conspirar contra o chefe!

O coronel Figueiredo tem suas razões: não acredita na força de um movimento que vá da periferia para o centro. Não vê um só militar com prestígio para comandá-lo. É contrário a um movimento que divida o exército.

— Que se foda! — exclamará Flores da Cunha.

Os generais procurados por Lindolfo Collor no Rio de Janeiro comprometem-se com o movimento. O conspirador gaúcho aproveita e vai a Minas Gerais conversar com Olegário Maciel, já instalado como novo presidente do estado, e com Antônio Carlos e Artur Bernardes.

Serviço completo.

Collor chega a Porto Alegre em 20 de setembro de 1930, 95 anos depois do começo da Revolução Farroupilha.

Tudo está pronto. Vargas que, no dizer de Virgílio, preferiria ter sido o candidato oficial, convive serenamente com o papel de rebelde e conspirador.

Contempla o teto. Fuma seus charutos.

Cruza as mãos sobre a barriga.

Dá longas caminhadas.

Resta fixar a tão esperada data. É o que se dá em 25 de setembro, apenas oito dias antes da eclosão, numa reunião de Osvaldo Aranha com Virgílio, Góis, João Alberto, Maurício Cardoso e Lindolfo Collor.

Escreverá João Neves:

> Depois de tudo isso, nada mais justificaria qualquer adiamento. Foi só então que os responsáveis pelo nosso estado-maior deliberaram escolher o dia 3 de outubro para ter início o ataque. A escolha da data e da hora não foi arbitrária. Antes de fixar-se definitivamente na solução, Aranha consultou Juarez, o qual mencionou, como preferíveis, três datas, entre as quais a de 3 de outubro, que afinal prevaleceu, sendo transmitida, com as maiores cautelas, a todos os que deviam comandar as operações, em seus respecti-

vos setores (...) Tínhamos, pois, como definitivamente assentados o Dia D e a Hora H, isto é, 3 de outubro de 1930, às 5 da tarde.

Os relógios da memória não parecem acertados.

Anotará Virgílio de Melo Franco: "De acordo com o que estava combinado, a explosão se daria às cinco e meia da tarde, no Brasil inteiro."

O expediente nos quartéis termina às 17 horas. Meia hora depois, tudo estará vazio. Será mais fácil surpreender e prender o general Gil de Almeida.

Será, segundo João Neves, às cinco horas.

Mais exatamente, conforme Virgílio, às cinco e meia.

O golpe de mão contra o Quartel-General, precisa o mesmo Virgílio, será dado cinco minutos antes do começo do movimento. Ou seja, às 17h25.

Muito claro: será às cinco horas, às cinco e vinte e cinco minutos e às cinco e meia.

No dia 2 de outubro, os conspiradores baseados em Porto Alegre comunicam aos companheiros no Brasil inteiro a data e a hora da grande virada.

É tão claro que alguns respondem assim:

Miguel Costa, de Passo Fundo: "Recebi e estou certo de que será dia três às cinco horas da tarde."

Juarez Távora, da Paraíba: "Recebi e peço licença iniciar marcha madrugada de três para quatro."

Engano terrível. A mensagem chegara truncada.

Duplo engano. Távora pede licença para deflagrar o movimento de madrugada. Osvaldo Aranha autoriza entendendo por "marcha" que Távora fará eclodir a revolução às 17h30 como o restante do país e porá a tropa em movimento rumo ao sul de madrugada.

Minas Gerais e Rio Grande do Sul largarão na frente.

A guarnição de Recife receberá Távora a bala.

*

Porto Alegre espera ansiosa a revolução. Gabriel simpatiza com o que ouve dizer sobre o movimento. Todos sabem que a eleição fora fraudada e que Getúlio Vargas já deveria estar empossado como presidente da República. No 7º Batalhão de Caçadores, porém, haverá resistência. O coronel Acauan é um militar que zela pela legalidade. Vão se bater por um princípio, o do respeito à ordem e à hierarquia. Gabriel não pensa nisso. Vai lutar e pronto. É curioso que alguns justifiquem o princípio militar do respeito à legalidade como razão para a resistência. Afinal, a conspiração fazia parte dos hábitos das Forças Armadas. O jovem Gabriel contempla os telhados da Santa Casa. De lá, virá o bombardeio. De lá, virá a morte.

# 17

Quem é Getúlio?, pergunta-se João Neves, caminhando pela Praia do Flamengo, com a brisa do mar no rosto.

Nas suas *Memórias*, 17 anos depois, pensando no suicídio do companheiro de lutas, ele escreverá:

> Até um ano antes do fim, sua inteligência permanecia límpida e brilhante como nos melhores dias. A capacidade de decisão, sim, essa pareceu-me enfraquecida desde que passamos amiudadamente a conviver, em sua volta ao governo. Nunca foi, aliás, uma pessoa especialmente caracterizada por um acentuado predomínio da vontade, no sentido psíquico. Nele sobressaíam a inteligência, a argúcia, o poder de assimilação, o equilíbrio, a serenidade, a igualdade de humor, a preocupação de atrair e agradar, o jeito de desatar os nós mais apertados, uma envolvente simpatia humana.

O psicanalista João Gomes Mariante, com os instrumentos da observação científica, irá mais longe:

> Não cabe dúvida de que Getúlio revelou-se um conhecedor profundo das intenções humanas, da psicologia das massas e de situações complexas. E, como ninguém, sabia manejá-las a seu modo e em seu benefício. A precisão quase matemática que acionava para a solução de situações de alta complexidade figurava como uma constante em suas decisões políticas.

Getúlio Vargas foi, nesse particular, o mais bem-dotado dos políticos sul-americanos.

Quantos "Getúlios" existirão?

Qual será o mais exato?

O de João Neves, o de Virgílio de Melo Franco? O líder calculista de 1930? O "Geitúlio"?

O suicida?

Por que Getúlio não se suicidara ao ser deposto em 29 de outubro de 1945, tendo pensado nisso em 1930, em 1932 e chegado a esse ato extremo em 1954?

João Neves terá a sua hipótese:

> Naquela data eu o acompanhei de perto. Fui dos poucos — fora do círculo da família e dos colaboradores diretos — que ficaram realmente ao lado dele, que se fizeram presentes na hora da queda e do perigo. Pareceu-me firme, sorridente, embora quem soubesse observá-lo em profundidade pudesse ler-lhe nos olhos uma terrível amargura. A ela aludiu meses depois, na visita que lhe fiz à fazenda Santos Reis. Com seu feitio discreto (Vargas detestava a dramaticidade) falou-me do caso com menos frases do que em seu estilo de meias-palavras e reticências. Talvez ele não houvesse considerado o desfecho de 1945 como desairoso, pois era apenas um ditador, que as Forças Armadas haviam proclamado em 1937 e que oito anos depois desamparavam.

Enquanto caminha lentamente, João Neves se lembra do encontro que tivera com Getúlio, no Catete, logo depois dos episódios do empastelamento do *Diário Carioca*. Nas suas *Memórias*, depois de tudo, depois do fim, Neves relembrará novamente essa conversa impressionante:

> Às nove da noite cheguei ao gabinete dele no Palácio do Catete. Iniciou a conversa dizendo-me que me devia uma confissão: durante a campanha liberal, não percebera que a nação se achava madura para sacudir o jugo

da oligarquia dominante e que, para esse fim, o povo cooperaria até pelas armas. Distante do principal centro dos acontecimentos, pareceu-lhe uma loucura o rumo, o tom que eu estava imprimindo à campanha com a pregação revolucionária, da própria tribuna da Câmara. Por isso, procurara por todos os meios paralisar a conspiração; prontificou-se até mesmo a facilitar a posse do seu antagonista, aceitando a derrota, desde que se salvasse a paz interna. Queria declarar-me — acrescentou — que os fatos provaram que a razão estava comigo, não com ele.

A razão, no entanto, estará com Getúlio.

Em 3 de outubro de 1930, despachará com o seu secretariado do governo do Rio Grande do Sul, jogará pingue-pongue e iniciará o seu diário com uma pergunta: "Deve ser para hoje às 5 horas da tarde. Que nos reservará o futuro incerto neste lance aventuroso?"

Como um asceta, refletirá tranquilamente: "Quatro e meia. Aproxima-se a hora. Examino-me e sinto-me com o espírito tranquilo de quem joga um lance decisivo porque não encontrou outra saída digna para o seu Estado. A minha sorte não interessa e sim a responsabilidade de um ato que decide o destino da coletividade."

Não evitará as grandes questões:

"Não terei depois uma grande decepção?"

Não mentirá para si mesmo: "Como se torna revolucionário um governo cuja função é manter a ordem?"

Pensará no pior:

"E se perdermos? Eu serei depois apontado como o responsável, por despeito, por ambição, quem sabe?"

Flertará com a morte: "Sinto que só o sacrifício da vida poderá resgatar o erro de um fracasso."

Enquanto caminha e hesita, João Neves pensa nos meses turbulentos que antecederam a revolução. Tudo estava confuso. Em agosto de 1930, o jornal *A Federação* tivera de desmentir que Vargas houvesse posto a Brigada Militar à disposição do governo federal.

Não era só ele, João Neves, que percebia as vacilações de Getúlio. Em 2 de agosto de 1930, o *Diário Nacional*, órgão do Partido Democrata, de São Paulo, atacava Vargas: "Enquanto o povo do Rio Grande do Sul exige que o governo tome uma atitude enérgica, o senhor Getúlio Vargas continua indeciso."

Naqueles dias, Porto Alegre estava sob o choque do assassinato de um guarda civil. O assassino chamava-se Machado da Silva, Otávio Machado da Silva.

Operários de São Paulo, atingidos pela crise de 1929, chegavam a São Jerônimo em busca de uma vida nova.

O senador Flores da Cunha, feito um revolucionário francês ou um arauto, anunciava a proximidade do dia em que haveria um governo do povo para o povo.

Ah, os arroubos de Flores da Cunha!

Décio Freitas, muitos anos depois, ao final de uma entrevista, perguntará em tom de sacanagem:

— Getúlio também frequentava os Caçadores?

— De vez em quando. Jogava umas fichinhas e ia embora cedo — será a resposta escandida de Flores da Cunha.

— Ele se entretinha com as mulheres?

— Não! Acho que até puto era!

Na China, lembra-se João Neves, 46 pessoas haviam sido decapitadas, acusadas de ser comunistas.

Uma tropa do exército estacionava para ficar na conturbada e aturdida capital paraibana.

Em 27 de agosto de 1930, Lindolfo Collor declararia: "Pode o Brasil estar certo que Minas e o Rio Grande do Sul saberão cumprir os seus deveres."

Paim Filho, entretanto, afirmava o contrário: "A Revolução não se fará com o Rio Grande do Sul. Não querem o Sr. Borges de Medeiros nem o Sr. Getúlio Vargas, nem o Partido Republicano Rio-grandense."

Mais um banho frio nos ardores rebeldes.

Agosto terminará com mais uma provocação: "Entrevistado pelo *Correio da Manhã*, o Sr. Paim Filho declarou que só o Sr. Borges de Medeiros poderia desautorizar suas declarações reafirmando que não haverá revolução no Rio Grande do Sul."

Setembro trará a boa nova que desmentirá Paim. Será o começo do fim ou o fim do começo, uma passagem sem volta, o apocalipse, o anúncio de uma nova época.

Setembro virá, em Porto Alegre com chuvas e alagamentos, tormentos cotidianos e pés molhados. O *Correio do Povo* falará da preocupação com uma grande enchente. O Guaíba sairá do leito inundando a Ilhota, onde hoje está a simpática Praça Garibaldi.

Getúlio, olhando as ruas encharcadas, perguntará: será que a revolução vai alagar o Brasil?

Na Câmara de Deputados, em 3 de setembro de 1930, Cândido Pessoa, num arroubo de franqueza, responsabilizará vários integrantes da oposição paraibana e o presidente de Pernambuco pela morte de João Pessoa.

O *Correio do Povo* dará amplos espaços para o noticiário internacional. Abordará um complô para derrubar o comunismo na Rússia. Focalizará o surgimento, em 7 de setembro, de um movimento revolucionário militar na Argentina com a renúncia de Hipólito Irigoyen.

Ainda no dia 7 de setembro, a cidade da Paraíba passará a se chamar oficialmente João Pessoa.

O Rio Grande do Sul terá um momento de orgulho incomensurável com a chegada ao topo do mundo da pelotense Yolanda Pereira, escolhida Miss Universo.

Ainda não se chamava uma mulher de gostosa.

Yolanda poderia ter sido a primeira.

O próximo a chegar ao cume continua a dissimular.

João Neves aperta o passo.

Uma revolução não se faz sem desgostos.

Contempla a linha do horizonte com um misto de amargura e de esperança. Por que insiste? O que sonha? Como pudera suportar tantas decepções e ainda persistir? Estivera em todas as frentes, participara de todos os embates, negociara, enfrentara a dor do corpo cansado ou doente, argumentara, convencera, dobrara a urgência do tempo e a incredulidade dos pretensos realistas. Por quê? Descobrira, aos poucos, que a revolução era um jogo. Cada jogador escondia cartas na manga ou blefava sugerindo possuir trunfos imbatíveis. Getúlio era o jogador mais sinuoso, turvo, logo ele, Getúlio, o insosso, o apático, que pouco se interessava pelo jogo, no Clube dos Caçadores, o jogo que tanto mexia com os seus amigos.

O mar está cinza.

Se fosse uma lagoa, nos campos de Cachoeira, João Neves jogaria uma pedrinha para ver círculos se formarem.

Ele e Getúlio definitivamente não são feitos do mesmo barro. A política os aproximou. A história os afastou. Getúlio parece esperar a formação dos círculos para alterar-lhes o rumo. Nunca se sabe o que pensa.

Uma pergunta se acende, mais uma vez, na sua mente sempre inquieta: qual é o jogo do Getúlio? Já tinha seu jogo antes de tudo, antes da revolução explodir? Ou descobrira o seu jogo enquanto jogava? Escondera o jogo? Escondera-se do jogo? Ou descobrira o jogo com as cartas?

Avança.

É tarde.

O mar se crispa. Uma cor estranha se forma no horizonte. João Neves caminha quase dobrado. É tarde.

*

Estranha revolução, pensará Gabriel alguns dias depois do 3 de outubro: "A movimentação revolucionária mais parecia uma festa. Na verdade, o país comemorava uma grande vitória, a passagem para a República Nova. O meu batalhão, o 7º Batalhão de Caçadores, por ser fiel cumpridor de seus deveres, não conspirou contra o governo central. Manteve-se no seu posto e foi violentamente atacado pelos elementos da revolução que, entrincheirados no prédio da Santa Casa, inclusive no telhado, disparavam contra o nosso quartel, situado do outro lado da rua."

# 18

O inesquecível dia 3 de outubro de 1930, segundo o mineiro Virgílio de Melo Franco, será uma "descarga nervosa" que "transfundirá" a "exaltação em todos".

Em Porto Alegre, escreverá um poético João Neves três décadas depois, "o dia 3 de outubro amanheceu belo e luminoso como é natural à primavera do sul".

Belo e luminoso, mas com uma leve garoa, numa sexta-feira para nunca mais sair da história brasileira.

A Rua da Praia, centro nervoso da capital gaúcha, parece estar pronta para o grande acontecimento.

Pouco mais e haveria bandeiras e papel picado.

A fachada amarela do Grande Hotel atrai o olhar dos curiosos, que tentam encontrar e decifrar o mistério.

Todos parecem enxergar tudo.

Menos o general Gil de Almeida, que aproveita aquele 3 de outubro para ir, no Hospital Militar, ao oculista.

O plano de ataque está ensaiado.

Virgílio de Melo Franco descreve-o assim:

> O Quartel-General da 3ª Região Militar fica situado na mesma rua, e exatamente defronte ao Quartel Civil, de onde todas as tardes, precisamente às cinco e meia, saem para o policiamento da cidade os guardas, em

linha de dois de frente. Essa circunstância favorável facilitava muito o plano de ataque, que era o seguinte: sairia do seu quartel àquela hora uma turma de guardas civis, a qual, como de costume, passaria pela porta do QG do Exército, seguindo o seu destino. Imediatamente depois, nova turma, de cinquenta homens, sairia atrás da primeira. A esta segunda turma cumpria assaltar o Quartel-General, onde penetraria de surpresa. O ataque seria dirigido pelo Sr. Osvaldo Aranha em pessoa, com a colaboração do general Flores da Cunha e do capitão A. Barcelos Feio, da Brigada Militar, comandante da guarda civil. Cinco minutos depois, ao sinal de um foguete lançado do morro do Menino Deus, que fica a cavaleiro da cidade, começaria o assalto aos quartéis e estabelecimentos militares federais. O Arsenal da Guerra, situado na mesma rua do Quartel-General, seria assaltado por um grupo dirigido pelos Srs. Adalberto Correia, Carlos Eiras, Eugênio La Maison e Elisiário Paim.

Tudo está previsto como numa partitura:

O Morro do Menino Deus, onde havia a maior concentração de forças federais, seria assaltado, ao sinal do foguete, por tropas da Brigada Militar e da Guarda Civil, sob o comando do Sr. João Alberto, sendo que estas tropas contavam com uma reserva, sob o comando do capitão Estillac Leal, a qual só se empenharia na luta, pelo flanco oposto ao do Sr. João Alberto, em caso extremo.

Aquela tarde de 3 de outubro deve soar como um réquiem para a República Velha do café com leite:

Era a guarnição do morro do Menino Deus composta das seguintes unidades: 8º B.C., de São Leopoldo, comandado pelo coronel Galdino Esteves, o qual estava na conspiração e se comprometera a impedir, pelo menos, que o seu batalhão hostilizasse os assaltantes, apesar de a sua oficialidade ser legalista; o 9º B.C., de Caxias, sob o comando do coronel Bordini; o Esquadrão da Região, sob o comando do capitão Jaime Argolo Ferrão, e mais os contingentes do Curso de Preparação de Oficiais e da Carta Geral.

Porto Alegre, conforme a síntese de Virgílio de Melo Franco, tem ainda o 7º B.C., que será atacado pela Brigada Militar e pela Guarda Civil, a Companhia de Estabelecimentos e o Colégio Militar, cujo controle ficará a cargo de tropas da Brigada Militar, "sob a direção do tenente Alcides Etchgoyen e comandadas pelo oficial do Exército, em comissão na Brigada Militar, coronel João de Deus Canabarro da Cunha".

Resumo da ópera: Góis Monteiro e Osvaldo Aranha querem ser senhores do Rio Grande do Sul ao anoitecer.

Os tenentes Nelson Etchegoyen e Alcides Araújo prepararam os arranjos da sinfonia em Santa Maria, entroncamento ferroviário central do Rio Grande do Sul.

Na Granja Carola, de propriedade ao telúrico major Cacildo Krebs, confessará Virgílio mais tarde, "uma equipe de técnicos alemães, contratada pelo general Miguel Costa em Buenos Aires, trabalhou na fabricação de granadas de mão, morteiros, lança-chamas e no ajustamento de peças de canhões e motores de avião".

A execução do plano é um torvelinho, um conjunto de cenas aparentemente desconexas e no limite do desastre.

Na madrugada de 2 para 3 de outubro, Virgílio, Góis e Osvaldo visitam Getúlio no Palácio Piratini.

O comandante da guarda espanta-se: são três horas da manhã. Getúlio descansa o queixo sobre as mãos.

Pergunta em tom lacônico:

— É para hoje?

Aranha confirma. O chefe revolucionário move-se como um gato preguiçoso, mas por trás do seu olhar opaco brilha, vez ou outra, uma luz diferente, uma faísca que não se fixa. Tira de uma gaveta algumas folhas.

Lê seu manifesto à nação, cujo final se perderá no vazio da noite da província, ressoando como uma batida metálica ao som da voz seca: "Rio Grande, de pé, pelo Brasil! Não poderás falhar ao teu destino heroico."

Osvaldo nota uma leve emoção na voz do amigo. Virgílio perceberá, em seguida, uma ponta de ironia:

— É vencer ou morrer — diz Getúlio.

Góis Monteiro ergue o rosto.

— Batidos, não poderemos emigrar — completa Getúlio.

Ouve-se nitidamente o canto de um galo.

Ao amanhecer, os revolucionários são como fantasmas que se esgueiram do Palácio Piratini ao Grande Hotel.

Alzira Vargas do Amaral Peixoto, a Alzirinha, filha predileta de Getúlio, escreverá em *Getúlio, meu pai*:

> Às 8 horas da manhã fomos todos para o colégio e voltamos às 4 horas da tarde, como habitualmente. Mamãe nos esperava à porta. Mandou Manoel Antonio e Getúlio tirarem o uniforme rapidamente e me chamou com ar preocupado: "A revolução vai rebentar hoje às 5:15 e não quero que vocês durmam aqui. Irão para a casa de uns amigos nossos." Quis reagir, pois preferia ficar. "Você tem de ir para tomar conta de seus irmãos", disse com sua irretorquível voz de comando. Ainda tentava argumentar, alegando que eles não precisavam de mim e eu poderia ser útil, quando chega Lutero com o uniforme do Colégio Militar. Vinha de mau humor, resmungando: "Mamãe, meu quarto foi invadido e eu não admito. Uns 'caras' entraram lá e estão trocando de roupa sem me pedir licença. Não posso entrar no meu quarto." Era o Estado-Maior da Revolução, chefiado pelo tenente-coronel Góis Monteiro, que se fardava para assumir o comando militar.

Em 1954, quando tudo terminar, Alzirinha estará na derradeira frente de batalha, na última reunião do ministério, propondo resistência militar contra um golpe.

Tudo se acelera.

Paradoxalmente o dia 3 de outubro custa a passar para aqueles que o pilotam e devem fazê-lo decolar.

Às 10 horas, Virgílio chega à casa de Osvaldo Aranha, onde é recebido por Dona Delminda.

Lá já estão os conspiradores Maurício Cardoso, Luís Aranha, Adalberto Correia, Carlos Eiras e o comandante da Brigada Militar, coronel Claudino Pereira.

Dona Delminda chama Virgílio para um lado e pede-lhe um favor: que convença o marido dela, Osvaldo Aranha, a levá-la para a frente de batalha. Quer colaborar nem que seja como enfermeira. Promete não ser um peso.

Virgílio jura que intercederá por ela.

Que mais poderia fazer?

Depois da reunião, Osvaldo e Virgílio passeiam pela Rua da Praia. É preciso matar o tempo que não passa. Uma revolução não é, como se imagina muitas vezes, a irrupção do caos, mas um relógio suíço que não se pode adiantar.

— Onde terá se metido o Gil de Almeida, Virgílio?

— Será que algo vazou, Osvaldo?

— O homem já está em casa — sussurra um "secreta" para Osvaldo Aranha, que deixa escapar um sorriso.

Visitam Flores da Cunha no seu hotel. Encontram-no de excelente humor misturando um baralho de truco.

— Esteja armado, às quatro da tarde em ponto no Quartel da Guarda — diz Osvaldo a Flores.

— Perfeitamente, comandante.

— Como se sente? — pergunta Osvaldo.

— Saindo da bainha — responde Flores.

Às 13h30, Osvaldo Aranha, Mauricio Cardoso, Luís Aranha e as respectivas esposas almoçam com Virgílio no restaurante — dizia-se refeitório — do Grande Hotel.

Conversam sobre amenidades.

Duas vezes a palavra futuro surge na conversação fazendo com que os olhares dos homens se percam no vazio.

— Parece a Yolanda — diz uma das senhoras ao ver uma bela moça entrar e ficar por um momento indecisa.

— Yolanda Pereira? — pergunta Osvaldo Aranha

— Yolanda é muito mais bonita — diz a esposa de Osvaldo.

— Um orgulho para o Rio Grande — acrescenta Maurício.

— Um orgulho para o universo — graceja Osvaldo.

Depois do almoço, Virgílio e Osvaldo acertam os relógios com os companheiros e vão para a casa do Dr. Varnieri encontrar Góis Monteiro e João Alberto.

A hora aproxima-se.

Virgílio de Melo Franco encontra-se mais uma vez com Getúlio Vargas. Góis Monteiro já está fardado. De repente, Góis lembra-se de ainda não ter recebido as chavetas dos canhões da artilharia do morro do Menino Deus. Um cabo se comprometera a retirá-las e entregá-las, inutilizando as bocas de fogo das tropas legalistas.

Quatro horas.

O comércio fecha as portas.

A multidão espera nas esquinas e nos cafés.

Muitos querem assistir de camarote ao grande evento: apinham-se nas sacadas dos prédios mais altos.

Virgílio sai à rua para cumprir uma missão dada por Góis Monteiro e é interpelado por desconhecidos.

— É para daqui a pouco, seu Virgílio?

Na volta, encontra o Palácio Piratini apinhado de deputados, altos funcionários e oficiais da Brigada Militar. Encontra Getúlio Vargas solitário e pensativo.

Getúlio está começando o seu diário:

> Se todas as pessoas anotassem diariamente num caderno seus juízos, pensamentos, motivos de ação e as principais ocorrências em que foram parte, muitos, a quem um destino singular impeliu, poderiam igualar as maravilhosas fantasias descritas nos livros de aventuras dos escritores da mais rica fantasia imaginativa (...) Não o fiz durante a minha mocidade, cheia de tantos episódios interessantes e dignos de anotar que se vão apagando pouco a pouco da memória (...) Lembrei-me disso hoje, dia da revolução. Todas as providências tomadas, todas as ligações feitas. Deve ser para hoje às cinco da tarde. Que nos reservará o futuro incerto neste lance aventuroso?

O que faz um governante conspirador no dia da eclosão do movimento com o qual pretende mudar tudo?

> Pela manhã, recebi o secretário da presidência, com quem despachei a correspondência do dia, e entreguei-lhe para passar a limpo o manifesto revolucionário que deverá ser publicado amanhã (...) Chegou às 10 horas o coronel Claudino Pereira, comandante da Brigada Militar. Achei-o mais confiante. Estava antes vacilante e um tanto desanimado (...) Às 11 e meia, revi o artigo d'*A Federação* sobre a mensagem. Feita a *toilette*, almocei tranquilamente com a minha família e fui depois jogar uma partida de pingue-pongue com a minha mulher como costumo fazer todos os dias.

A tarde segue no mesmo ritmo. O presidente do estado recebe seu irmão Protásio e o sogro dele, Agnelo Correia, que se encarregam de levar os filhos de Getúlio.

Despacha com João Simplício, secretário da Fazenda e interino do Interior, que faz o papel de corno da história. Fala de boatos. Getúlio despista-o calmamente: "Respondi-lhe que o Rio Grande acompanharia um movimento de ordem geral, e que, se isto se desencadeasse nem eu poderia evitar a participação do estado."

Fiel ao seu nome, Simplício promete queimar sua biblioteca se Minas aderir a um movimento revolucionário, pois isso significará a inversão de tudo o que aprendeu.

A vida segue seu ritmo.

A revolução convive com a rotina.

Getúlio exerce seu extraordinário autocontrole:

> Quatro e meia. Examino-me e sinto-me com o espírito tranquilo de quem joga um lance decisivo porque não encontrou outra saída digna para seu estado. A minha sorte não me interessa e sim a responsabilidade de um ato que decide o destino da coletividade. Mas esta queria a luta, pelo menos nos seus elementos mais sadios, vigorosos e ativos.

Ao avistar Virgílio novamente, Getúlio dispara:

— O Dr. Fernando de Abreu Pereira acaba de me comunicar que o general Gil de Almeida está inteiramente a par de tudo. Pareceu-me, pois, conveniente prevenir o Osvaldo a fim de que este precipitasse o golpe. Como você não estivesse presente para avisá-lo, o coronel Góis Monteiro, a quem comuniquei o que me disseram, mandou-lhe por escrito a ordem em questão.

A situação é complexa. Virgílio sabe que Osvaldo não tem meios para precipitar o movimento e que isso poderá colocar toda a engrenagem em perigo. Telefona-lhe no Quartel da Guarda Civil para sugerir que mantenha o horário combinado. Osvaldo já se entendera com Góis.

Nada será mudado.

É Virgílio quem narrará:

> Cinco horas da tarde...
>
> O tique-taque do relógio soturnamente avançava.
>
> Cinco e um quarto...
>
> Mais quinze minutos e o drama sangrento começaria.
>
> Cinco e vinte...
>
> Cinco e vinte seis...
>
> O primeiro silvo de um tiro partido dos lados do Quartel-General fez-se ouvir, seguido de mais.
>
> Segundos depois, era um tiroteio cerrado, que dentro em pouco foi se estendendo pela cidade inteira.
>
> De todos os lados as metralhadoras silvavam assustadoramente.

O Brasil nunca mais será o mesmo. A primeira bala já descreveu o seu itinerário incerto. Os boatos começam a virar manchetes de jornal ao pipocar das metralhadoras. A equipe do *Correio do Povo* encontra-se nas ruas para narrar a história que está sendo feita ali mesmo diante de todos. Porto Alegre mal sabe que está deixando para trás a sua inocência de capital provinciana e primaveril. É a maioridade que chega, violenta como um temporal.

Dois dias antes, André Carrazzoni, na condição de novo diretor do *Correio do Povo*, que festeja seus 35 anos de existência vitoriosa, lembrara em editorial a tradição apartidária do jornal. Mas o *Correio do Povo* está comprometido até o pescoço com os rebeldes. Deixara-se seduzir pelo programa da Aliança Liberal. O pressuposto de André Carrazzoni é irrefutável: "Não pode existir imprensa marcadamente apolítica."

Uma parte do Rio Grande do Sul está de luto pela morte, em 2 de outubro, do Leão do Caverá, o mitológico guerreiro e guerrilheiro maragato Honório Lemes.

A hora, no entanto, é de agir pelo futuro.

Ao cair da noite, o *Correio do Povo* antecipa no seu painel: "Estourou o movimento revolucionário."

Nada de novo no *front*.

O Rio Grande do Sul está acostumado com levantes, guerras civis, insurreições, revoluções, entreveros, refregas, batalhas e outras demonstrações de força.

A desordem chega pelas forças da ordem: "Conjugada com forças do Exército, da Brigada Militar e elementos civis, a revolução se estende por todo o Estado."

Muitos acompanham o começo de tudo. Poucos estão numa posição tão privilegiada quanto o mineiro Virgílio de Melo Franco. Ele é o "estrangeiro" que tudo vê e de tudo participa. Protagonista e, ao mesmo tempo, observador inesperado, mergulha na aceleração revolucionária de uma cidade próxima e distante. Getúlio Vargas permanece no Palácio, ensimesmado e atento. João Neves atua em Cachoeira. Osvaldo Aranha é o detonador cuja mente não pode divagar. Virgílio funciona como um elétron livre. Todos os seus sentidos estão em alerta.

Ele ouve, vê, sente e anota:

> Às seis e meia da tarde, estava o Quartel-General ocupado e presos o general Gil de Almeida e todos os oficiais lá presentes naquele momento. Exatamente na porta de entrada do Quartel jazia morto, com a cabeça estourada por uma granada de mão, de braços abertos em cruz, um pobre guarda civil. No meio da rua, no saguão e nas escadas, outros mortos. Dos cinquenta homens que partiram para o assalto, seis morreram imediatamente e cinco um pouco mais tarde. Ao todo, entre mortos e feridos, vinte e cinco foram postos fora de combate. Os adversários também tiveram muitas baixas por ferimentos e por morte. Logo à porta do elevador, caiu para não mais se levantar um major, primo-irmão do Sr. Maurício Cardoso.

Ao longo do mês de setembro o general Gil de Almeida tentará convencer Getúlio Vargas a lançar uma nota assegurando que o governo não apoiará qualquer movimento contra a ordem instituída. O seu contato é o secretário João Simplício, com quem se encontrará duas vezes e a quem advertirá da concentração de tropas para defender a legalidade se Getúlio não se manifestar publicamente.

Simplício tratará de acalmar o general:

> Sou amigo do Dr. Júlio Prestes e dos dirigentes do governo central, sou o elemento de ligação entre o Dr. Getúlio e eles. Posso servir, portanto, para julgamento da sinceridade de cada um. Serei o termômetro e apenas desconfie da insinceridade do presidente Getúlio, abandonarei o cargo.

Que paspalho esse Simplício!, dirá Almeida.

Toda boa história tem outras versões. Luiz Vergara, secretário particular de Getúlio Vargas, tentará livrar Simplício do papel de simplório da revolução.

> Foi nesse meio-tempo que o Gen. João Simplício de Carvalho, secretário da Fazenda, foi mobilizado propositadamente e com absoluta inocência a fim de aproximar-se do Gen. Gil de Almeida com a incumbência de

convencê-lo de que nada havia a temer e que tudo o que se dizia sobre a conspiração era à revelia do governo do estado e trabalho de agitadores irresponsáveis. João Simplício era um homem sério e de melhor conceito e também general e engenheiro de conhecida competência. A 3 de outubro, quando estourou o movimento, estava ele tranquilamente almoçando num navio que fazia a sua primeira viagem a Porto Alegre. Era homem que Getúlio muito considerava e passou, depois de 30, a colaborar na alta administração federal. Quando ia ao Catete tinha comigo longas conversas. Referindo-se ao papel negativo que lhe fora atribuído na preparação do movimento, não se mostrava arrependido e comentava bem-humorado: "O mais curioso é que foi o próprio Osvaldo Aranha quem me confiou a missão de agente despistador. Getúlio, a quem ouvi a respeito, não desaprovou. Disse que o Gil no comando da Região vinha se conduzindo a contento e entendendo-se bem com o governo do estado. Convinha cercá-lo de todas as atenções e evitar que perdesse o sono. Se, em vez disso, Osvaldo me tivesse convidado logo para conspirar, eu teria recebido o convite simpaticamente, mas também teria ido ouvir o presidente. De qualquer forma, mesmo negativamente, colaborei na preparação do movimento, concorrendo para evitar as vigílias do meu velho amigo Gen. Gil de Almeida."

Que paspalho esse Gil de Almeida!

Luís Aranha resumirá para Hélio Silva a situação de modo peculiar: "Até a cachorrinha da praia sabia da revolução. Apareceu com um laço vermelho no pescoço."

André Carrazzoni revelará que uma voz feminina disparou ligações telefônicas durante a manhã de 3 de outubro dando a senha: "Olha, o doente piorou muito, seu estado é grave exigindo, por isso, imediata operação. A intervenção cirúrgica vai ser praticada logo à tarde."

A operação será sangrenta.

Às 15 horas, agências dos Correios estão ocupadas.

Às 16h30, Getúlio é avisado de que está tudo pronto.

Em Belo Horizonte, a tarde cai maravilhosamente.

Em João Pessoa, a companhia do tenente Juraci Magalhães está de serviço. Essa é uma das razões da escolha do 3 de outubro como data da eclosão. Apenas o presidente da Paraíba, Álvaro de Carvalho, tudo ignora.

Na Rua da Praia, em Porto Alegre, às 16h45, uma mulher toda de vermelho caminha com elegância. Parece desfilar numa passarela. Desaparece numa esquina.

Nunca se saberá o seu nome.

Deixa um rastro de perfume.

Às 17h25, Osvaldo Aranha, Flores da Cunha e o capitão Agenor Barcelos Filho, comandante da Guarda Civil, desfecham o ataque à base do general Almeida.

Vargas, com as mãos em concha sobre a barriga, olha o teto do Palácio Piratini. Lembra um pequeno Buda.

Vergara descreverá o começo de tudo com frieza:

> No dia 3 de outubro, às últimas horas da tarde, ouviram-se as primeiras descargas de metralhadora. Estava deflagrada a revolução. Pela manhã, Getúlio Vargas mandou-me chamar e me deu ordem para que pusesse no manifesto a data de 3 de outubro e fizesse tirar cópias. As primeiras, em número de dez, lhe foram entregues no gabinete presidencial assim que chegou para iniciar as audiências. O dia correu normalmente no palácio até a hora do tiroteio, e iniciado este só me avistei com o presidente depois de encerrado o expediente. Não se alteraram em nada os seus hábitos de trabalho. Após rápidos comentários sobre os acontecimentos e a situação das operações nos redutos principais da cidade, retirou-se para os seus aposentos residenciais. Só tornei a vê-lo no dia seguinte. A distribuição do manifesto ficara a cargo de Osvaldo Aranha. O original não tornei a vê-lo. Havia-o deixado em seu poder e deve estar incorporado ao seu arquivo pessoal. No dia seguinte, vi pela primeira vez Góis Monteiro. Viera ao palácio acompanhado de Osvaldo e outros oficiais. Permaneceram longo tempo conferenciando com o presidente. Soube então que se tratara das primeiras providências de mobilização no Estado e de conseguir que Góis Monteiro aceitasse a chefia militar do movimento, mas Góis não se decidiu logo. Por motivos diversos, foi adiando a sua resolução e só a tomou

quando começaram a chegar notícias sobre o pronunciamento da maioria dos comandos das guarnições do Rio Grande, Santa Catarina e Paraná, apoiando a revolução. Foi essa hesitação de Góis que retardou a partida de Getúlio Vargas para a frente de luta.

Mesmo um secretário pessoal pode se enganar.

A descrição de Gil de Almeida será bem menos gelada. Ele se sentirá traído e humilhado. O quadro é nítido: metralhadoras instaladas nos prédios vizinhos, inclusive na Igreja das Dores, soldados subornados para inutilizarem armamentos, trincheiras escavadas providencialmente pelo Departamento de Obras e Esgotos.

> A voz de já do comandante [contará Gil de Almeida], uma secção de guardas invade o portão principal e assassina um soldado, sem armas, que estava ali parado (...) O major Otávio Cardoso, diretor do C.P.O.R., é alvejado à queima-roupa no momento em que penetrava na cabine do elevador (...) Imediatamente seus assassinos despojam-no do revólver, do relógio-pulseira e dos vencimentos ainda no seu bolso (...) No Quartel-General os que tinham missão de defesa acorrem a seus lugares. Doloroso é confessar que a defesa estava, de começo, positivamente anulada (...) As metralhadoras não funcionam por falta de percussores (...) O Dr. Cavalcanti, ao aproximar-se da janela, recebe no ombro esquerda uma rajada de metralha, tombando em seguida. Sua arma passou a uma das minhas filhas. A horda havia ocupado o Quartel-General. A luta tinha durado cerca de 20 minutos.

Virgílio de Melo Franco tentará ser descritivo:

> Às dez horas da noite, entrava o Sr. João Alberto em palácio, vindo do morro Menino Deus, já reduzido e ocupado por nossa gente, a qual tivera baixas relativamente pequenas. O esquadrão da Região também estava ocupado, depois de um duelo trágico entre o seu comandante, capitão Jaime Argolo Ferrão, e o tenente da reserva Setembrino Palma. O capitão Argolo Ferrão ficou estendido, morto, diante de sua tropa, com a cabeça estourada por uma bala. Assim, pois, estavam dominados: o Quartel-Ge-

neral; o Arsenal da Guerra, o 8º BC; o 9º BC; o Esquadrão da Região; o Curso de Preparação Militar; o Contingente da Carta Geral e mais a companhia de Estabelecimentos situada nas proximidades do Parque da Redenção. Aquela hora — onze da noite — apenas o 7º BC continuava a opor obstinada e tenaz resistência aos atacantes. Contando apenas, para reagir, com metralhadoras e fuzis, o comandante do 7º BC, Benedito Marques da Silva Acauan — cunhado do general Flores da Cunha — parecia disposto a vender caro a sua derrota. A fuzilaria apertava cada vez mais. Os sitiados, porém, batiam-se como demônios, freneticamente, varrendo de metralha a praça fronteira ao quartel.

Nada mais há a perder. Morteiros são disparados contra o quartel resistente. As chamas se alastram e anunciam o fim de uma época. É hora de negociar. Depois de uma primeira tentativa frustrada com um portador extraviado, Virgílio de Melo Franco alcança o limite das linhas de fogo com a ordem de suspensão das hostilidades. Acauan envia o tenente Olinto de França Almeida Sá para confirmar a prisão de Gil de Almeida e a supremacia das forças rebeldes. Está tudo liquidado. Lavra-se uma "convenção militar", assinada por Góis Monteiro e Benedito Acauan, pela qual o 7º BC depõe as armas em troca da garantia de vida para os militares legalistas e de ajuda para as suas famílias. Consuma-se a rendição.

Ao amanhecer, Virgílio pode filosofar:

> Às cinco e meia da madrugada, precisamente doze horas depois do início da revolução, descíamos a pé, recolhendo-nos ao hotel, o Sr. Osvaldo Aranha e eu. Os resultados não podiam ser mais satisfatórios — excediam, de muito, os cálculos mais otimistas. Quem quis a revolução? Quem a provocou? — Durante toda a campanha fomos sempre contidos pelo espírito de prudência e de renúncia que caracterizava os chefes. O Sr. Borges de Medeiros, o Sr. Antônio Carlos e o Sr. Getúlio Vargas fizeram, por mais de uma vez, os mais desesperados esforços no sentido de impedir que o drama se desencadeasse.

Nada mais será como antes. Virgílio marcha lentamente em terra estranha como que pisando no futuro.

> Enquanto caminhava silenciosamente ao lado do Sr. Osvaldo Aranha, ia rememorando, um a um, os episódios da luta. Através de uma nuvem, galopavam-me na cabeça, como numa lanterna mágica, os indignos episódios da campanha. As tropelias do Congresso; as violências da polícia; os dramas de Garanhuns, de Vitória, de Natal e de Montes Claros; as fraudes eleitorais; o reconhecimento dos poderes; a tragédia de Princesa e o assassínio de João Pessoa — foram, todos, fatos por tal forma graves que o morticínio e o drama sangrento na véspera iniciados estavam plenamente justificados.

Os fins justificam os meios?

Velha e insolúvel questão.

Se Virgílio de Melo Franco fica entre o especulativo e o descritivo, André Carrazzoni, jovem diretor de redação do *Correio do Povo*, jornal informativo que completará 35 anos de existência dois dias antes da eclosão da grande revolução, escolherá um estilo quase épico para o seu "testemunho de espectador", que será publicado pela densa e muito lida *Revista do Globo*.

> O dia 3 de outubro raiou claro, com um céu muito azul e muito alto. A cidade amanheceu contente, toda imersa no conforto dourado da luz matinal (...) O povo vinha vivendo horas de intensa excitação (...) Não havia ninguém nesta capital que não esperasse a irrupção do movimento cada nova manhã (...) Os próceres apontados como chefes da revolução a estourar guardavam uma serenidade impenetrável. Até o meio-dia, exteriormente nada indicava que dentro de algumas horas a fumaça e a pólvora dos combates iriam invadir alguns setores da cidade (...) O povo enchia as ruas, os bondes e os auto-ônibus circulavam repletos de passageiros, os cafés regurgitavam, as senhoras compravam elegantemente na Rua da Praia.

De repente, um "frenesi marcial" se apossa da "alma popular". A tarde cai. A revolução avança. Chega a hora.

> Eram cinco horas e meia [escreve o espectador]. A tarde fechara-se, dissipando a claridade da manhã. Passavam caminhões velozmente. Quem passasse, àquela hora, pela porta do Grande Hotel, notaria um numeroso grupo no interior do saguão. Pessoas conhecidas — políticos, advogados, médicos, gente de imprensa — mas em atitude espreita, como se esperassem um sinal para qualquer arremesso. De repente, para os lados do Quartel-General do Exército, à rua dos Andradas, se ouviu uma descarga.

O tom sobe. "Roncam" as metralhadoras, assobiam as rajadas, correm os transeuntes, vibra o espectador.

> O povo corria para as bandas do Quartel-General e do Arsenal da Guerra. Alguns levavam armas de guerra, outros ostentavam revólveres, numerosos pediam armas, em altas vozes, como se pedissem pão. Tinham "fome" de luta (...) De todos os lados brotavam combatentes, eletrizados pelos "élan" das arrancadas coletivas.

Haverá luta no 7º BC, localizado na Praça Conde de Porto Alegre, no Morro do Menino Deus, na rua Vieira de Castro, onde fica a 2ª Companhia de Estabelecimentos, na avenida da Redenção, sede administrativa da Carta Geral da República. Maurício Cardoso comanda a ocupação dos Correios e Telégrafos. Caem o Banco do Brasil, a Agência Americana, a Companhia Telefônica Rio-grandense, a Alfândega e a Delegacia Fiscal. O povo urra nas ruas.

O "berço da revolução", o marco zero, é o Quartel-General da Região. Ali tudo começa. O espectador narra:

> À hora combinada, a Guarda Civil, com um efetivo numeroso, engrossado por um voluntariado em que se assinalava um núcleo de jovens pertencentes a famílias ilustres do Rio Grande, subiu para a rua, em marcha acelerada. O observador desprevenido imaginaria tratar-se talvez de uma imponente parada. Marchou como se fosse passar pela frente do Quartel do comando da Região, mas, obedecendo ao plano traçado, e à voz enérgica de "fogo!", rompeu a sua fuzilaria contra aquele edifício. Foi uma cena

quase instantânea. A sentinela, postada diante da larga porta do Quartel-General, caiu fulminada. No meio da tropa atacante, com sua impetuosa figura de herói, realçada pela farda de general, Flores da Cunha concitava à carga, dando o exemplo. Seus filhos, iniciando-se na escola da bravura paterna, seguiram-no. Osvaldo Aranha, que à sua fama de jovem estadista já aliava tradições de cavalheiresco heroísmo, sobressaía no meio do violento cenário. Estava calmo, atendendo aos mínimos acidentes da peleja. Os seus irmãos confundiam-se na primeira linha dos atacantes. Fuzilaria! Fuzilaria!

Dispara-se de todo lado. As metralhadoras da Brigada Militar fustigam o Comando da Região. O tumulto se acentua. Surgem os primeiros feridos nas ruas, o "primeiro sangue da revolução" — nas palavras vibrantes do espectador interessado e conhecedor da epopeia francesa —, toma-se a Bastilha da província.

Um oficial, tentando fugir no elevador, descarregou o seu revólver contra os primeiros assaltantes mas caiu logo, mortalmente ferido. Era o major Otávio Cardoso. No interior do Quartel-General, a fuzilaria amortecia. Lutava-se havia quinze minutos. A rendição não tardou (...) Entre os prisioneiros encontravam-se o general Gil de Almeida, comandante da Região, e o coronel Firmo Freire, chefe do Estado-Maior. Enorme massa popular já se aglomerava diante do quartel. Ouviam-se alguns tiros isolados. O Dr. Lindolfo Collor, um dos mais brilhantes líderes da campanha liberal, chegava ofegante, com o seu fuzil a tiracolo.

Diante de Osvaldo Aranha e de Flores da Cunha, Gil de Almeida exige uma ordem escrita de Getúlio Vargas, o que é imediatamente providenciado. O general vencido guardará uma grande mágoa desse momento decisivo.

Tem dois mil homens em Porto Alegre para defendê-lo e vê-se facilmente batido. A carta de Getúlio, conclamando-o a se entregar sob garantias, parece-lhe uma mistificação, uma simulação de surpresa, o que lhe arrancará estas palavras duras: "Que extraordinário prestidigitador de palavras o Dr. Getúlio Vargas."

Lamentará que um movimento surgido para "corrigir a cleptomania que se alastrava" acabasse por fazer desaparecer toda a sua bagagem. A sua defesa será a ironia: "Cinco dias após quase nada mais restava além de modestas joias. Roupas de uso e o enxoval de uma das minhas filhas tinham aderido à revolução."

Sem dúvida, Gil de Almeida enxergava pouco.

O ataque ao Arsenal da Guerra é feito pela Guarda Civil com ajuda de voluntários. O espectador André Carrazzoni é mais contido nesta descrição:

> Ao aproximar-se a força revolucionária, a força que se achava no Arsenal rompeu cerrado tiroteio, empenhando-se viva fuzilaria. O major do exército Elpídio Martins, que dirigia o ataque, diante da resistência, solicitou reforço ao general Flores da Cunha. O general Flores da Cunha ordenou-lhe então que forçasse o portão de entrada do Arsenal e, uma vez vencido esse obstáculo, intimasse os seus defensores a renderem-se. A ordem foi rapidamente executada. Depois de arrombado o portão, o major Elpídio Martins, entrando no Arsenal, gritou que qualquer resistência seria inútil, porque a revolução já estava vitoriosa. A guarda do Arsenal entregou-se incontinenti.

Nada pode barrar o ímpeto revolucionário. Nem os legalistas do 7º Batalhão de Caçadores, que travam batalha com os seus colegas rebelados. Sob tiroteio cerrado, os revolucionários escapam pela Praça Argentina.

É ali, a partir das sete da noite, sob o comando do coronel Acauan, que os legalistas enfrentam o ataque desfechado pela Brigada Militar, pela Guarda Civil e por soldados do exército. A tensão invade a madrugada.

O espectador aturdido, comentando o ataque à 2ª Companhia do Estabelecimento, anota a passagem de um bonde, vindo do Bom Fim, sob o tiroteio intenso, obrigando os passageiros a jogarem-se ao chão. A sua linguagem volta a oscilar entre o grandioso e o patético.

> Mais tarde, contingentes de outras unidades chegaram ao local do combate, cercando o quartel da 2ª Companhia. A fuzilaria prolongou-se cerca de três horas. Já nos outros setores havia cessado por completo a luta e ainda ecoava por toda a cidade o estampido do combate nos arredores daquele quartel. A noite chuvosa, cortada de relâmpagos, aumentava a impressão dramática. Os moradores das ruas mais próximas do teatro da luta fugiam espavoridos procurando alcançar a avenida Bom Fim e ruas vizinhas. Nas ruas centrais o povo impacientava-se: Não se renderão? Haviam de render-se. Renderam-se. A causa não era das que pediam sacrifício, porque não se imola um punhado de soldados valentes em defesa de um governo odiado pela nação (...) Poupa-se efusão maior de sangue, generosamente. A nobreza e o heroísmo corriam parelhos nas tropas atacantes.

Nas ruas, pessoas choram, comemoram ou correm. Uma mãe procura o filho adolescente. O guri, de 13 anos, segura uma velha espingarda. Um velho de barba branca ergue as mãos para o céu e fica imóvel por um longo tempo. O morro do Menino Deus é a grande preocupação.

> Antes de 3 de outubro [diz o espectador], quando, por ordem do general comandante da Região, foram concentradas tropas no morro do Menino Deus, aquele morro, já por muitos outros títulos célebre, passou a ser o terror, a insônia pavorosa de muita gente. Transformado em praça de guerra, com os seus canhões assestados, com bocas ameaçadoras, para a cidade, o Morro do Menino Deus, a qualquer instante, poderia vomitar a morte sobre a nossa inocente capital. Bastava irromper a revolução.

O bicho se mostra menos feroz do que o esperado. Apesar de abrigar as forças do 9º B.C., do 4º Esquadrão Divisionário, Companhia de Metralhadora Mista e parte da Carta Geral, o morro cedeu. O espectador diz que eram cinco e trinta da tarde quando o primeiro-tenente Joaquim Amaro da Silveira, à frente do seu esquadrão, gritou:

— Camaradas! Viva a revolução!

O cadáver do capitão legalista Argolo Ferrão fica estendido como a marca de uma resistência impossível.

Quantas mortes?

André Carrazzoni e os jornais darão conta de 19 mortes em Porto Alegre, "entre soldados da Brigada, do Exército, praças da Guarda Civil (...) e povo".

Sempre há mortos distintos, com nome, sobrenome e grau profissional: "Pereceram três oficiais do Exército: major Octávio Cardoso, capitão Jaime Argolo Ferrão e tenente Athos Franco. A estimativa dos feridos, feita um dia depois, foi fixada entre 90 e 100."

Encerra-se um tempo, tempo em que uma propaganda estimulava: "Toda a pessoa escrupulosa e de bom gosto deve usar o Café Vianna — marca registrada."

Tempo em que, segundo o *Correio do Povo*, a Escola de Engenharia estava iniciando estudos referentes à produção de combustível a partir da mandioca.

Tempo em que a Brigada Militar lançava uma campanha para combater o jogo do bicho na capital gaúcha.

Outubro de 1930.

A revolução convive com a rotina administrativa.

O *Correio do Povo* noticia a inauguração da ponte Mauá, em Jaguarão. O Banco do Brasil instala-se em Passo Fundo. A exportação gaúcha de arroz chegara a 178.268 em setembro. Montenegro elege um novo intendente.

A primeira manchete do *Correio do Povo* depois da eclosão busca a precisão absoluta: "Estourou, ontem, às 17h12 o esperado movimento revolucionário nesta capital."

Populares invadem a Santa Casa em busca de notícias de familiares. Há corpos à espera de reconhecimento.

As primeiras medidas começam a aparecer.

A avenida Redenção, em Porto Alegre, passa a chamar-se João Pessoa. Cada revolução impõe os seus heróis. Getúlio sabe que deve a João Pessoa o seu destino.

Resta dominar o país e derrubar Washington Luís.

No seu diário, em 4 de outubro, Getúlio anotará:

Todo o dia foi absorvido em atender as pessoas que me procuravam para trazer sua solidariedade, despachar a numerosa correspondência do interior do Estado e auxiliar o estado-maior no andamento dos seus serviços. Nesse dia, recebi uma manifestação popular que ia assistir à colocação da placa com o nome de João Pessoa na até então avenida Redenção. Fiz as declarações peremptórias de apoio ao movimento armado. Nessa mesma tarde, saiu o manifesto que redigi esclarecendo meu apoio ao movimento revolucionário (...) Almoçaram comigo o coronel Góis Monteiro, chefe do estado-maior, e seu auxiliar capitão João Alberto, espírito de grande lucidez e capacidade de organização. À tarde, um pequeno passeio de automóvel pelos locais mais atacados no dia anterior. À noite, muitas visitas, comentários dos fatos correntes e algumas providências.

Um revolucionário nunca deve perder a cabeça.

Cada um com suas lembranças. Góis Monteiro, chefe militar da revolução, em depoimento célebre a Lourival Coutinho, recordará o seu encontro com Getúlio no Palácio Piratini, às duas da madrugada de 1º de outubro. Lembrará de Virgílio de Melo Franco ficando na entrada do aposento em conversa com Dona Darci, da promessa de Vargas, fumando um charuto, de não recuar, mesmo se fossem derrotados pelo "Braço-Forte", o "Barbado", o presidente odiado por todos, e da sua inusitada pergunta:

— Por que um militar de carreira brilhante se atira numa aventura tão arriscada?

A resposta não vale a pergunta. Góis lembrará também que faltava um plano: "Não havia sido traçado, por mim pelo menos, um programa político a realizar." As suas ordens, porém, eram obedecidas por toda parte: "Era eu um homem fora da lei, mas que ditava a lei para o país."

O programa político e a lei, ignora Góis Monteiro enquanto comanda, estão traçados na mente de Getúlio.

A cada um a sua função.

Há uma revolução dentro da revolução, uma revolução inesperada, secreta, ignorada por seu comandante militar e por todos, a revolução de Getúlio Vargas dentro da revolução de 1930, a revolução social dentro da revolução dos conservadores, a revolução que levará à contrarrevolução, a revolução que entrará na história.

*

Medo, não. Gabriel não sentirá medo. Está entre companheiros. Fará o que instinto e treinamento lhe disserem. Ocupará uma janela. Atirará como se espera de um soldado. Ficará na sua mente uma marca definitiva: "O combate que durou praticamente toda a noite nos custou a vida de um primeiro-tenente de grande valor e muito jovem, de nome Atos Barros Franco. Tivemos também alguns praças feridos." A vida é simples. A morte também.

# 19

Na capital paraibana, a revolução chegará como um alívio, uma mistura de brisa de mar com anúncios de tempestade. Ademar Vidal, secretário estadual do Interior e articulador do movimento, lembrará do período pré-revolucionário a partir das memórias de José de Ávila Lima publicadas, em outubro de 1931, no jornal *A União*.

A trama será costurada por Juraci Magalhães, Caio de Lima Cavalcanti, Juarez Távora, Agildo Barata, José Américo de Almeida, Paulo Cordeiro, Antenor Navarro, Jurandir Mamede e outros frequentadores noturnos, mais ou menos assíduos, de uma casa providencial em Tambaú.

O primeiro encontro de conspiração, entre Caio e Juraci, se dará num restaurante chamado A Mascote.

Serão longos meses de angústia e temor, cortados pela morte de João Pessoa diante de Caio Lima Cavalcanti e de Alfredo Dias, em Recife. Ficará o grito do assassino ecoando como uma provocação: "Sou João Dantas."

O tempo sabe não passar. Uma revolução tem muito de espera. Planeja-se o imprevisível. Juarez Távora escreverá a Osvaldo Aranha em tom de súplica e desespero: "Pelo amor de Deus, apressem isto. Impossível evitar dentro em pouco revolta isolada dos exaltados."

A hora chega.

Ao longo da sexta-feira, 3 de outubro, o tenente Agildo Barata intercepta todos os telegramas para o comando do 22º BC. O general Wanderley tudo ignora.

Juarez Távora viaja da Paraíba para Recife no começo da tarde. Vão com ele os tenentes Mendes de Hollanda e Afonso de Albuquerque. A tensão está no ponto máximo.

Um despacho de Virgílio de Melo Franco comemorando a vitória em Porto Alegre, interceptado pelo governo federal, altera os planos. Távora sai de Recife.

Às 23 horas, vindo de Recife, chega ao 22º BC, em Cruz das Almas, o capitão Heitor Mendes. Parece um fantasma em desalinho. Agildo Barata imagina que tudo foi descoberto. Confabula com Juraci Magalhães, que diz a Antenor Navarro para antecipar o ataque para a meia-noite. Navarro pede trinta minutos a mais. Os civis, que ajudarão a prender os oficiais, estão no Buraquinho, onde se encontram os poços de abastecimento de água da cidade.

Fardados de primeiro-tenente, armados de revólveres e munidos de cordas, os civis sentem a emoção da hora.

— Estamos atrasados — impacienta-se Agildo Barata.

Na frente do quartel, o sargento Tertuliano desconfia daquela movimentação inesperada. Juraci o manda ver se o sentinela da piscina está dormindo.

Depois de fazer o grupo entrar no quartel, Juraci detém, de revólver na mão, o cabo Alcides, que desce a escada para ver o que está acontecendo. Dez fuzis são tomados. A agitação transparece nas musculaturas tensas. Navarro vai para o primeiro andar. Juraci alcança o pátio interno. Alguns homens ficam no térreo. Outros, ágeis, ocupam o corredor entre os dormitórios dos oficiais.

Começa o tiroteio. Tertuliano tenta atingir Juraci.

Em breve, haverá luta corporal.

Artur Sobreira agarra-se com o tenente Paulo Lobo, que está saindo da cama. Embora mais fraco, Sobreira leva a melhor. Como? Lobo está ferido no pulmão direito.

A confusão é total.

Tudo se precipita. Agildo Barata, acompanhado por Antenor Navarro, Odon Bezerra, Cipriano Galvão e Caetano Júlio, intima o general Lavanère Wanderley e o coronel Maurício José Cardoso a renderem-se. O tempo se esvai.

O comandante nada encontra de épico para dizer:

— Agildo, que é isso? Lembre-se de minha responsabilidade.

O rebelde também se contenta com o roteiro:

— Rendam-se sob garantia de vida.

Há um momento de dúvida. O tempo parece eternizar-se. Agildo resolver blefar para apressar a vitória:

— Vá lá embaixo buscar uma granada de mão — grita.

A porta do quarto se abre. O comandante da Região Militar, general Wanderley, aparece ferido na barriga. Atrás dele, o coronel interventor Maurício José Cardoso.

A fuzilaria varre o primeiro andar. O tiroteio rasga o pavilhão central. O tenente Raul Reis, de pijama, atira de mosquetão, a esmo. Antenor Navarro é atingido três vezes. Reis vira-se para Juraci. Vai destroçá-lo com seu mosquetão. Uma bala de fuzil, disparada por um soldado rebelde, o atinge nos rins. Juraci Magalhães escapa.

Ao final do combate, há cinco mortos: os tenentes Paulo Lobo, Silvio Silveira, Raul Reis e dois soldados.

Nomes de soldados mortos quase sempre são omitidos.

O general Wanderley implora:

— Tenente, não me abandone. Chame a ambulância que estou com um derramamento interno.

Morrerá no dia 4 de outubro depois de exclamar:

— Consequências da política.

As forças acantonadas nos Correios e Telégrafos dominam rapidamente o 25º BC e outra parte do 24º.

> Quanto a mim [escreve Ademar Vidal], atingi a Praça Bela Vista no momento em que começava o tiroteio. Fiquei então aguardando o resultado com o intuito de ir, na hipótese de fracasso, juntar-me às forças policiais, que seriam comandadas pelo Sr. José Américo de Almeida, para dar combate às do exército que, porventura, se pusessem contra os revolucionários do 22 B.C. Caía uma chuva fina. Meu automóvel ficou na entrada da avenida dos Abacateiros. Guiava-o o *chauffer* conhecido por Pinga Fogo.

A gritaria no quartel era medonha. O tiroteio já para o fim se tornou violento e o alarido a distância era ensurdecedor. A vozeria desordenada decresceu um pouco para logo se ouvirem precisamente as primeiras manifestações de alegria. Foi somente uns quinze minutos de luta, no máximo.

Toca a sirene de *A União*.

Vencemos, vencemos, gritam os passantes.

João Pessoa não morreu, berra um velho.

O povo ocupa a praça do Palácio.

José Américo de Almeida dá ordens, toma providências, agita-se. Juraci diz que vai para Recife. Entrega a Ademar Vidal um retrato de Juarez Távora para divulgação. Pede que Vidal o apresente ao povo.

Discursa emocionado.

— Viva a revolução!

— Viva João Pessoa!

— Viva a Paraíba!

Parte com os tenentes Barata e Cordeiro para atacar Recife. Caminhões lotados de civis, inclusive de mulheres, ganham a estrada. Nada parece conter a massa.

"Desceu de Campina Grande o tenente Aluízio Moura à frente de suas tropas com destino ao Recife. Paisanos, mulheres, soldados — numa promiscuidade e com um ardor guerreiro impossível de conter", diz Ademar Vidal.

"Quase não dormimos durante uma semana", completa.

"Não se pode descrever o espetáculo desses dias inesquecíveis em que a revolução paralisou tudo quanto não se relacionasse aos seus interesses materiais imediatos", exulta. A população quer guerra.

Sobram voluntários.

"Luta e sangue só houve na capital e em Souza."

Está perto o dia da vingança, anota Vidal.

Virá o tempo das reivindicações.

O coronel Pedro Ângelo resiste em Souza.

À frente do 23º BC, dispondo de 500 mil tiros, decidido a morrer, Ângelo tenta incendiar o paiol de munições. O lançamento de uma granada de mão o impede de atear o fogo. Cai morto. O prédio é invadido.

Pedro Ângelo é enterrado. Os soldados pisoteiam a sua cova, "numa explosão monstruosa de ódio", vociferando: "Agora dê trinta dias de cadeia."

Ao ser informada de que o marido está preso, a esposa de Pedro Ângelo ordena aos filhos: "Meus filhos, botemos luto, porque o vosso pai morreu."

César Castro, o outro resistente, conta Vidal, também morre. Antes de expirar, diz aos soldados:

"E eu que queria tanto bem a vocês."

Juarez Távora assume o papel de Rei do Norte.

A Paraíba torna-se sede do governo do Norte. Entende-se que o Norte ficará isolado do resto do país.

Solene, Juarez Távora escreve a José Américo de Almeida. Pede-lhe que assuma o governo do estado da Paraíba. Ressalva: "Penso que essa missão será transitória — pois, é minha intenção confiar-lhe, mais tarde, as funções de Governo Central a que se subordinem todos os governos revolucionários do Norte do país."

Até um ministério se escolhe. Juarez Távora sente-se bem no grande papel. João Neves o acusará por isso.

Pobre, Juarez, tão pomposo distribuindo cargos. Em seguida, será de Getúlio Vargas esse poder absoluto.

Ademar Vidal assumirá o governo na ausência de José Américo de Almeida. No dia 8 de outubro de 1930, ele receberá um telegrama vibrante de Getúlio Vargas: "São Paulo e Rio perturbados, nossa vitória é certa. Máquina despotismo se desarticulará ao primeiro embate."

Ingênuo, Vidal terminará o seu livro, escrito no auge do entusiasmo, com um poético toque de otimismo:

> Não se sabia da sorte da revolução e já se falava nas eleições para a constituinte. O pensamento seguia a linha histórica dos povos organizados juridicamente. A alegria dominante, porém, avassalava tudo, transfigurando a Paraíba — tão grande na vitória quanto resistente no sofrimento.

Pobre Ademar. Será preciso outra guerra civil para que o ordenamento jurídico civilizado se realize.

É um tempo cruel.

Sem palavras suaves para os mortos.

No meio do tumulto veio a notícia de que fora assassinado no Rio de Janeiro o deputado João Suassuna. Abatera-o em plena rua o operário paraibano Miguel Alves de Souza. Também chegou uma comunicação sobre a morte dos eliminadores de João Pessoa. A respeito *A União* inseriu em suas colunas esta nota: "Na Casa de Detenção de Recife, onde se achavam recolhidos, suicidaram-se ontem João Duarte Dantas e Augusto Caldas, autores do nefando assassínio do presidente João Pessoa. Fugindo à vida, os execráveis matadores do grande estadista paraibano sentiram que a maldição do povo brasileiro lhes caía por cima como um terrível anátema. Caída a tirania de Pernambuco, a cuja situação os dois criminosos procuravam-se abrigar, extinguiram-se de vez as esperanças de impunidade."

*

Em Porto Alegre, os militares que não aderem à revolução são conduzidos para o navio *Comandante Riter*, surto no Guaíba. Gabriel recorda cada detalhe com uma luz dançante nos olhos: "Com os oficiais do meu batalhão o procedimento foi o mesmo. Na manhã seguinte ao combate, meu comandante mandou um oficial parlamentar junto aos chefes do movimento, no Palácio, para dialogar sobre o que estava acontecendo e orientar-se para pensar como proceder. Ao retorno desse oficial, o primeiro-tenente Olinto de França Almeida e Sá, foi reunida a oficialidade. Para o navio quem não queria acompanhar."

# 20

A realidade está sempre aquém ou além do heroísmo das narrativas. Não há revolução sem pavor nem mortos anônimos, sem vastos sonhos e gigantescas frustrações.

A revolução de 1930, porém, será comedida para um épico. Terá alguns solavancos e vítimas. Sem guilhotina. O terror chegará sete anos depois com um Estado Novo que em muito lembrará os velhos Estados ditatoriais.

Em Recife, contudo, será uma revolução do povo. Hélio Silva resgatará depoimentos que comprovarão o caráter popular da ruptura na capital pernambucana. Citará o livro de Barbosa Lima Sobrinho, *A verdade sobre a revolução de outubro*, para quem "o movimento de Recife foi o único ge nuinamente popular", sendo que "custará a luta 38 mortos", aos quais se somam uns 120 feridos.

Hélio Silva citará também a longa carta de Caio Lima Cavalcanti, escrita de Bruxelas, em 8 de janeiro de 1957, descrevendo o 4 e o 5 de outubro de 1930 em Recife. Visado prontamente pela polícia, Caio se esconderá:

> Ao clarear o dia 5, o Largo do Hospício e a Avenida Archimedes de Oliveira estavam completamente desertos, mas um pouco mais tarde, penso que entre 8 e 9 horas, vimos passar alguns populares com aspecto de estivadores armados de carabinas. Foi quando perguntamos o que havia pela cidade e eles nos informaram que a revolução estava vencendo e que o

21º BC havia abandonado o quartel da Rua do Hospício. Saímos, então, Rui, Pereira, Teles, Hess e eu, em direção ao quartel do 21º BC e, no caminho, encontramos Amaro Pontual Ferreira e numeroso grupo que acabava de ser libertado do xadrez da Chefatura de Polícia. Delirantes de alegria, marchamos todos juntos para o quartel do 21º BC, onde nos armamos e fomos armando o povo com os fuzis do exército. Organizamos dois grupos, um sob a chefia de Rui [irmão de Caio], seguiu para a Soledade, e outro, sob o meu comando, marchou em direção de Santo Amaro, com o intuito de alcançar Olinda.

Os passos seguintes resumem uma vitória sofrida, mas acachapante: as casas marcadas pelas balas ao longo do trajeto feito pelos revolucionários, a linha de energia dos bondes derrubada, o ataque, por um grupo de 17 homens, ao paiol de munição de Soledade, esquecido pelo governo sob a guarda de poucos soldados, a bandeira branca hasteada, às 10 horas da manhã de 5 de outubro, na frente do Quartel do Derbi, o 21º B.C., amplamente vitorioso, partindo com os depósitos do Banco do Brasil, as tropas da Paraíba chegando a Recife, o governador Coimbra fugindo para Barreiros, depois para Maceió e Rio de Janeiro, Juraci Magalhães mandando lacrar as portas do Palácio das Princesas, Carlos Lima Cavalcanti sendo empossado no governo à luz de velas, Juarez Távora instalando seu comando no prédio de um amigo, à rua Princesa Isabel e o povo delirando de alegria.

O incansável João Neves da Fontoura escreverá:

O triunfo militar na Paraíba não importava apenas por seu significado próprio, senão porque repercutiria profundamente nos Estados vizinhos. Foi um foco de enorme irradiação pelo Nordeste. Também, a seguir, a posse de Recife constituiu uma das chaves do nosso êxito em todo o Norte do país. Mas ali não se cumpriu o programa dentro do horário que havia sido fixado. E a razão desse desencontro foi-me recentemente explicada por Juarez Távora. Quando recebeu o cifrado de Osvaldo Aranha, marcando o dia 3 de outubro às 17 horas para o levante,

Távora respondeu imediatamente pedindo que o movimento só iniciasse na madrugada de 3 para 4. E isso porque, sendo quase todos os oficiais de Pernambuco contrários à nossa causa, conviria contar com a tropa reunida, mas sem a presença deles. Em verdade só alguns tenentes eram partidários da revolução. Aconteceu que aquele cifrado fora mal redigido ou mal traduzido em Porto Alegre. Aranha parece ter entendido que a proposta de adiamento da hora inicial só se referia ao Norte, podendo continuar a anteriormente escolhida para o Centro e o Sul. Em consequência desse equívoco, quando em companhia de um tenente do 21º B.C. e de alguns civis (entre eles Carlos de Lima Cavalcanti), Távora tentou por volta de meia-noite de 3 para 4 de outubro penetrar no quartel daquela unidade, sediada em Recife, já a força se encontrava de prontidão, com as metralhadoras assestadas sobre a rua. Távora e os seus companheiros não foram presos ou fuzilados porque o tenente que os acompanhava pertencia ao citado 21º B.C. e entrou no quartel enquanto eles escapavam rapidamente, cosendo-se às paredes e desaparecendo na primeira esquina.

Uma revolução não se faz sem vinganças. Uma massa humana se posta diante da Casa de Detenção, quer o sangue de João Dantas e de Augusto Moreira Caldas. Deseja justiçar os assassinos de João Pessoa. Mulheres visitam os dois presos e os ameaçam. Não se faz uma revolução sem alguma dose de terror. Dizem que eles serão enviados para a Paraíba. Juram que eles serão assassinados a cacetadas e arrastados pelas ruas. Homens disparam contra o presídio. Dantas apavora-se. Quer ajuda do diretor da casa para fugir. Hélio Silva narrará o desfecho:

Já passavam das 15 horas quando um detento notou que escorria sangue para a sua cela, vindo do pavimento superior. O fato foi levado ao conhecimento do diretor que, em companhia do Dr. João de Góis, do guarda Francisco Padilha e do preso *Chicuca*, abriram o cadeado, penetrando na enfermaria. Dantas e Caldas estavam mortos. Segundo esse relato, o assassino de João Pessoa tinha o corpo meio deitado na cama, sustentado pelos membros inferiores, fletidos sobre as coxas, o tronco tombado, a cabeça descida até o chão, numa poça de sangue. No outro leito, Augusto Moreira Caldas, em decúbito dorsal, as mãos cruzadas sobre o ventre, a perna esquerda em ligeira flexão em cima da direita, estendida.

João Dantas matou Caldas e depois se matou?

Não houve perícia legal com todas as garantias necessárias. A cena foi alterada. Objetos sumiram.

Ficou um bisturi e um espelho.

E dois bilhetes. Dantas: "Mato-me de consciência tranquila." Caldas: "Morro porque estando inocente não posso aceitar o julgamento de fanáticos e salteadores."

Quatro anos depois, Joaquim Moreira Caldas, irmão de Augusto, publicará um livro — *Por que João Dantas assassinou João Pessoa* — o delito do Glória e a tragédia na penitenciária do Recife — para acusar os revolucionários de 1930 pela bárbara execução de Dantas e Augusto. O primeiro, defendendo-se com uma bacia, teria sido morto a pauladas e depois sangrado. O outro teria recebido o mesmo tratamento. Os executores seriam dois presidiários que desapareceram, Otacílio e Isaías.

Não se faz uma revolução sem barbárie.

O Norte e o Nordeste vertem o sangue exigido por uma revolução. O Maranhão, porém, cai depois de um simples telefonema, apoiado por um tiroteio, do tenente Celso Freitas, chefe militar da revolta, ao governador José Pires. O homem é sensato. Entrega o poder. Quer cuidar da mulher e dos filhos. Acha a morte pouco heroica. O Palácio dos Leões não solta qualquer rugido. Rende-se.

A cada um a sua tecnologia de comunicação. O Pará cede depois de um telegrama. O equilibrado Abel Chermont comanda a revolução paraense de monóculo no olho direito. A polícia estadual resiste. Os rebeldes retiram-se para Bragança. Pedem ajuda aos maranhenses. Organiza-se a Brigada do Norte. Washington Luís é deposto. Os revolucionários enviam telegrama ao governador do Pará, Eurico Vale, dando-lhe a fatídica notícia. Ordenam-lhe que tire da prisão o tenente Ismaelino de Castro e entreguelhe o governo. É o que acontece. Nada como sair da cadeia para o palácio. É mais confortável. Reanima.

*

O primeiro-sargento Gabriel d'Ávila Flores adere à revolução. Seguirá para o Rio de Janeiro no trem que estará logo atrás da composição de Getúlio Vargas. Irá para a guerra de alma serena. Não pensará na morte nem no futuro. Tomará o trem com a leveza de sempre. Durante o avanço, porém, esperará ansioso, como todos, o desfecho, o grande choque, a batalha a ser travada em Itararé.

# 21

Minas Gerais chegará ao dia da revolução num clima de calmaria absoluta. O general Diógenes Tourinho estará de férias desde o final de setembro. Os quartéis se encontrarão, em 3 de outubro, com a suspensão do regime de prontidão, numa atmosfera de relaxamento. Algumas companhias haviam sido afastadas de Belo Horizonte. Hélio Silva sintetizará os fatos com seu habitual detalhismo:

> Foi assim que às dezessete horas e quarenta e cinco minutos, o comandante interino da 8ª Brigada de Infantaria, tenente-coronel Andrade, retirou-se, levando o major Pedro Leonardo, que o substituía no comando da unidade. Deixou-o em caminho e foi diretamente para a sua residência, onde deixara três filhos com sarampo. Como as crianças não aceitassem bem o alimento, vestiu-se à paisana para ir à cidade comprar frutas: ao saltar à porta da casa, viu-se cercado por investigadores de polícia, que traziam um convite do secretário da Justiça, para vê-lo imediatamente. Intrigado com o aparato, quis entrar em casa para desfazer-se dos embrulhos...

É duro ser interceptado por revolucionários indclicados sem poder soltar as compras em casa. O coronel recusa orgulhosamente o convite. Só aceita ser conduzido por um militar de patente à sua altura.

Faz sentido.

O homem entra em casa na marra.

Os visitantes vão atrás. Há luta. Uma das filhas do coronel é agredida e desmaia. O motorista do coronel tenta ligar para o regimento. É alvejado com tiros, uma forma eficaz de dissuasão. Surgem o capitão Aristarco Pessoa, o doutor Artur Furtado e o capitão da Força Pública José Vargas. Trazem um cartão de Cristiano Machado, secretário do Interior, pedindo gentilmente a Andrade que vá encontrá-lo em seu gabinete.

Aí, sim, diante do tratamento cortês, aceita.

No gabinete de Machado, Andrade é preso.

Elegantemente.

Assim se faz uma revolução à mineira.

A pacata Belo Horizonte, num final de tarde ornado por um lindo crepúsculo, sai da mesmice. Dá manchete.

Os jornais *Diário Mineiro* e *Jornal da Noite* alardearão em seus painéis lidos com sofreguidão:

"Finalmente chegou o dia."

"A Revolução explodiu em todo o Brasil."

"Viva a Revolução! Viva o Brasil!"

A objetividade jornalística ainda não existia.

Nem existirá.

A população sai às ruas para assistir ao espetáculo.

A fuzilaria começa quando um caminhão tenta vencer o bloqueio de um pelotão do corpo auxiliar estacionado entre o Ginásio Mineiro e o Moinho Inglês. O saldo desse primeiro combate será pesado: um tenente, Moacir, com 14 ferimentos de estilhaços de granadas e de balas e um soldado, Francisco Jorge Melo, com uma perna mutilada. Morrerá na mesa de operação na madrugada do dia 4.

A grande resistência será do 12º Regimento.

Apesar dos comunicados publicados no órgão oficial do governo, o *Minas Gerais*, declarando a revolução um "movimento conservador", o 12º resistirá heroicamente até o dia 8. Todas as propostas de rendição serão recusadas.

O jornalista Aurino Moraes fará a crônica dos combates com a exaltação de quem ouviu o som dos fuzis:

> Na madrugada do dia 5, como a polícia se houvesse aproximado extraordinariamente do quartel do 12º R.I., houve, às duas horas da madrugada, uma carga de fuzilaria que durou quase duas horas. Foi um dos momentos mais acesos da luta. O fogo era tempestuoso. Todas as metralhadoras funcionavam. A polícia havia cercado inteiramente o regimento e o fogo relampejava em toda a tropa. A população esperava que aquele combate fosse decisivo, o que não aconteceu. Diminuída a intensidade do fogo, a luta, entretanto, prosseguiu.

Um boletim distribuído pelo governo tenta acalmar a população com notícias e promessas alvissareiras:

> Dentro de poucos instantes, o 12º Regimento cairá em nosso poder. As tropas gaúchas romperam triunfantes e esmagadoramente, através de Santa Catarina, para o coração de São Paulo. Ficai tranquilos, sem receio de ordem alguma, porque temos poder bastante para assegurar o descanso, a vida, a dignidade e a serenidade de vosso lar.

Outro boletim, citado por Aurino Moraes, é, ao mesmo tempo, mais informativo e mais contundente:

> Neste momento as forças gaúchas, a que aderiram as guarnições do Exército, marcham triunfantes através de Santa Catarina rumo a São Paulo. A Paraíba depôs o Sr. Álvaro de Carvalho e colocou em seu lugar o Sr. José Américo de Almeida, fiel amigo de João Pessoa. Pernambuco está nas mãos de Juarez Távora, e o governador Estácio Coimbra fugiu. Seguiu para Natal o 29º B.C. para depor o governador Juvenal Lamartine. As forças que o presidente da República enviou para ocupar Princesa e enxovalhar a terra de João Pessoa resolveram acompanhar a nação no seu movimento reivindicador. Os soldados da polícia mineira e o Exército nacional que

cercam o 12º Regimento lutam com tenacidade e entusiasmo e conseguirão, dentro em pouco, suplantá-lo inteiramente.

Hélio Silva, inspirado em Aurino Moraes, descreverá o horror da luta com frases e cores fortes:

> Passou-se o dia 6 na capital mineira e o tiroteio continuava. O Hospital Militar abrigava centenas de feridos da Força Pública que, atacando a campo aberto, era frequentemente atingida pelo inimigo. O 12 amanheceu o dia repelindo as propostas de rendição com a voz rouca das suas bocas de fogo. O comandante Andrade, prisioneiro dos revolucionários desde o dia 3, resolveu comunicar aos seus ex-comandados a propagação do movimento, confirmando que os chefes revolucionários em Belo Horizonte, tendo necessidade de deixar a capital a fim de seguir para o interior, haviam determinado o bombardeio aéreo da praça de guerra. Foi portador da mensagem o capitão João Guedes Durães, que levou, enrolados e bem amarrados às varetas de pólvora seca, todos os boletins já publicados, cópias de telegramas e números avulsos dos jornais, confirmando as notícias da vitória revolucionária.

O horror tem cheiro de cadáver insepulto:

> As bocas de fogo haviam silenciado. Os adversários mantinham-se em suas posições, os dedos, prestos, sobre os dispositivos de disparo. Mortos sem enterramento, caídos no próprio local em que haviam sido atingidos, pela impossibilidade de trânsito fora das trincheiras. Feridos sem tratamento conveniente, esvaziando de sangue os vasos brutalmente rompidos, ou assistindo impassíveis à gangrenação roxa das feridas. O mau cheiro, produzido pela putrefação dos cavalos do regimento, mortos, desde o primeiro dia do fogo, nas baias metralhadas pelas baterias dos rebeldes, falta d'água absoluta.

Resistia-se em trincheiras improvisadas, sem razão maior, salvo um sentido de legalidade absurdo.

> Às 11 horas do dia 8, o Regimento hasteou a bandeira amarela e a da Cruz Vermelha. Tinha feridos para tratar e mortos para enterrar. O soldado Salatiel, músico e padioleiro, desceu, lentamente, a ladeira que liga a avenida Paraopeba ao Quartel, empunhando a bandeira branca com a cruz vermelha. Em meio ao silêncio e sob a mira dos binóculos dos observadores rebeldes, chegou até as fileiras inimigas. O coronel Fonseca, cientificado do que havia, providenciou os recursos que o soldado levou de volta a sua unidade. Ele trouxera, ainda, uma mensagem verbal dos seus comandantes. No regresso, levava o convite a um parlamentório.

A rendição é inevitável. Mas parece existir um fascínio no sacrifício inútil da vida. Não que aqueles homens quisessem morrer. Apenas não sabiam como parar.

Por fim, bandeira branca.

Hélio Silva tenta um tom melancólico:

> As sirenes das fábricas silvaram, longamente, proclamando o término da luta (...) Sedentos, famintos, as fardas rasgadas, cobertas de fumo e poeira, os soldados do 12 entraram em forma, pela última vez, no pátio da cidadela indomada, sob as ordens dos seus chefes legítimos. A multidão afluía de todos os pontos formando alas em frente à praça de guerra. Saíram os soldados, a cabeça erguida, mas desarmados. Uma longa aclamação saudou-os e acompanhou-os por todo o trajeto.

Por que haviam resistido tanto? Pelo quê? Por amor à legalidade? Por que um soldado sempre respeita e defende a ordem? Palavras vãs. Alguns dirão exatamente isso. Lutaram pela lei. Aquela, no entanto, é uma revolução de tenentes, de soldados insubordinados, de militares conspiradores, de fardados rebeldes.

Haviam resistido e morrido pela República Velha.

Em breve, estariam lutando pelo novo regime.

Aurino Moraes, no seu essencial *Minas na Aliança Liberal e na revolução*, livro de 1933, será devastador:

> O aspecto era impressionante: a avenida Paraopeba, que fica em frente ao 12, tinha quase todos os fios condutores de luz, força e telefones cortados a bala; vidraças partidas, telhados e paredes danificados; caixas d'água perfuradas (...) Outras particularidades atraíam a curiosidade do povo: cunhetes de munição, pentes de bala, cavalos mortos, menos um, o do comandante que se refugiou no pátio interno abrigando-se das balas inimigas; a cisterna em que tentaram conseguir água; o paiol de munição; os danos causados pelos nossos canhões. Tudo isso era olhado com admiração curiosa do povo. Belo Horizonte jamais contemplara semelhante espetáculo.

Morrer pela pátria!

Ou salvar-se como um cavalo. Por acaso.

Conservadora ou não, toda revolução é da morte.

A capital mineira viverá seu calvário. Toda paixão, porém, deve terminar em festa e em novas lutas:

> Belo Horizonte [dirá Aurino Moraes] comemorou festivamente a primeira vitória de seus soldados. A rendição do 12º, sem diminuir o valor moral e material de seus soldados, marcou o início do desenvolvimento da luta por todos os setores mineiros, principalmente na Mantiqueira, no Sul de Minas e no Triângulo.

João Neves da Fontoura reconhecerá a dificuldade extrema encontrada pelos revolucionários em Minas:

> Afastado aquele grave obstáculo [a resistência do 12], os batalhões da Força Pública foram reorganizados em colunas para o ataque aos regimentos de Juiz de Fora, São João e Três Corações. O estado-maior revolucionário, sob a chefia do cel. Sousa Filho, seguiu para Barbacena. Também

colaborou estreitamente com o comando o deputado José Bonifácio Filho. A luta no Estado, após a queda do 12º R.I., durou até 23 de outubro, mais ou menos intensamente. Ali, nenhuma unidade da tropa federal deixou de combater contra os nossos (...) Em qualquer caso, cumpre reconhecer que a luta em Minas foi das mais árduas, não só pela prolongada atividade do 12º R.I. e das demais guarnições, como pela proximidade da sede do governo da União.

No interior de Minas Gerais, a luta será renhida.

Luta-se muito bem quando tudo está perdido.

Não faltarão voluntários entre moças, senhoras, intelectuais e jornalistas para lutar ao lado dos revolucionários. Hélio Silva citará os casos da doutora Elvira Komel, fundadora do batalhão feminino João Pessoa, e de José Aguiar, redator no *Diário Mineiro* e no *Jornal da Noite*, que se inscreverá como soldado.

Em Três Corações, o conhecido e destemido revolucionário Djalma Dutra morrerá atingido pelo fogo amigo de uma bala perdida das suas fileiras.

No Triângulo Mineiro, as tropas legalistas serão reforçadas por um batalhão de mercenários húngaros, uma tropa de duros veteranos da Primeira Guerra Mundial.

A vitória pertencerá aos mais ousados.

Barbacena terá um papel decisivo para os revolucionários. Situada a meio caminho entre Belo Horizonte e Rio de Janeiro, será o ponto de resistência aos efetivos da IV Região Militar de Juiz de Fora, do 11º R.I. de São João Del Rei e do 1º Batalhão de Ouro Preto.

Cidade onde José Bonifácio de Andrada publica o seu *Jornal Revolucionário*, centro nevrálgico das operações. Segundo Bonifácio José Tamm de Andrada, se "Barbacena caísse, a revolução estaria derrotada em Minas". Mais do que isso: "Transformou-se, por isso, aquela comuna num poderoso centro de informações e de articulações bélicas, onde o telefone, o telégrafo e ainda o interfone seletivo da Estrada de Ferro Central do Brasil representaram fatores significativos para as comunicações."

Aurino de Moraes encontrará palavras grandiosas para resumir esse arroubo de mineiros ansiosos pelo futuro:

> A insurreição mineira deve muito ao ardor e bravura de um pugilo de conspiradores, cujos nomes, tão ilustres por outros títulos, estão aí na consciência de todos. Mas é força acentuar que esses homens não conspiraram em nome de um partido, pois muitos deles nem eram membros desse partido. Conspiraram, sim, como patriotas em nome de todo o povo mineiro.

Conspiraram por uma revolução cuja essência só Getúlio Vargas conhecia. Juarez Távora admitirá: "A verdade é que eu me sentia perplexo (...) Essa perplexidade decorria, em parte, da disparidade de pensamento — mesmo entre os líderes militares do movimento vitorioso — a respeito das transformações a operar, e dos caminhos mais adequados para realizá-las."

Só Getúlio Vargas parece não duvidar do caminho a seguir. Logo ele que será tão acusado de hesitação. Em 31 de outubro, ele anotará no seu caro *Diário*: "Combinei com a Junta que só assumiria o governo a 3 de novembro. Não havia ainda organizado o ministério e queria, com alguns dias de antecedência, observar o meio."

O tempo é uma fúria que se pode domar com paciência.

Práticos, os gaúchos amarrarão seus cavalos no obelisco da avenida Rio Branco, no Rio de Janeiro.

Minas Gerais chegará de mansinho.

Antes, dominará o Espírito Santo, Goiás e sul da Bahia. Em 22 de outubro, derrotará as poderosas forças da IV Região Militar de Juiz de Fora e ameaçará, depois de instalada a Junta Militar que depôs o "Barbado", invadir o Rio de Janeiro para garantir a posse de Getúlio Vargas.

Antônio Carlos e seu sucessor, Olegário Maciel, colocarão Getúlio Vargas e o Rio Grande do Sul no poder.

Uma bela vingança em nome da democracia.

*

Lembranças, lembranças, o século passará, a revolução passará, já faz 80 anos. O trem de Gabriel acabará separado do trem de Getúlio. Um seguirá leve para o Rio de Janeiro, simples soldado cumprindo seu dever. O outro, líder revolucionário, chegará à capital federal com o peso de uma responsabilidade simples: mudar o Brasil, inventar um novo país, fundar uma nova república. O jovem Gabriel verá o tempo passar, o Brasil mudar, a vida bifurcar, Getúlio se entronizar no poder, a guerra aterrorizar o mundo e a história se realizar com seus arrancos, recuos, saltos, solavancos e surpresas. Será um observador, um coadjuvante, um protagonista, aquele que lembrará, aquele que nunca poderá esquecer, aquele que tudo viverá com a intensidade serena dos que se deixam levar pelos acontecimento e, agindo assim, ajudam a levá-los, participando das grandes transformações suavemente.

# 22

Gil de Almeida contava com cerca de 14 mil homens em 21 guarnições do Rio Grande do Sul. Tinha tudo na mão.

O Rio Grande do Sul mais vibra que resiste. João Neves da Fontoura lembrará do 3 e do 4 de outubro na sua Cachoeira do Sul com certo lirismo ou com a nostalgia de quem viveu muitas coisas que não podem ser esquecidas:

> Naquela noite de 3 de outubro pouca gente terá conseguido dormir. A nossa cidade permaneceu em pé de guerra. Não era só a paixão política que mantinha a população desperta. Também a justa curiosidade de saber o que sucedera no resto do Estado e do país. Os boatos corriam de boca em boca. Nessas ocasiões, sobretudo nos lugares pequenos, há verdadeiros especialistas em fabricá-los com certos visos de verdade. Eu já os conhecia de perto, dos tempos em que ali vivia. Mesmo assim, ninguém pode fugir ao desejo de acreditar se as novas são simpáticas. Mas, na realidade, só dispúnhamos de duas principais fontes de informações: o telégrafo federal e o da Viação Férrea. O serviço de difusão pelo rádio ainda não se desenvolvera bastante. O que se sabia era muito satisfatório: o levante vencia por toda parte, com pouco sacrifício de vidas. As áreas, onde a luta não terminara, eram reduzidas.

Toda revolução precisa de um meio de comunicação.

A revolução de 1930 se fará pelo telégrafo.

Tudo se passará sem muitos ruídos:

> Ao entardecer de 4 de outubro [escreverá João Neves], já as unidades federais de Cachoeira se achavam organizadas, com bons efetivos, a fim de seguirem sem demora para o Norte do Estado, a caminho de São Paulo e Rio. Isso aconteceu em horas. O povo acorreu em massa para alistar-se. Os oficiais procederam às necessárias seleções, buscando incorporar reservistas do Exército. Tudo afinal se consumara sem que eu tivesse, pessoalmente, problemas ou contrariedades.

Nasce um filho do coronel Luís Mariano de Andrade, oficial detido em Cachoeira. A nova era começa de fato.

A revolução no interior do Rio Grande do Sul será uma sucessão de episódios simples, heroicos ou patéticos.

Em Bagé, realiza-se no dia 4 um desfile militar com vivas e aclamações ao movimento revolucionário.

Em Santana do Livramento, o coronel Francisco Flores da Cunha comanda as ações. Ao comparecer ao Hotel América para prender alguns oficiais, é recebido com tiros. Um certo Doca Borba provocara os legalistas. Morre o civil Aguirre, são feridos o tenente Santos e o cabo Melo.

Um anônimo grita na linha divisória: "Melhor viver por Getúlio Vargas do que morrer por Washington Luís."

Um castelhano o encoraja:

— Morir por la pátria es un honor.

Em Rio Grande, são feitas barricadas de fardos de alfafa. O 9º Batalhão resiste como pode. As metralhadoras fazem-se ouvir num pipocar que será descrito poeticamente como semelhante a um "taquaral em chamas".

Walter Jobim escreverá para a *Revista do Globo* esta síntese impressionante dos acontecimentos em Santa Maria, ponto militar nevrálgico do estado: "Assim, sem o disparo de um tiro foi tomada a principal praça do Rio Grande, a qual permitia a passagem franca das tropas para a região serrana, em demanda da pauliceia."

Em São Borja, o 2º Regimento de Cavalaria recusa-se a negociar e a render-se. Heraclides de Oliveira descreve: "O fogo da fuzilaria e das metralhadoras foi intenso, mas até nisso foram incapazes os diretores do regimento. Suas rajadas ou eram muito baixas cavando terra diante dos nossos soldados, ou passavam muito alto a desgalharem os maricás." O combate durará duas horas.

Em Passo Fundo, as metralhadoras do 8º R.I., comandado por Leitão de Carvalho, mostram serviço antes do anoitecer. Com chuva intensa, o fogo silencia depois de uma hora. O comandante revolucionário Nicolau Vergueiro entabula as negociações, alternando ameaças e promessas. Leitão de Carvalho mantém-se firme. Ao ver o seu quartel sitiado, mandará hastear a bandeira branca.

As situações se repetem ou se diferenciam ligeiramente. Por toda parte, com maior ou menor intensidade, os legalistas resistem por obrigação ou adestramento, mas, com frequência, trocam de lado ou, explicitada sua vontade de combater com alguma demonstração de força, cedem diante da convicção adversária. É uma guerra estranha na qual quase todos acreditam nas boas razões dos rebeldes e buscam saídas honrosas para não ter de morrer por uma causa perdida.

Por que lutar contra a ascensão do Rio Grande?

Por senso de dever militar.

Por amor à luta.

Por espírito militar.

Tudo isso tem limite. As bandeiras brancas calam as metralhadoras. Os vivas à revolução sufocam o pipocar dos tiros. O entusiasmo popular sepulta a bravura inútil.

Jornais com fotos de Getúlio são brandidos como armas diante de casas de legalistas ou sacudidos como bandeiras em carnavais improvisados pelas ruas e praças.

A *Revista do Globo* resumirá:

> Em muitas localidades do estado — ou porque não houvesse forças federais para atacar, ou porque estas tivessem aderido desde logo ao movi-

mento — a revolução se fez sentir de maneira diferente. Grande, entretanto, foi o júbilo das populações ao saber as notícias da irrupção da revolta em Porto Alegre, da prisão do general Gil de Almeida, dos ataques aos quartéis e, finalmente, da adesão completa das tropas do Exército. Imediatamente pessoas de destaque das referidas localidades tomaram conta das repartições federais em nome da revolução.

Em editorial, para incendiar outubro, o *Correio do Povo* declarava guerra ao despotismo da República Velha:

> Ainda não está encerrado o ciclo de lutas cívicas aberto pelos brios rio-grandenses em memorável revolta. Rendido o governo do Estado ante a formal intimativa da opinião, que ele não soubera patrioticamente acatar, os últimos sucessos não podem ter ainda a solução de continuidade de que muitos julgam oportuna e necessária. Ainda há um inimigo a combater no Centro, ainda o dever impõe a urgência de avigorar energias para refletir com altivez os ataques do despotismo. A revolta rio-grandense nobre e patriótica foi inspirada na defesa de princípios desrespeitados e da dignidade cívica menoscabada. Os princípios e a dignidade ainda exigem do povo do Rio Grande mais alguma coisa de sacrifício. O general Deodoro, violento e inepto, senão insuflado por maus companheiros, num ímpeto raivoso de onipotência bastarda, não vacilou em rasgar a Constituição que ele jurava respeitar e fazer respeitada. Foi uma afronta atrevida, atirada com menosprezo incrível as faces da Nação soberana. O povo rio-grandense (...) teve o desassombro bastante para lavar grandioso protesto contra o ato inconstitucional do ditador desvairado (...) A luta foi ferida nobre e lealmente, e o êxito do levante coroou com brilhantismo a obra meritória da dignidade em rebeldia. Agora, pelejadas as primeiras pugnas, triunfantes as aspirações da boa causa, é chegado o momento decisivo de dar-se à ação uma nova feição característica, oferecendo ao mundo civilizado e à história destes tempos o magnânimo exemplo de um povo inteiro a bater-se unido pela liberdade (...) Mais que nunca, é mister que todos os rio-grandenses constituam uma grande família heroicamente vinculada pelos elos do patriotismo.

Termos grandiloquentes de um tempo grandioso.

Getúlio poderá embarcar serenamente no seu trem.

*

Gabriel nunca será um getulista apaixonado, embora reconheça as grandes reformas de Vargas. O seu ídolo será sempre Flores da Cunha, o general desbocado, o homem das frases inesperadas, o gaúcho dos gestos provocadores, o personagem em cores fortes, de falas contundentes e tiradas sarcásticas. Gabriel dirá: "Foi Flores da Cunha que apoiou integralmente a candidatura de Getúlio e o levou ao Catete." No Rio de Janeiro, em novembro de 1930, Gabriel e seus companheiros nada terão a fazer. Ficarão na capital da República de prontidão, espiando as praias, as moças, os dias e os novos tempos ainda fresquinhos.

Turistas fardados.

# 23

As manchetes, textos, imagens e opiniões do jornal *Correio do Povo*, ao longo do turbulento mês de outubro de 1930, exibirão o avanço da revolução no país.

Ao mesmo tempo, Getúlio Vargas confessará as suas expectativas e emoções ao seu querido *Diário*.

Cada título monumental do combativo *Correio do Povo* soará como uma rajada de metralhadora.

7 de outubro: "O movimento revolucionário brasileiro continua a propagar-se vitoriosamente por todo o país!"

Uma atmosfera de festa confunde-se com o perigo. Há uma espécie de inconsequência rude e corajosa no ar:

* Sobe a milhares o número de voluntários que se apresentam, aqui e no interior, para formação das legiões redentoras do Brasil.

* O Hospital Central ficará instalado na cidade de Passo Fundo. E a Cruz Vermelha de Porto Alegre já oferece seus serviços para ajudar nessa revolução.

O mês escoa lenta e vertiginosamente. Uma revolução é um condensado de paradoxos e de improbabilidades.

8 de outubro: "O movimento revolucionário brasileiro num crescendo fulminante empolga o espírito da nacionalidade."

Getúlio administra as vaidades. Anota no seu *Diário*: "O governo deve ficar com Osvaldo Aranha. João Neves prefere seguir para o campo de operações. Ficou zangado comigo porque desejava seguir e por outros motivos mais que não percebi bem e que me pareceram um tanto fúteis pela irritação da sua sensibilidade." Faz-se de sonso?

A mobilização é total. Marcha-se furiosamente.

* Mais de 30 mil soldados, fora as tropas do Paraná, marcham em perfeita ordem rumo as fronteiras de São Paulo.

O entusiasmo abre caminho com naturalidade.

9 de outubro: "O movimento revolucionário, numa propagação fulminante, empolga todo o país."

Caem um a um os baluartes do antigo regime.

* "Depostos os governadores de Alagoas, Pernambuco, Rio Grande do Norte, Ceará, Piauí e Maranhão, o exército revolucionário, forte de 30.000 homens, se apresta a marchar rumo ao Sul."

Há um movimento ascendente de ocupação.

* "As forças mineiras invadiram o Espírito Santo e as tropas gaúchas avançam em direção a Florianópolis."

Há desejo de luta, vontade de combater, disposição para enfrentar o perigo. A República Velha criara um sem-número de inconformados, ressentidos, insatisfeitos.

* Enquanto isso a movimentação em Porto Alegre e no interior é constante, dezenas de mulheres se apresentam para prestar seus serviços para a revolução. Muitas delas foram até o *Correio do Povo* deixar seus nomes para a Cruz Vermelha.

A população toma as ruas num imenso carnaval armado.

* Embarcou ontem de Passo Fundo a 1ª equipe médico cirúrgica. Prosseguem, no interior do estado, as manifestações de profundo regozijo popular, diante da marcha vitoriosa da revolução. "Estamos decididos — declarou o Sr. Adalberto Corrêa — a acabar de vez com a escravidão branca desta república que o exército fez e que ele agora nos ajuda a sanear."

São Paulo é o alvo a ser atingido e sufocado.

10 de outubro: "As forças mineiras, paranaenses e gaúchas começaram ontem a invadir o território paulista."

A solidariedade mostra sua grandeza enlatada.

* Foram oferecidos ao estado 10 mil latas de conserva para abastecer o Rio Grande.

Santa Catarina entrega os pontos na hora certa.

11 de outubro: "Renderam-se, ontem, em Joinville, 200 fuzileiros navais e, com exceção de Florianópolis, todo o estado de Santa Catarina está em poder dos revolucionários."

A vida continua. A rotina sempre vence. É preciso administrar o ordinário em meio ao extraordinário.

* O governo do estado do Rio Grande do Sul, em ato, fixou os preços para gêneros de primeira necessidade.

A marcha também continua. Até o gesto final.

Getúlio anota laconicamente: "Partida de Porto Alegre às 11 e meia, grandes manifestações populares."

Voltará? O *Correio do Povo* relata triunfalmente:

12 de outubro: "Dia a dia, mais se acentua o triunfo empolgante da revolução nacional."

O chefe seguira ao encontro do seu destino.

* Getúlio Vargas parte para a zona de operações e assume o comando geral das forças revolucionárias.

* Osvaldo Aranha assume o governo do estado.

* Belém do Pará, Maceió e Blumenau caem.

A revolução incendeia o país. As chamas não podem mais ser contidas. A queda de Washington Luís é iminente.

* "Com exceção apenas do Amazonas, todo o norte do país acha-se em poder dos revolucionários."

Anotação de Getúlio: "Cachoeira — João Neves incorpora-se ao estado-maior. Traz uns cinquenta companheiros civis que seguem com ele para a luta."

No trem, Getúlio terá tempo de rememorar os acontecimentos vertiginosos dos últimos dois anos.

Lembrará que tudo separava Antônio Carlos e Washington Luís e que disso virá a grande ruptura.

Três anos depois, prefaciando o livro de Aurino Moraes, Bonifácio José Tamm de Andrade, sustentará que Antônio Carlos era um democrata, tendo instituído pioneiramente o voto secreto em Minas Gerais, enquanto o autoritário Washington Luís obrigará o presidente do Ceará a recuar depois de ter aprovado a mesma medida.

Um filme passa inteirinho na cabeça de Getúlio enquanto sacoleja no trem da guerra: Antônio Carlos rompe com Washington Luís por razões diversas, entre as quais a certeza de que o presidente da República preferirá Júlio Prestes como candidato à sua sucessão. Não querendo ou não podendo bancar seu próprio nome, Antônio Carlos apostará num *tertius*. A candidatura cai-lhe no colo. Ele, Getúlio, que ainda não pensava no grande voo, vê-se alçado a pássaro grande. Consulta Borges de Medeiros, que o obriga a abrir o jogo com Washington Luís. Em carta, explica suas razões, à luz da proposta de Minas Gerais, e pede ao presidente da República que submeta o seu nome aos governadores. O "Barbado", que jura não ter candidato, finge aceitar democraticamente a demanda.

Consulta os presidentes dos estados sobre Prestes.

Obtém 17 respostas positivas.

Responde a Getúlio que seu nome foi preterido.

O ex-presidente Epitácio Pessoa zombará dessa estranha consulta em que, perguntados sobre o nome de Vargas, quase todos respondem Júlio Prestes.

No trem, Getúlio pensa no estrago causado por essa artimanha do "Barbado". Quantas vezes revira esse filme na sua cabeça? Quantas vezes ainda o reverá?

Na Câmara de Deputados, o gaúcho João Neves da Fontoura e o mineiro José Bonifácio de Andrada travaram grandes batalhas, em 5 de agosto de 1929, sobre o lançamento da Aliança Liberal, contra os defensores da lisura de Washington Luís na questão sucessória.

Minas Gerais sempre se opusera, mesmo em seu benefício, a que o presidente da República interferisse na escolha do sucessor em favor do seu próprio estado.

Getúlio lembra-se de que lera nos jornais o aparte do deputado situacionista Oscar Fontenelle a José Bonifácio de Andrada: "O orador acha que o direito de intervir nessas questões só não deve ser exercido em benefício do próprio estado; de maneira que, se o presidente resolvesse em favor de Minas, o orador acharia que a intervenção seria magnífica."

Sofisma, ironia, *boutade*, pensa Getúlio.

Lembra-se também de Souza Filho, o deputado que mais aparteara José Bonifácio de Andrada e João Neves, em defesa do golpe ardiloso do "Barbado", na consulta aos governadores. Pobre Souza Filho, sempre de língua afiada, morto a tiros, em 26 de dezembro de 1929, pelo colega Luiz Simões Lopes dentro do Palácio Tiradentes.

Getúlio enviara Paim em missão conciliatória. Diante da crise financeira mundial e da ruptura em Minas Gerais, onde Melo Viana, vice-presidente da República, abandonara o PRM e bandeara-se para o lado de Prestes, Vargas propusera que aceitasse a candidatura oficial em troca da anistia aos tenentes revolucionários, da reforma eleitoral e da revisão das leis compressoras.

A proposta fracassara. Até os amigos o condenaram.

Acusaram Getúlio de covardia e falta de convicção.

Na Câmara de Deputados, contará Aurino Moraes, o clima continuará a se degradar. Será nesse contexto que o filho de Simões Lopes aplicará umas bengaladas no pernambucano Manuel Francisco de Souza Filho, que lhe tomará facilmente a bengala e devolverá os golpes.

Depois, já sem a bengala, sacará um punhal. Então, implacável, Luiz Simões Lopes entrará em ação abatendo Souza Filho com dois tiros de revólver. Velhos tempos!

Tudo isso faz parte do filme de Getúlio. Ele se vê chegando de aeroplano ao Rio de Janeiro para ler sua plataforma. A massa o espera cantando e vibrando.

Washington Luís não lhe cederá o Teatro Municipal.

Falará na Esplanada do Castelo. Um espetáculo.

Dizer que tudo começara por um choque de temperamentos entre Washington Luís e Antônio Carlos.

É o jornalista Aurino Moraes quem conta:

As conferências do tenente Cabanas são o marco inicial da luta às claras. O revolucionário de 1924 não conseguira permissão para realizar algumas conferências no estado do Rio e na Capital Federal. Resolvido a pregar suas ideias, lembrou-se o tenente Cabanas, de Minas, onde se fazia uma política liberal e vem a Juiz de Fora, aí realizando, efetivamente, suas reuniões. O Sr. Antônio Carlos, fiel às suas normas de governo, respeitando todos os direitos, permite ao bravo revolucionário de 1924 realizar suas conferências, dispondo-se mesmo, para isto, a cercá-lo de garantias policiais aí necessárias. O general Nepomuceno Costa, comandante da 4ª Região Militar, com sede naquela cidade, obediente e dócil ao presidente da República, entende de impedir a realização das conferências, investindo contra o governo legalmente constituído. Do choque de opiniões resultou, além da firmeza da atitude que manteve o Sr. Antônio Carlos, a realização das conferências e o recuo do general. O fato produziu comentários amplos e atingiu proporções de escândalo. Os chefes políticos de S. Paulo e membros do PRP se manifestam a favor do comandante da 4ª Região, enviando-lhe um telegrama. A representação paulista, na Câmara, considera o assunto e o Congresso, submisso ao Catete, se manifesta solidário com a atitude assumida pelo Sr. Washington Luís e pelo general Nepomuceno Costa.

O que dizia João Cabanas, revolucionário de 1924, responsável pela ocupação da Estação da Luz, que fuzilara soldados saqueadores de residências das suas fileiras?

O importante não era o que ele dizia, mas quem era. Chefe da "coluna da morte", na retaguarda de Miguel Costa na Coluna Prestes, Cabanas ganhara fama de cruel e até de possuir poderes sobrenaturais. A sua cabeça fora posta a prêmio por 500 mil réis, obrigando-o a salvá-la com uma temporada no Uruguai, de onde voltaria para ajudar Vargas a chegar ao poder. Seria dele a ideia polêmica e simbólica de amarrar os cavalos no obelisco, no Rio.

Em termos anacrônicos, João Cabanas era um terrorista, um incendiário, um radical. Em 1932, ele já estará decepcionado com o autoritário Getúlio Vargas.

Como João Neves, ele escreverá um panfleto, *Os fariseus da revolução*, no qual atacará João Alberto:

> João Alberto serve como exemplo: se, como militar, merece respeito, como homem público não faz jus ao menor elogio. Colocado, por inexplicáveis manobras e por circunstâncias ainda não esclarecidas, na chefia do mais importante estado do Brasil, revelou-se de uma extraordinária, de uma admirável incompetência, criando, em um só ano de governo, um dos mais trágicos confusionismos de que há memória na vida política do Brasil, dando também origem a um grave impasse econômico (déficit de 100.000 contos), e a mais profunda impopularidade contra a "Revolução de Outubro"... e ter provocado no povo paulista um estado de alma equívoco e perigoso. Nossa história não registra outro período de fracasso tão completo como o do "Tenentismo inexperiente"!

Em 1935, Cabanas estará com os comunistas. Depois, estará com Getúlio em defesa do "petróleo é nosso".

Ingressará no PTB.

Washington Luís queria vê-lo morto ou longe. Antônio Carlos deu-lhe um palco para fazer conferências.

Depois do caso Cabanas, José Bonifácio de Andrada apresenta um substitutivo ao projeto de reforma financeira de Washington Luís, que o considera inadequado e impertinente. Por fim, Minas Gerais adota o voto secreto, medida defendida pelos revolucionários de 1924.

A guerra estava declarada.

O trem balança. Getúlio pensa. Essa é a sua força: pensa, mas guarda os seus pensamentos. Prefere conhecer os pensamentos dos outros. Sabe que os homens quase sempre têm pressa de falar, de exibir-se, de tagarelar.

O grande combate aproxima-se. Ele não sente medo. Nem qualquer sobressalto. Avança com as oportunidades.

O *Correio do Povo* continua a vibrar:

14 de outubro: "Nestas últimas quarenta e oito horas, nas raias de São Paulo, as forças rio-grandenses colheram os primeiros louros da campanha."

Multiplicam-se as notícias alvissareiras:

* Em combate com 205 homens da Força Pública de São Paulo, uma força da Brigada Militar fez prisioneiros e apreendeu armas.

* Foram tomadas pelos revolucionários a base de aviação de Caravelas, na Bahia, e Itaperuna, no Rio de Janeiro.

* As forças mineiras continuam triunfantes em todas as suas frentes de ação.

Getúlio pensa no que deve aos mineiros.

Lembra-se da carta que enviara a João Neves em 1º de julho de 1929. Nela, dizia apenas ouvir, sem responder, aqueles que contrariavam os pontos de vista do amigo, digno da sua "integral confiança". Admitia ter considerado precipitadas algumas atitudes iniciais do companheiro de lutas. Inventariava o surgimento da sua candidatura, declarando que Antônio Carlos tinha muito mais direito a ela, e louvava o papel de Minas Gerais, destacando a atuação de Francisco Campos e de José Bonifácio de Andrada. Poderia ter falado também de Afonso Pena Jr., que comandaria firmemente a Aliança Liberal.

Tudo lhe vem à mente. Chove. Ele atravessa o Rio Grande do Sul. Chega a Marcelino Ramos, onde passará a noite. Recebe a notícia de um choque de trens em Rio do Peixe, um dos quais conduzindo o 7º Regimento de Porto Alegre. Lamenta dois mortos e feridos. Dorme tarde.

Surgem novos perigos. O jogo ainda não acabou.

O *Correio do Povo* vive a excitação dos fatos:

* "Os governos inglês e americano estão enviando seus navios de guerra ao Rio de Janeiro para defesa dos interesses dos seus compatriotas."

E surgem novos boatos.

15 de outubro: "Corre em Buenos Aires que os ministros da guerra e da Marinha teriam exigido do Sr. Washington Luís um pronunciamento decisivo sobre a situação do país."

Cabe acalmar ânimos estrangeiros.

A viagem prossegue. Getúlio entra em Santa Catarina. As manifestações populares se repetem em cada estação.

Getúlio anota: "Reuniu-se a nós o jornalista Ganot Chateaubriand."

Poderia imaginar que um dia esse Chatô lhe daria palmadinhas na bunda ou se oporia a ele?

Cabe-lhe negociar, bater e acalmar. Cabe-lhe ser ele mesmo, ser o que é, ser o que será cada vez mais.

Cabe-lhe fazer do *Correio do Povo* seu porta-voz:

16 de outubro: "Foi feita ontem uma manifestação aos cônsules da Inglaterra e dos Estados Unidos a fim de demonstrar que a revolução é de redenção nacional e não de fins comunistas."

Há entusiasmo incontido no ar.

* Artigo de Assis Chateaubriand sobre a beleza do civismo do atual período político.

* Serviços postais — a partir de amanhã será expedida correspondência para o norte de Montevidéu. Não se estava mandando nem recebendo cartas do Rio de Janeiro, São Paulo e Norte do país.

Cai um dos símbolos da República Velha, o chefe sertanejo que entrará para a história como vilão.

17 de outubro: "Aracaju acaba de ser ocupada pelo exército do Norte, sob o comando do general Juarez Távora. O governador fugiu. José Pereira foi preso com todo o seu bando." O serviço de inteligência funciona.

Getúlio anota: "O estado-maior apanha e decifra vários rádios do adversário e toma providências. Um dá a posição das forças em São Paulo, outro, do senador Caiado, pedindo auxílio para invadir o Triângulo Mineiro, e outro, desistindo da invasão, porque os mineiros invadiam Goiás por Paracatu, ocupando Formosa."

É quase meia-noite.

Tempo de negociar e de ameaçar.

* O general Miguel Costa dirigiu uma mensagem aos defensores do Catete, a fim de que se rendam, evitando assim inútil efusão de sangue.

Mas também é tempo de confundir.

O *Correio do Povo* continua noticiando:

* "A fraude das informações reacionárias" — Publicação de um telegrama do Sr. Washington Luís afirma que a guarnição federal no Rio Grande

do Sul ainda não se bate contra os rebeldes e que o governo de Minas é contrário à revolução.

A hora está chegando.

* Por Marcelino Ramos, já passaram trens transportando 24 mil homens dos quais 18.000 se destinam às linhas da frente."

* Ontem, por intermédio da Cruz Vermelha foram entregues 30 contos da Colônia Italiana.

Vai jorrar muito sangue?

Getúlio chega a Ponta Grossa. Visita feridos e a mulher de um homem assassinado pela polícia do Paraná. Anota: "Recebemos, durante o dia, duas notícias agradáveis: uma vitória alcançada pelas forças de Miguel Costa, em Jaguariaíva, e a revolta do 14º Batalhão de Caçadores, que estava em Florianópolis e passou para o continente. Recebo telegrama de Osvaldo Aranha dizendo que vão reduzir a ilha onde está Florianópolis."

Grandes choques se anunciam nas páginas do CP:

18 de outubro: "Tendo o governador de Santa Catarina declarado que não se renderia, será ordenado o ataque a Florianópolis."

Os dados estão lançados?

Getúlio recebe João Neves ainda em Ponta Grossa e anota: "Antes de partir, [João Neves] manifestou seu receio de que a revolução degenerasse num surto militarista que se apoderasse do governo, ideias também compartilhadas por Anacleto Firpo. Suas ponderações baseavam-se principalmente no incidente ocasionado pelo protesto de elementos revolucionários mais extremados contra o aproveitamento do coronel Bordini, feito por Osvaldo Aranha, como chefe do estado-maior do Rio Grande. Ouvi calado." Sempre calado nos momentos delicados.

A grande arte é saber ouvir. Por que se precipitar? Os acontecimentos, quase sempre, silenciam os discursos.

Vai ao velório de Serafim, natural de São Borja, morto em combate. Estende sobre o corpo do jovem um lenço branco que lhe fora presenteado como lembrança da Serra. Compadece-se com o sofrimento dos pais do rapaz.

Os dias passam, as notícias são boas, mas o essencial ainda está para acontecer. O *Correio do Povo* mantém o otimismo, embora deixe entrever sua ansiedade:

19 de outubro: "À medida que passam os dias, mais nitidamente se define a vitória liberal."

Chove em Ponta Grossa.

Getúlio anota: "Saio a passeio com o prefeito e alguns amigos, visito o hospital de caridade, converso com os feridos. Visito o coronel Vitor Batista. Recolho-me ao escurecer." Mais: "À noite, o prefeito e suas filhas vêm procurar-me para ir ao cinema. Recolho-me à meia-noite para escrever estas linhas. Amanhã, pela madrugada, devemos partir para Curitiba."

Essa é a rotina do chefe civil de uma revolução.

Há tempo para ir ao cinema com beldades locais.

O grande combate ainda não aconteceu.

21 de outubro. O *Correio do Povo* titula:

"Desde anteontem todo o estado do Espírito Santo se encontra em poder dos mineiros que também ocuparam localidades no sul da Bahia."

O grande líder começa a ser coroado.

* "O povo de Curitiba recebeu, sob delirantes aclamações, o presidente Getúlio Vargas."

* "Prossegue o avanço do Exército do Norte no território baiano. O 19º. B. C. que se acha em Timbó, Estado da Bahia, aderiu à revolução abrindo assim o caminho para a cidade de São Salvador."

Depois de "limpar-se" e de fazer contatos, instalado no Grande Hotel de Curitiba, Getúlio anota: "No dia da chegada, só saí à noite para comparecer ao teatro e assistir a uma festa em benefício dos combatentes."

O grande choque vai acontecer?

23 de outubro — *Correio do Povo*: "Em face da crescente pressão dos exércitos nacionais, aproxima-se a hora da vitória definitiva."

* "Espera-se para breve a posse da capital da Bahia pelas legiões do bravo general Juarez Távora."

É agora ou nunca. Chove muito. Há tristeza naquele aguaceiro que antecede a grande libertação do Brasil. Será a melancolia natural aos tempos que findam?

Getúlio está de volta em Ponta Grossa, onde chegam as tropas de Uruguaiana, "dirigidas por Luzardo — 1.200 homens, 5º Regimento, Grupo de Artilharia, um corpo de civis comandados por Virgílio Viana e um grupo de civis vindo de São Borja, onde encontro meu irmão Benjamim, um sobrinho, Osmar, e o Lino Correia". Getúlio escreve: "Digo ao Lutero que os acompanhe para a frente. Este pouco fica, por doente. As tropas de Uruguaiana vêm cheias de entusiasmo, rapazes das melhores famílias do município."

24 de outubro — Lê-se no *Correio do Povo*: "Está bem próximo o dia da redenção do Brasil."

Cai o Rei de Ouro. O "Barbado" é deposto. Estava isolado. A sua última resistência será a indignação.

Um grupo de generais e almirantes, entre os quais João de Deus Mena Barreto, Firmino Antônio Borba, José Fernandes Leite de Castro e Pantaleão Ferreira, intima o "Barbado" a cair fora, pois a "nação de norte a sul, irmãos contra irmãos, pais contra filhos, já retalhada, ensanguentada, anseia por um sinal que faça cessar essa luta inglória, que faça voltar a paz aos espíritos, que derive para uma benéfica reconstrução urgente as energias desencadeadas para a entredestruição".

O presidente da República, o homem que nunca cede, tem "o prazo de meia hora, a contar do recebimento desta para comunicar ao portador a sua resolução, e, sendo favorável, como toda a nação livre o deseja e espera", deixar o poder "com todas as honras e dignidades".

Ou seja, sem tempo sequer para limpar as gavetas.

O "Barbado" não quer partir. Às 10 horas, Tasso Fragoso vai ao Guanabara. Os 830 homens da segurança pessoal do presidente são substituídos por soldados do 3º Regimento de Infantaria do Exército. A Junta ocupa parte do palácio. Washington Luís entrincheira-se em outro.

Tasso pede ao presidente que renuncie, garante-lhe a vida e a dignidade. Washington Luís responde na bucha:

— Eu não renuncio.

— Pois então Vossa Excelência responderá por sua vida e assumirá toda responsabilidade pelo que houver.

— Assumo inteira responsabilidade.

— Pois, então, nada me resta fazer aqui.

O cardeal Dom Sebastião Leme entra em cena. Sobe a escada principal do palácio até o primeiro andar. Entra na sala onde se encontra o presidente indignado.

— Vou acompanhá-lo à saída, presidente.

— Não tenho mais soldados. Vou para onde quiserem.

— Vamos, então, que daqui a pouco será tarde.

— Comunique aos generais que cedo à violência. Sou prisioneiro. Queira dizer-lhes que para mim não peço garantias, mas o quero e peço todas para os ministros e meus amigos presentes ali naquela sala.

Depois dessa breve conversa, eles descem com Tasso Fragoso e tomam o automóvel que os levará ao Forte de Copacabana, onde o presidente deposto ficará preso: Tasso na frente, o cardeal atrás, à esquerda de Washington Luís, alguns militares nos estribos. Um dia, Getúlio, acossado, dirá: "Não sou dos que esperam o cardeal."

Em contrapartida, Washington Luís teria dito uma frase certeira demais para ser dele: "Os amigos de Getúlio obrigam-no sempre a ir para onde ele quer."

Getúlio confessa ao *Diário*: "Pela manhã, começamos a receber notícias esparsas, incompletas sobre a explosão do movimento revolucionário na capital da República. Essas notícias vão se precisando até conhecer-se que os generais Malan, Mariante, Mena Barreto, Tasso Fragoso e o almirante Isaías de Noronha dirigem um movimento que triunfou facilmente, sem luta, resultando na deposição do presidente Washington Luís e prisão de alguns políticos, e na formação de uma Junta Governativa composta pelos generais Tasso Fragoso e Mena Barreto."

O chefe revolucionário inquieta-se.

Por que chove tanto?

São as águas da revolução de outubro. Há boatos de que a Junta pretende ficar no poder. Troca telegramas com Osvaldo Aranha. Dialoga com Góis Monteiro. Decidem manter a ofensiva contra os paulistas. Lembra-se de que em agosto de 1929, na Câmara de Deputados, João Neves assustara os colegas ao falar em resolver pelas armas o que não se podia resolver pelo voto. Está na hora.

Entra em cena o mineiro Virgílio de Melo Franco:

> O general Miguel Costa comandava a frente de operações que se estendia desde a fronteira de Mato Grosso até Itararé, onde fazia pivô, e o Sr. João Alberto, a que se estendia de Itararé até o litoral, fazendo pivô na Capela da Ribeira. A 24 de outubro, tendo acabado de escoar para as frentes de Itararé e da Ribeira as tropas revolucionárias, num total de cerca de quarenta mil pessoas, encontrávamo-nos em Curitiba, os Srs. João Alberto, Adalberto Correia, Maurício Cardoso, Luís Aranha, Ibanez Verney, Álvaro Cruz e eu. Já então o Sr. Getúlio Vargas estava em Ponta Grossa, que era o *divortium aquarum* das duas frentes. O Sr. Góis Monteiro, chefe do Estado-Maior das forças do sul, com funções de comando, instalara em Ponta Grossa o seu Estado-Maior. De lá recebiam ordens os diferentes comandantes de setores. De 5 a 24 de outubro choveu copiosamente em todo o estado do Paraná, o que dificultou sobremodo as operações militares. Só se feriram em dois combates de maior extensão (Quatiguá e Morungava), ambos favoráveis às armas da revolução. O mais foram ações locais e encontros de vanguardas em Carlópolis, Sengés, Capela da Ribeira e na zona do litoral, nas proximidades de Xiririca e Conceição do Itanhaém.

A Brigada de Cavalaria comandada pelo capitão Ari Salgado atravessa o rio Itararé, num ponto chamado de "Criminosa". Chega a primeira notícia de rebelião no Rio de Janeiro. Virgílio trabalha, sob orientação de Góis Monteiro, na expedição de telegramas de instrução para as tropas. A Junta, já instalada no Rio de Janeiro, ordena suspensão das operações militares das tropas leais ao Catete. As tropas revolucionárias, contudo, devem continuar avançando para ocupar inteiramente São Paulo.

Góis Monteiro vê um "rumo misterioso" nas ações do governo provisório da Junta, especialmente ao nomear o general Hastinfilo de Moura, "comandante legalista da 2ª Região Militar, interventor federal em São Paulo".

A pedido de Góis, Virgílio entra em contato por rádio com Afrânio de Melo Franco, seu pai, no Rio de Janeiro, nomeado pela Junta ministro interino das Relações Exteriores. Getúlio já telegrafara aos membros da Junta impondo a aceitação do programa revolucionário.

O tom de Góis Monteiro em mensagem à Junta é mais pesado: Getúlio deve assumir pelo tempo que for necessário à execução do programa revolucionário. Em contrário, seus mais de 30 mil homens continuarão a luta.

Aos chefes dos estados em poder da revolução e aos comandantes revolucionários no Norte e em Minas Gerais, Góis é ainda mais claro e convincente: "A partir do meio-dia de hoje a ofensiva recomeçará contra todo o elemento que se opuser ao nosso avanço e recusar depor armas."

Virgílio pede ao pai, em nome de Getúlio, "que se entenda com o general Tasso Fragoso, chefe da Junta Governativa, a fim de verificar quais são as suas intenções". Avisa que a guarnição de Itararé entregou-se.

Afrânio responde garantindo que Getúlio pode tomar posse e explicando algumas medidas adotadas: "Era indispensável garantir aí a ordem material, razão pela qual a Junta aceitou colaboração general Hastinfilo."

Góis desconfia de tudo. Pede a Virgílio um sinal de reconhecimento de que o correspondente é mesmo Afrânio.

A resposta de Afrânio é curta e cheia de romantismo: "Sinal de reconhecimento Sílvia."

Um nome de mulher abre todos os canais.

Cobra-se da Junta, que vem emitindo circulares vagas, um telegrama direto a Getúlio Vargas.

25 de outubro — O *Correio do Povo* exulta:

"Pátria! Pátria! Desde ontem estás redimida da tirania que te humilhava."

Os revolucionários temem uma malandragem militar: haverá um golpe contra a revolução, ainda um golpe?

Os trens continuam passando sob a chuva. O general Hastinfilo assume o governo de São Paulo e pede o fim das hostilidades. Getúlio responde que é preciso ocupar o estado com tropas de confiança. Anota: "Osvaldo telegrafa-me propondo ir assumir o governo para entregar-me constitucionalmente a 15 de novembro. Respondo-lhe que as medidas excepcionais que precisam ser adotadas não comportam um governo constitucional, devendo essas medidas estender-se além de 15 de novembro."

O discreto e hesitante conspirador já é o resoluto revolucionário que surpreenderá o Brasil com seu regime.

As negociações com a Junta continuam. Muitos revolucionários recusam-se a reconhecer um governo de Hastinfilo, grande amigo de Júlio Prestes, em São Paulo. Getúlio chegará a ameaçar com a instalação de um governo paralelo ao dos generais acomodados no Rio de Janeiro:

> A noite de vinte e cinco para vinte e seis [escreverá Virgílio] passou-se mais ou menos calma, ocupada em providências de ordem militar. A vinte e seis, tendo o Sr. João Alberto chegado a Ponta Grossa pela manhã, tivemos uma conferência com os Srs. Getúlio Vargas e Góis Monteiro. Daí nasceu a ideia de seguir o Sr. João Alberto imediatamente para S. Paulo, armado das mesmas credenciais de que foi armado no Paraná, quando da queda do governo do Sr. Afonso Camargo. O Sr. Osvaldo Aranha partiu de avião para o Rio, onde a situação parecia melhorada.

Chegará, para sobressalto de Góis Monteiro, a rebentar um movimento contrarrevolucionário no Rio, logo sufocado. A Junta Governativa entregará os postos.

26 de outubro — capa do *Correio do Povo*: "O general Malan d'Angrogne telegrafou ao presidente Osvaldo Aranha comunicando que a junta Governativa Provisória constituída no Rio de Janeiro, em consequência da revolução, convidou hoje o presidente eleito da república, Dr. Getúlio Vargas, a assumir o cargo."

O *Correio do Povo* busca fundos para a revolução.

Campanha de arrecadação: "Se cada brasileiro contribuísse com 1 mil réis ouro para a Nova República, a Revolução Brasileira teria colimado definitivamente as suas generosas finalidades, facilitando ao Sr. Getúlio

Vargas a sua obra magnífica, mas árdua, de reconstrução e consolidação de uma pátria próspera e feliz."

A campanha irá até 31 de dezembro. Justificativa:

> O governo de Getúlio Vargas vai encontrar em situação de verdadeiro descalabro o erário nacional, dilapidado por um política de nepotismo e proteções inconfessáveis, corre por isso, a cada cidadão, o direito patriótico de auxiliá-lo no trabalho magnífico, mas árduo de construir a Pátria Nova. [...] Recebemos as 1ª. contribuições espontâneas e patrocinando a patriótica iniciativa o *Correio do Povo* lança um apelo a todos os brasileiros no sentido de concorrerem com o seu mil réis ouro para o advento definitivo da nova República.

O novo tempo começa.

Getúlio recebe telegrama de Tasso Fragoso convidando-o a ir ao Rio de Janeiro assumir o poder.

Cessam as hostilidades.

Começam, embora Getúlio não possa saber disso, os problemas. Ele anota: "Segue para São Paulo o coronel João Alberto, em missão especial para examinar a situação e propor as modificações que achar necessárias. Mantém-se a decisão de ocupar militarmente São Paulo, como medida de garantia. Em companhia de João Alberto, seguem Virgílio de Melo Franco, Maurício Cardoso, Paulo Nogueira e outros, devendo, ao passar em Sengés, convidar João Neves e Flores. Telegrafo a Osvaldo Aranha para que siga ao Rio de Janeiro, a fim de acomodar as coisas."

Ao meio-dia, o novo herói vai a um churrasco comemorativo. À noite, vibrante, comparece a um baile.

Anota com alguma ironia: "Quando dançava, fui interrompido pela notícia da chegada de uma comissão enviada pela Junta Militar do Rio. Deixo o baile e venho com a comissão e o coronel Góis para o meu trem."

Quando se prepara para dormir, Bejo, seu irmão, aparece para despedir-se. Vinte e quatro anos depois, num 24 de agosto, Bejo também passará pelo quarto de Getúlio, mas será este quem silenciosamente se despedirá.

28 de outubro — As manchetes do *Correio do Povo* seguem festejando: "O Brasil em peso continua a manifestar a sua solidariedade ao movimento redentor."

Pipocam as novidades:

* "As forças federais e estaduais de São Paulo aderiram à causa nacional, obrigando o presidente em exercício, Heitor Penteado, a renunciar. Assumiu a presidência o coronel Kinghelofer."

A capital gaúcha comemora a sua maior vitória.

* "Porto Alegre sob o delírio da impressionante vitória da causa nacional."

Organiza-se a transição. Os gaúchos leem:

* Foi constituída uma junta governativa, presidida pelo general Tasso Fragoso.

Integram-na o contra-almirante José Isaías de Noronha e o general João de Deus Mena Barreto.

Um tempo se esvai.

* "O ex-presidente da República conserva-se preso no Palácio Guanabara com todo o ministério."

O poder não dura sempre.

* "O ex-presidente da República, Sr. Washington Luís, foi transferido do Palácio Guanabara para o Forte de Copacabana."

* "Foi nomeado comandante da Região e das tropas de ocupação de São Paulo o general Isidoro Dias Lopes."

O Brasil parece lavado pelas chuvas do Sul.

O *Correio do Povo* continua a sua campanha do "Mil Réis Ouro para a Pátria Nova". Pode-se contribuir no "guichê especial" da gerência do jornal, em Porto Alegre. O interior do estado adere com entusiasmo ao projeto de arrecadação por um "Brasil próspero e feliz". O jornal exultará ao chegar, em 16 de dezembro, aos 128:855$830.

Razão maior: romper os vínculos que ainda ligam a República de 3 de outubro à República dos oligarcas.

Outras manchetes e notícias avulsas:

* "Foi deposto o governador do Pará e nomeada uma junta Governativa."

* Partiu de Ponta Grossa para São Paulo a primeira delegação revolucionária chefiada pelo coronel João Alberto.

* Em telegrama ao Dr. Getúlio Vargas, o Dr. Assis Brasil reafirma a solidariedade do Partido Liberal e do Partido Democrático Nacional e expõe seus pontos de vista em face da revolução.

O novo dono do poder segue sua rota. Levanta de madrugada para ser saudado pelo povo em delírio.

A Batalha de Itararé não acontece.

Acontecerá, como conta Gabriel, aos 98 anos de idade, cheio de lembranças e de histórias, em 1932.

O deputado gaúcho Glicério Alves, para a *Revista do Globo*, contará que "estavam assestadas contra Itararé mais de 30 bocas de artilharia". Mais de oito mil homens deveriam atacar a cidade onde o coronel Paes de Andrade comandava as forças legalistas. Vinte e uma bombas serão jogadas por aviões sobre os revolucionários depois da deposição de Washington Luís. Glicério Alves oferece-se para ir a Itararé propor aos legalistas que se rendam.

Irá com dois acompanhantes, um dos quais será um prisioneiro que aderira à revolução:

> Pela madrugada de 25 partimos os três, a cavalo. Na saída, o oficial da Força Pública declara-me que estava convencido de que seríamos metralhados... Como ele devia conhecer bem a sua gente, confesso que aquela declaração causou-me um certo "frio". A cavalgada foi lúgubre e solene: entre as duas vanguardas não se encontrava viva alma e tinha-se a impressão de que os sons do clarim profanavam aquele enorme silêncio, que "saía" das casas abandonadas, da estrada deserta e da floresta que marginava o caminho, a qual acreditávamos povoada de avantesmas... Caminhávamos silenciosos, ao passo lento dos animais, pois a estrada era quase intransitável, por motivo das últimas chuvas. A todo momento, parecia-nos que ia partir uma descarga dos morros que ficavam à margem direita do caminho. Pensamentos sombrios nos assaltavam e a própria natureza era feia e triste, ou talvez assim a achássemos porque ela se revestia

da cor do "cristal com que a mirávamos". E assim fomos até as proximidades do rio Itararé, percorrendo uma estrada desconhecida para os três.

Nada demais acontecerá. Interceptados, são levados à presença de Paes de Andrade, que, intimado a render-se, recusa, mas aceita partir com Alves para parlamentar com os chefes revolucionários. Itararé cairá com um suspiro.

Getúlio anota: "À tarde, em território paulista, chegando a Itararé — terreno acidentado onde as forças reacionárias se entrincheiraram para conter o avanço das tropas do sul, comandadas por Miguel Costa, sendo, porém, constantemente batidas e postas em fuga. Na cidade de Itararé, grande aglomeração de tropas e de trens que nos festejam, com escassa população civil."

Não se faz uma revolução sem vaidades. Getúlio reflete: "Neves passa-me um telegrama impertinente, insistindo por sua renúncia à vice-presidência do estado. Coisa difícil de solucionar, os casos pessoais."

29 de outubro — O *Correio do Povo* avisa com orgulho pretensamente objetivo e o tradicional tom respeitoso da época: "O Sr. Getúlio Vargas, que partiu ontem de Ponta Grossa, chegará está manhã a São Paulo, saindo após para o Rio onde é esperado à noite."

Getúlio pisa em São Paulo. No caminho, seu trem passa por Itapetininga, terra de Júlio Prestes. São Paulo o recebe como um messias. Ele anota: "Chegamos à capital paulista cerca de 11 horas da noite, levado em triunfo da gare até o automóvel. Este percorre as ruas no meio de verdadeiro delírio popular. Parece que toda a população de São Paulo comungava com a Revolução. Magnífico povo."

Dois anos depois tudo será diferente.

30 de outubro no candente e preciso *Correio do Povo*: "Entre aclamações calorosas e retumbantes, o Sr. Getúlio Vargas chegou, ontem, à noite, a São Paulo, seguindo hoje para o Rio de Janeiro."

Aos vencedores, o amor provisório dos vencidos.

"O povo paulista, rompendo o cordão de isolamento, invadiu o trem presidencial, carregando o presidente eleito da república pelos ombros."

Em entrevista, Juarez Távora avisa:

> Faço questão de frisar isso visto que nós, revolucionários, temos um programa radical que certamente terá de ser atenuado para satisfazer os elementos políticos. Os revolucionários entregarão o poder a uma ditadura que executará o programa decisivo das classes armadas. Falo em ditadura por ser esse o termo exato que deve ser empregado. A direção suprema do país deve ser entregue a uma ditadura que o governará enquanto for necessário, para o que deverá ser destituído o Congresso, habilitando dessa forma, a quem ficar com o governo do país, a fazer a revisão dos atos praticados nos últimos decênios e julgados prejudiciais ao país. A ditadura durará o tempo que for preciso para satisfazer as reformas que a nação necessita como a revisão das leis adotadas no último decênio.

Resta a Getúlio Vargas assumir o poder. Antes de partir de São Paulo, aceita os argumentos de João Alberto e não permite que Francisco Morato, nomeado pela Junta Militar, assuma o governo. A semente do mal está lançada.

No grande momento, ele anotará com tranquilidade: "Trinta e um à noite, cheguei ao Rio, recebido pela Junta Governativa e altas autoridades, na gare. O Rio, durante todo o trajeto, desde a estação da Central ao Catete, recebeu-me com uma manifestação extraordinária de entusiasmo e impressionante pelo número. Hospedei-me no Catete. Darci, que já me aguardava, estando hospedada no Glória, mudou-se para o palácio."

Vinte e quatro anos depois, o corpo de Getúlio Vargas, o mais longevo, polêmico e inesquecível hóspede do Palácio do Catete, que se suicidará com um tiro no coração, será acompanhado por mais de um milhão de pessoas emocionadas até o aeroporto Santos Dumont. Será o fim de um ciclo, o começo de um mito, novas torrentes.

Novembro será o mês do Brasil novo, um mês de novidades e preocupações que se repetirão nas décadas seguintes. A vida que surge através das manchetes enfileiradas tem o tédio do tempo revolto e a melancolia das revoluções embalsamadas. Há em tudo, porém, vibração, entusiasmo, expectativa, esperança, sonho e temor.

Extra, extra, o *Correio do Povo* está nas ruas.

1/11/1930: "Comandante em chefe das forças revolucionárias — o Sr. Getúlio Vargas — entrou, ontem, triunfante no Rio para assumir o governo da República."

O mundo continua a fabricar seus acontecimentos.

* Anuncia-se estar iminente a guerra entre a Rússia e a China, tendo já os dois países mobilizado suas forças.

A religião tem a sua palavra a dizer.

* Pelo arcebispo Dom João Becker será celebrado, hoje, o Te-Deum da Vitória.

Porto Alegre moderniza-se enquanto o Brasil muda.

* A partir de hoje, a Carris fará correr bondes em todas as linhas (Floresta, Independência, Teresópolis, República, São João e Navegantes) depois da meia-noite.

No seu *Diário*, Getúlio confessará com alguma preocupação: "Começaram as tratativas para a organização do ministério. Alguns nomes eu já trazia fixados, outros foram sendo sugeridos depois. A mentalidade criada pela revolução não admitia mais o emprego de velhos processos, do critério puramente político. Por isso, causou certa dificuldade o desejo manifestado por Minas — Artur Bernardes — de que esse estado desse três ministros. Enfim, conformaram-se com dois, devendo ser criado o da Instrução e Saúde Pública para Francisco Campos, que me pareceu, aliás, um excelente nome."

Minas Gerais experimenta sua primeira decepção. São Paulo sente desde o primeiro dia a força do novo dono do poder. Getúlio Vargas parece bastante à vontade.

Extra, extra:

2/11/1930 no *Correio do Povo*: "O 1º Ato do Sr. Getúlio Vargas, que tomará posse amanhã com poderes discricionários, será a dissolução do Congresso."

É hora das grandes declarações: "Foi preciso que vertêssemos o nosso sangue de rio-grandense — declarou o general Flores da Cunha — para que, de uma vez por todas, se acreditasse que nós somos brasileiros."

E dos grandes atos.

Getúlio sabe o valor dos símbolos. Anota laconicamente: "Continuam as conferências e tratativas. À tarde, vou ao cemitério visitar o túmulo de João Pessoa."

Em 3 de novembro, um mês depois da ruptura, Getúlio assume o poder e fixa o seu ministério: Osvaldo Aranha (Justiça), José Maria Whitaker (Fazenda), general Leite de Castro (Guerra), Isaías de Noronha (Marinha), Juarez Távora (Viação e Obras Públicas), Afrânio de Melo Franco (Relações Exteriores), Assis Brasil (Agricultura), Batista Luzardo (chefe de polícia). A Francisco Campos caberá em seguida o ministério da Educação e Saúde. A Lindolfo Collor caberá o ministério do Trabalho, Indústria e Comércio. Todos os amigos estão abrigados.

Ou quase. Getúlio anotará: "O ministério causou excelente impressão. Távora relutou muito em aceitar, alegando seu estado de saúde, necessidade de repouso, etc. Tudo era exato, mas insisti e ele aceitou. O coronel Góis Monteiro nada desejou. Continuava desconfiado com seus colegas da guarnição do Rio e acumulando forças do interior na capital. João Neves está zangado — queria ser ministro do interior — vai lançar manifesto."

Lançou.

> Enquanto foi preciso dar à causa nacional, sem escolha de postos e sem cálculo de riscos, o máximo de combatividade pessoal, não neguei qualquer sacrifício à consecução do alto objetivo que nos congraçava. Outra, porém, é hoje a situação do país, reintegrado no regime de opinião e colocado em frente das mais sedutoras perspectivas de uma nova era de paz e prosperidade. Justo é, pois, que o lutador despretensioso retorne à penumbra de que só o afastaram a imposição dos partidos e os reclamos da coletividade.

Ah, os homens e suas vaidades!

Em 1945, Góis deporá Getúlio.

João Neves da Fontoura viverá ora a favor, ora contra Getúlio. Dirá com orgulho em suas *Memórias*: "E mais tarde, muito mais tarde, recusei o convite que me fez Getúlio Vargas para ser seu candidato à presidência da República, em lugar do Gen. Eurico Dutra."

Em 4 de novembro de 1930, o *Correio do Povo* estampará uma das suas mais famosas manchetes: "Entre formidáveis expansões de regozijo cívico, o Sr. Getúlio Vargas assumiu ontem, às 16 horas, no Palácio do Catete, a chefia do governo nacional."

Será hora de discurso e de julgamentos:

* O general Tasso Fragoso, ao passar o governo a Getúlio Vargas: "O orgulho, a vaidade e a prepotência de um homem fizeram estalar o movimento de 3 de outubro."

O novo suplanta impiedosamente o velho.

* Consta que o Sr. Washington Luís será deportado. Por intermédio de seu advogado, Washington Luís bate às portas do STF para pleitear um *habeas-corpus*.

Juarez Távora pede para sair do ministério. Getúlio aceita. Libera-o para ir controlar o Norte. Coloca José Américo de Almeida no seu lugar. A ciranda começa.

Explodem os ressentimentos disfarçados de modéstia:

5/11/1930 no infatigável *Correio do Povo*: "O Dr. João Neves, ilustre vice-presidente do Estado, renunciou a esse posto. Lançando um manifesto."

Brilham as grandes frases buriladas para a ocasião:

6/11/1930: "Até aqui — afirmou o Sr. Oswaldo Aranha — o povo obedecia aos governos. Agora, é o governo que tem que obedecer ao povo."

A mágoa se faz ouvir no *Correio do Povo*:

* João Neves declara do alto do seu valor moral que nada quer e nada recebe.

Uma voz que se tornará familiar por quase 25 anos, a voz de Getúlio Vargas, revela para que veio. Primeira surpresa. O homem tem firmes convicções e muitos planos.

7/11/1930: "Falando aos jornalistas, o presidente da República aludiu a vários problemas nacionais e declarou que não dissolverá o Supremo Tribunal Federal."

Apenas o reformará, alterando-lhe a composição.

Aliados ainda imaginam dar as cartas.

8/11/1930: "O Sr. Artur Bernardes concedeu à *A Noite* e a *O Jornal* longas entrevistas em que se expõe o seu ponto de vista na presente situação política."

Os inimigos do dia seguinte já são combatidos.

* "A polícia do Rio fez abortar um movimento comunista que fora tentado por gente armada."

Os amigos de ontem e hoje são recompensados.

9/11/1930: "Foi decretada a anistia para todos as pessoas civis e militares envolvidas em movimento revolucionário no país."

Vitória dos tenentes.

Vitória de uma década de lutas.

A cada um conforme a sua contribuição.

11/11/1930: "Corre como certo que o general José Antônio Flores da Cunha será nomeado para dirigir o estado do Rio Grande do Sul, como delegado do governo revolucionário."

A lei deve imperar. Por enquanto...

* Getúlio Vargas está estudando o projeto da continuação revolucionária elaborado por Osvaldo Aranha.

Aos inimigos, o ostracismo.

* Vão ser banidos do território nacional vários políticos, entre os quais os Srs. Washington Luís, Júlio Prestes, Melo Viana, Firmino Paim Filho.

A nova república sai do papel.

12/11/1930: "O Governo Provisório, em decreto de ontem, declara que serão nomeados interventores nos estados e mandou dissolver o Congresso Nacional, as assembleias e os conselhos municipais."

O mundo aceita os revolucionários no poder.

* O novo governo do Brasil já foi reconhecido por 27 nações, contando-se nesse número todas as grandes potências.

Getúlio Vargas está disposto a dar o exemplo:

13/11/1930: "O Sr. Getúlio Vargas reduziu de 20 para 10 contos os vencimentos dos presidentes da República e de 8 para 5 contos os dos ministros."

Há um plano de governo.

14/11/1930: "O Sr. Oswaldo Aranha em entrevista ao *Correio da Manhã* fala sobre o decreto em que organizou o governo provisório": *O governo provisório reserva-se a faculdade no respectivo decreto de rever o quadro do funcionalismo em geral, incluindo a magistratura, no sentido de depurá-lo de elementos incompatíveis com a nova ordem das coisas.*

Não há poder nem poderoso sem liturgia: inaugura-se em Pelotas um quadro do presidente Getúlio Vargas.

Funda-se, em São Paulo, a "Legião Revolucionária".

O *Correio do Povo* contribui para os novos tempos, em 16 de novembro, publicando uma explicação sobre "as causas que impulsionaram o movimento revolucionário".

O ritual do poder exige reverência e pompa.

* As forças do Rio, do Norte e do Sul da República congregando o povo feito soldado, o Exército e a Marinha, desfilaram ontem perante o Sr. Getúlio Vargas, presidente.

Os vencedores colhem os primeiros louros.

18/11/1930 no CP: "O Sr. Assis Brasil, recebido com grandes manifestações em São Paulo, prosseguiu viagem para o Rio de Janeiro."

E os primeiros cargos.

19/11/1930 no CP: "Chegou, ontem, ao Rio de Janeiro, recebendo expressiva manifestação, o Dr. Joaquim Francisco de Assis Brasil, nomeado ministro da agricultura."

Os dramas do futuro já se anunciam.

* Causou maior indignação o último manifesto de Luís Carlos Prestes, francamente subversivo em que injuria os generais Isidoro Dias Lopes, Miguel Costa e Juarez Távora.

Extra, extra!

20/11/1930 no *Correio do Povo*: "Já foi lavrado o decreto nomeando o general Flores da Cunha para interventor federal no Rio Grande do Sul."

O mundo avança lentamente, tudo parece e parecerá se repetir por vários anos numa espiral da história.

* Vão ser dadas aos judeus as terras da Palestina ora em poder dos judeus.

Há páginas de jornal que se eternizam como imagem dos acontecimentos e como acontecimentos imaginados.

* A polícia do Rio, após intenso trabalho, apreende uma tipografia clandestina dos comunistas e números de boletins de propaganda.

Um herói nunca descansa em paz.

No seu *Diário*, Getúlio escreve com alguma perplexidade: "Neste dia, embarcaram para a Europa os primeiros presos políticos (...) Bem amargas deveriam ser as reflexões do Sr. Washington Luís. Recordei-me que muito mais havia eu sofrido em torturas morais, pela quebra de amizades e compromissos resultantes da campanha da Aliança, e pelas perspectivas e ameaças que de futuro poderiam advir, acarretando prejuízos e desgraças para o Rio Grande e para os que o acompanharam, e tudo ser atribuído a mim, como responsável."

A vida segue. Em 21 de novembro, o *Correio do Povo* estampa uma decisão muito esperada: "Em merecidos elogios, inclusive da imprensa, a nomeação do general Flores da Cunha para interventor do Rio Grande do Sul."

É hora de entrar em sintonia com o povo.

No dia 25, o *Correio do Povo* dá uma exclusiva: "O Sr. Getúlio Vargas, chefe do governo provisório, falando ao *Correio do Povo*, expõe os problemas mais palpitantes da atualidade brasileira que irá resolver."

> A obra de reconstrução nacional exige um labor inteligentíssimo e principalmente um alto espírito de sacrifício. Para levá-lo a cabo, hei de cumprir em qualquer emergência, os compromissos que espontaneamente tomei para com a nação. O chefe do governo confia na colaboração dos seus auxiliares. Não oculta a confiança que lhe vem da organização do seus ministérios, da capacidade e do patriotismo de cada um dos titulares. A cooperação dessa capacidade militante — pois toda a obra do governo longe de resultar de um esforço isolado representa um trabalho coletivo, tor-

> nar-lhe-á mais leve a tremenda tarefa (...) É bem possível que este governo não termine como acaba de estabelecer entre aclamações gerais. Vamos contrariar, destruir mesmo a trama de interesses alimentados em anos e anos de corrupção de regime. Os descontentes surgirão. Os meus deveres são duros e minhas responsabilidades imensas (...) Entre cumprir esses deveres, ser digno dessas responsabilidades e sacrificar as vaidades sentimentais das áureas de ruidosa popularidade, não hesitarei, ficarei sempre ao lado dos interesses permanentes da nação. Precisa o governo da simpatia indispensável, que há de vir, entretanto não do sentimento de transigências do governo mas da consciência do seu devotamento à campanha de regeneração republicana. É necessário, pois, que cada um de nós exercite, em máximo grau, as virtudes de renúncia, de desinteresse, de desprendimento.

É hora de mostrar otimismo.

No dia 26, mais uma entrevista exclusiva no *Correio do Povo*: "O general Flores da Cunha, falando ao *Correio do Povo*, expõe os problemas que enfrentará como interventor do Rio Grande do Sul." Ele diz:

> Não levo o programa de governo mas procuro realizar o máximo possível dentro das circunstâncias e possibilidades da hora. Resumirei: minha ação neste propósito inabalável de manter a ordem pública, preceder à arrecadação rigorosa dos impostos e pagar o que se deve e, se a situação permitir, alargarei a esfera das realizações administrativas.

A hora é de fixar as bases do futuro.

Em 28 de novembro, o *Correio do Povo* anuncia: "Os Srs. Osvaldo Aranha, Juarez Távora e João Alberto vão examinar a situação do país em face da revolução, assentando as diretrizes da órbita federal e estadual."

Extra, extra!

*

A revolução está feita. Getúlio toma posse. O batalhão de Gabriel recebe ordens de voltar para o Rio Grande do Sul. Nada mais há para fazer: "Eu e mais três colegas ainda não tínhamos ido ao Corcovado, com 710 metros de altura. Lá em cima só havia o alicerce pronto e nos gramados próximos o monumento a Cristo ainda dividido em várias partes sendo montado. Mas, nós quatro, aos 18 anos, tínhamos disposição para qualquer problema. Tomamos o bondinho em Santa Teresa, que fazia ponto junto a uma das estações do trem, que, com cremalheira, subia até lá em cima. Ao chegarmos na estação, ficamos sabendo que as viagens não eram diárias e que, naquele dia, não funcionava. Como íamos viajar no dia seguinte, resolvemos subir, com mãos e pés, pelos trilhos. Ficamos umas horas lá em cima, apreciamos as lindas paisagens e retornamos. Torci um pé, o que me incomodou no retorno." Doce e leve ferida de guerra. Quase uma lembrança de excursão.

# 24

Uma frase de Virgílio de Melo Franco ecoa na cabeça de Getúlio enquanto espera João Neves: "Uma coisa é certa; a saber, a revolução não foi boa nem má: a revolução foi indispensável e como tal invencível."

Tivera, no entanto, de combater em várias frentes.

Mal sabe que ainda terá muitos inimigos a enfrentar.

Quantos amigos ficaram e ficarão pelo caminho?

Quantas traições e desencontros?

Quantas suscetibilidades feridas?

Até com Osvaldo Aranha terá rupturas. Flores dará grandes dores de cabeça um dia. A todos, quando necessário, punirá ou deixará que se punam com o autoexílio, o afastamento ou as mágoas. Não se furtará a colocar na prisão qualquer oponente, velho amigo ou recente aliado. Seguirá o seu rumo, o rumo do seu plano.

Encontrará detratores obsessivos. Afonso Henriques o rotulará de "maquiavélico" e o acusará de todos os males do mundo: corrupção, tortura, assassinatos, mentiras...

Gastará parte da sua vida reunindo em três volumes um rol interminável de denúncias contra o ditador. Fará de Getúlio o falso capaz de enganar, por ambição e desejo de poder, o presidente Washington Luís, fazendo da revolução de 1930 um mero estribo para a glória pessoal.

Mas isso virá depois. Getúlio não pode saber o que o espera. Talvez imagine parte do que enfrentará, pois está decidido a cumprir um itinerário de mudanças caminhando no fio da navalha, equilibrando interesses opostos.

Depois de esmagar os paulistas e os comunistas, terá de asfixiar os integralistas. Tudo, no seu entender, para salvar o espírito da revolução de outubro de 1930.

Anos mais tarde, já cansado e um tanto cínico, zombará dos seus críticos, que sempre o chamarão de simpatizante do fascismo e do nazismo, dizendo a João Neves, numa conversa de final de tarde, que o seu governo esmagara os fascistas brasileiros de Plínio Salgado, os "galinhas verdes", desmontara o partido nazista brasileiro, o maior do mundo fora da Alemanha, e entrara na Segunda Guerra Mundial ao lados dos aliados, enviando tropas para combater o nazifascismo. Tudo por 1930.

Em 1938, os integralistas atacarão o Palácio Guanabara. Sentir-se-á abandonado. Escapará por pouco. Anos depois, o jornalista David Nasser publicará *A Revolução dos covardes*, suposto diário de Severo Fournier, comandante do assalto dos fascistas à residência presidencial. Nasser dirá que Fournier era um democrata que teria liderado os fascistas unicamente para tentar derrubar o ditador. Dirá que, preso, Fournier será metido num calabouço e tratado com quinino para acelerar o desenvolvimento da tuberculose, até morrer.

Fournier atribuirá todos os seus males ao chefe de polícia de Getúlio Vargas, Filinto Müller, ao ditador e aos militares que apoiaram à Revolução de 1930.

Escreverá, numa carta ao general Almério de Moura, frases terríveis: "Como e por que está Getúlio no poder? Não ignora o meu general as páginas tintas de sangue da revolução de 1930. Em que época foi assassinado à saída do seu QG o general Wanderley — um dos mais distintos generais do exército? Como foram assassinados os capitães Silvio Silveira e Lobo? Como foi assaltado o QG de Porto Alegre? (...) O assalto ao 12º RI ainda nos está bem vivo na memória. Não é difícil a conclusão."

Relatará casos hediondos:

> São colocados numa cela um preso e sua legítima esposa, ambos sentados, um defronte do outro. De repente entram por um das portas um capitão e vários policiais. Começa a cena. Um dos policiais começa a despir a

> senhora, tirando-lhe primeiramente toda a proteção do tronco e deixando à mostra os seios e o busto, o mesmo fazendo ao marido, pondo-lhe o tronco desnudo. Após ameaças de toda sorte entrecortadas de interrogatórios, onde não se fez ausência do charuto em brasa na pele, ferro ao rubro nas solas dos pés e unhas arrancadas a torquês, os policiais voltam-se para a senhora do paciente e então completam a desumanidade! Fazem-na levantar e, entre risos e deboches, tocam no seu corpo de preferência nos seios e nos órgãos genitais e no ânus. Como ao marido não arrancassem a confissão desejada por este prenúncio de continuidade de selvageria e desumanidade, e somente lágrimas que lhe rolavam dos olhos sobre sua fisionomia fechada, deixando transparecer a convicção de suas ideias e a dignidade de sua situação de esposo tão deploravelmente seviciado, os carrascos prosseguiram! Desta vez, então, como feras humanas, introduziam uns seus membros viris enrijecidos (é incrível tão execrável cena, mas é verídica) pela frente da esposa do paciente, outros pela retaguarda, e outros ainda na boca e todos os orifícios do seu corpo, e assim, por várias horas e por exaustos abandonaram suas vítimas, sem obter a confissão do criminoso. É nefando, senhor general, e inacreditável, que o capitão Filinto Müller (este bom moço!) tenha não só aprovado isto, mas tenha aplaudido. (Este fato me foi contado pelo capitão Ayrton e tenho testemunhos, e confirmado por vários policiais meus conhecidos.)

Sim, Fournier estava com os integralistas. Muitos dos seus companheiros serão presos e fuzilados, atrás do palácio, na manhã seguinte ao golpe fracassado.

Na outra ponta, o comunista Graciliano Ramos contará com genialidade e riqueza de detalhes, em suas *Memórias do cárcere*, a vida nos porões da ditadura Vargas.

A leitura da obra de Graciliano é capaz de arrancar de cada um as famosas palavras do personagem de Conrad:

— O horror! O horror!

Tudo será revelado.

A revolução entrará definitivamente na sua fase do terror. Um dia, o historiador Décio Freitas pesará:

— O terror não invalidou a revolução de 1789.

Mais tarde, depois do longo túnel da repressão, virá a abertura, a deposição, o autoexílio no pampa, o retorno nos braços do povo, uma guinada ideológica, as denúncias de corrupção, a fúria de Carlos Lacerda e da UDN, o atentado da rua Tonelero e o suicídio, último ato de uma vida misteriosa. Quando terá surgido o ditador? Em que momento, tentará perguntar João Neves, terá brotado esse Getúlio capaz de comandar um regime violento e fechado?

Getúlio sorrirá. Apenas sorrirá.

João Neves estará com ele ao longo do Estado Novo.

Também Décio Freitas sorrirá: o autoritarismo, dirá, era natural nesses herdeiros do positivismo gaúcho, filhos das guerras, discípulos de Júlio de Castilhos e de Borges de Medeiros, adeptos da mão forte, cruel, em caso de necessidade, e da justificativa dos meios pelos fins.

Enquanto espera João Neves, antes de tudo isso que ainda lhe acontecerá, Getúlio impacienta-se. E sorri.

Já não é o mesmo. Não é mais o homem sonhador que vira chover ao longo do mês de outubro de 1930 no Paraná.

Quem, no entanto, pode saber disso?

Ele jamais se revela. Esconde-se de si mesmo. Vai à janela. Olha o vazio. Pensa que um homem sempre será o que é, aquele que carrega em si desde o começo, mas sabe que o homem se refaz caminhando. O que o faz, então, diferente dos outros? A antecipação. Percebe o novo como um jogo. Mexe as suas peças. Reposiciona-se para avançar. No fundo, segue em linha reta. Não lhe importa mais o seu destino. Vive para completar a revolução de outubro, a sua revolução de outubro, também vermelha, um vermelho diferente, o vermelho do caminho do meio que almeja.

Está disposto a ir até o fundo de tudo, o fundo de si mesmo e dos métodos, para completá-la. É o destino?

Questiona-se: para que serve uma revolução se aquele que a conduz não é obrigado a ser conduzido por ela?

# 25

Tendo vivido tudo, Gabriel continua a amar a vida. Lutou em 1930, lutou em 1932, viu o Estado Novo chegar, viu o Estado Novo passar, viu a democracia voltar, viu Getúlio retornar ao poder e viu a comoção provocada pelo suicídio do presidente, em 24 de agosto de 1954.

Seu filme pessoal é um longa-metragem que ele não se cansa de rever aos pedaços, um pouco a cada dia.

Quase cem anos de história.

Quase um século de histórias.

# 26

João Neves lembra-se da revolução enquanto caminha. Lembra-se de Miguel Costa, dos seus olhos azuis e da sua voz baixa, do seu jeito de pastor, das longas conversas que tiveram durante o avanço das forças revolucionárias. Lembra-se da viagem de trem e da temporada chuvosa no Paraná, dos almoços no trem com Góis Monteiro e Flores da Cunha. Um dia, fazendo as contas, João escreverá: "Vargas falava pouco. Em compensação, Góis falava por todos. Repetia sempre que aquilo não era uma revolução, mas um rolo nacional com fuzis Mauser e metralhadoras."

Lembra-se de Mauricio Goulart correndo, agitando os braços e gritando antes do ataque a Itararé, o ataque que não aconteceu: "Caiu o Washington Luís." Lembra-se de que atacara Flores da Cunha, que vinha galopando num "belo cavalo preto", e dera-lhe a notícia da queda de Washington Luís. Flores respondera serenamente: "Mais mió bom, como diz o caboclo." João lembra-se que assistira a cerimônia de posse de Getúlio quase incógnito, diluído na multidão. Lembra-se do desgosto que sentira ao saber que a Antônio Carlos havia sido oferecida a embaixada de Buenos Aires, e a Artur Bernardes, a de Paris.

As suas memórias, escritas depois do suicídio de Getúlio, terminarão com um elogio a Antônio Carlos:

> O que quero deixar claro é que não houve no movimento nem sombra de caudilhismo. A vitória deveu-se parceladamente a tantos, espalhados por todo o território pátrio, que ninguém poderia com justiça desconhe-

cer a cooperação dos pequenos mesmo diante do impulso organizador dos maiores responsáveis. Já sucedera o mesmo com o lançamento da Aliança Liberal. Coube sua corajosa iniciativa ao presidente Antônio Carlos. Sem ela, tudo ficaria como antes. Mas, tão pronto a semente caiu nos domínios da opinião pública, ela se apoderou da ideia e conduziu bravamente até o último dia. Houve os que fraquejaram. Não o povo, que de princípio a fim não retrocedeu nem se entibiou.

Terá sido um derradeiro vazamento da sua mágoa com o amigo-inimigo, o homem da sua vida, Getúlio Vargas?

Aquilo que João Neves não pensa, a população sabe ou saberá. Heróis de 1930, como o tenente Agildo Barata, passarão, a exemplo de João Neves, de Borges de Medeiros, de Artur Bernardes e outros, para o lado adversário em 1932. Agildo será preso logo no começo da revolução paulista. Conhecerá, como João Neves, o exílio, só que em Lisboa, onde descobrirá o socialismo. Em 1935, na "Intentona Comunista", comandará o levante do 3º RI, na Praia Vermelha. Preso, será condenado pela Lei de Segurança Nacional a dez anos de prisão e perderá sua patente militar. Atravessará o longo Estado Novo, como Luís Carlos Prestes, nas masmorras cruéis do regime de Vargas. Como Prestes, militando no PCB, apoiará Getúlio em 1945. Que tempos! Que homens! Quantas águas rolaram.

No palácio, Getúlio exaspera-se.

João Neves não virá. É certo.

O que terá acontecido?

De repente, um vulto. Ali está ele.

Como nada tivesse acontecido, Getúlio pergunta:

— Por onde tens andado, João?

As ondas batem serenamente na areia.

Choverá de mansinho naquela noite?

# 27

Em 3 de outubro de 2010, a Revolução de 1930 completa 80 anos. Em 4 de junho de 2010, Gabriel d'Ávila Flores festeja, gozando de muita saúde, 98 anos de idade. Desde 2004, ele é casado com Ana, 44 anos mais jovem. Vivem em Porto Alegre, na frente do Parque da Redenção, onde ele pode passear. Escreve na sua Olivetti de 1952, lembra-se dos seus tempos de militar e sonha com seus belos carros. No transcorrer da sua movimentada vida, teve mais de 50 veículos. Uma má fase financeira o deixou a pé. Em maio de 2010, ele escreve uma carta para Natal Furucho, presidente da Record-RS, proprietária do *Correio do Povo*, em busca de um trabalho jornalístico que lhe permita comprar um novo carro. A carteira de motorista continua em dia. Quer estar pronto para renová-la em setembro, antes de partir em viagem, ao volante do seu carro, ao Rio de Janeiro.

# 28

Um romance precisa ser um descobrimento, uma transformação, uma metamorfose aquém ou além do seu tempo, com ou sem justificativa. Há sempre algo que permanece encoberto sob a transparência da história tantas vezes contada, conhecida e reconhecida.

Um romance deve ser um des(en)cobrimento, uma fresta na couraça do tempo fazendo emergir o mistério da luz.

Uma desconstrução.

Uma (re)construção.

Deve atingir o azul do céu.

Ou revelar o céu do azul.

Derradeira batalha da comunicação.

Feito uma bala rasgando um corpo.

Como uma revolução.

Getúlio Vargas, o revolucionário silencioso que teria preferido ser candidato oficial, escreveu no seu *Diário*, pouco depois do começo da revolução que conduziu ao seu fim e que o levou ao seu destino: "O Sr. Washington Luís provocou a tormenta, e esta o abateu."

E completou com um tom enigmático: "Dizem que o destino é cego. Deve haver alguém que o guie pela mão!"

As águas de outubro levaram Getúlio ao poder, de onde só saiu para atravessar o seu Aqueronte pela sua própria mão, a mão fatal de um barqueiro desiludido. Nos seus últimos anos de poder, de glória e de vida, Getúlio pensava, muitas vezes, naquelas chuvas que encharcaram o Paraná em outubro de 1930. Via-se no seu trem revolucionário com a água fustigando as janelas turvas.

Em silêncio.

# 29

O homem morrerá brutalmente 24 anos depois.

Permanecerá o mistério que sempre foi, um homem afável, espirituoso, gentil e, ao mesmo tempo, severo, inescrutável, enigmático, profundamente solitário.

A sua obra continuará a viver.

A revolução de 1930 não acabou.

A revolução brasileira.

A revolução inesperada.

Revolução que ele concebeu com a conspiração em movimento, surpreendendo seus companheiros de luta.

As águas de outubro nunca deixarão de renovar-se.

Chove sobre o Brasil.

Um aguaceiro, uma tormenta, um torvelinho.

Até o fundo das coisas.

Uma mutação sem precedentes.

O Brasil se descobre.

Descobre-se o Brasil.

O azul!

O céu!

A revolução!

Ainda.

# Agradecimentos

Um livro, mesmo individual, sempre depende de muitas pessoas. Este romance deve muito a Fernanda Cardoso, minha bolsista na Faculdade de Comunicação da PUCRS, que mergulhou no arquivo do *Correio do Povo* para visitar diariamente a Revolução de 1930. Deve outro tanto a Nestor Rahmeier, pelo material emprestado. Deve muito também a Telmo Flor, amigo e diretor de redação do *Correio do Povo*, pelo apoio e pela franquia integral ao arquivo do centenário jornal gaúcho. Preciso agradecer também a Natal Furucho, presidente do Grupo Record-RS, formado pela TV-Record RS, pelo *Correio do Povo* e pela Rádio Guaíba pelo seu interesse e pela sua ajuda. Meu agradecimento muito especial e carinhoso a Luciana Villas-Boas, da Editora Record, pela aposta sempre generosa e entusiasmada. Todo agradecimento do mundo a Gabriel d'Ávila Flores, cujas memórias, aos 98 anos de idade, irrigaram meu texto.

Este livro foi composto na tipologia Minion,
em corpo 11,5/16, e impresso em papel off-white
80g/m² no Sistema Cameron da Divisão Gráfica
da Distribuidora Record.